U0153951

臺灣文學論叢

11

王鈺婷　主編

國立清華大學
臺灣文學研究所

CONTENTS

序

新世代的研究視域

　　2022下半年全球新冠疫情漸緩，人文社會學科經歷疫情的影響，也更積極思考人類與生命政治議題對話之可能，思索文學研究如何與當代社會互動。新世代面對後疫情時代交織的各種情境，從性別、族裔、身體、地方、全球化等視角介入，更關注多元社會現象，從中提煉出深刻的人文課題。

　　《台灣文學論叢》自2009年推出，本所畢業生論文經由審查後進行修改，結集出版，在此匯聚出篇篇具有獨特觀點的論述，展現新世代的觀察視角，探索台灣文學多元的面向。本輯論述分別簡述如下：張晏菖〈反身映照社會運動者自我：「編輯者賴和」與《台灣民報》上的戲劇新文類〉，探究賴和主編《臺灣民報》文藝欄期間所刊登的一批新劇劇本，論文中針對劇作所呈現的知識份子形象進行分析，詮釋出其中所反映賴和的文藝實踐，並融入對於當時台灣文化協會分裂現況的觀察，切入視角獨特，深具歷史感與文化意涵。陳震宇〈論甘耀明《殺鬼》與《邦查女孩》「少年／少女成長」的性別書寫意義〉，其探討《殺鬼》與《邦查女孩》中帕與古阿霞的成長之路，特別關注主角的童年經驗、父權力量、身分認同等重要議題，並延續對於身體政治與身體觀的探討，回應作家對於性別意識之思索，解讀出更多元深刻的面向。

　　陳妍融的〈原住民族文學中的同志書寫—以原住民文學獎
得獎作品為例〉，本文從族裔與性少數關懷出發，開拓出原住
民同志的多元閱讀視角，探討原住民同志的呈現樣貌，來回應
差異政治與身分認同(identity)的議題，以凸顯族群多樣性，和
台灣學界原住民文學研究具有多重對話空間。尹振光的〈鄉土
作為一種方法—以《夕瀑雨》、《等路》以及《花甲男孩》為
觀察對象〉，本文透過三部兩千年後鄉土小說作品中全球與地
方之間的互動，提出「鄉土作為方法」的嶄新視野，分別探討
其如何回應全球化的挑戰，以探討這些作品所呈現出獨特的地
方建構方式，定錨出台灣後鄉土小說在全球化時代的特殊定
位，研究新穎，具有獨創性。鍾志正的〈乙未戰役遲塚麗水
《大和武士》與西川滿《台灣縱貫鐵道》的對讀研究〉一文以
《台灣縱貫鐵道》和《大和武士》兩本 日文乙未戰爭小說為
研究材料，探討有關不同世代殖民者對於乙未戰爭的小說敘事
與台灣再現。作者不僅能結合文本分析與史料研究，還為我們
呈現了殖民者對台灣的看法與野心，同時也呈現出過往研究較
少提及的對於撤台清軍的書寫，擴展了對日治時期小說研究的
視野。曾瓊臻的〈黃崇凱的「台灣轉折」—— 論《文藝春
秋》〉，在此之「台灣轉折」是著眼探討《文藝春秋》此一作
品，如何傳達七年級台灣人對於台灣的「過去」與「未來」歷
史轉折之思考，深入解析黃崇凱筆下的認同政治、文化反思與
敘事手法，並追問小說所呈現後現代情境所寓寄對於台灣未來
的關懷，深刻回應台灣歷史與當代社會。

　　以上論述都持續開發新的議題，從嶄新的研究視角，深化
台灣文學的深廣度，和台灣學界與當代台灣高度對話，其中研
究主題多元，從日治時期橫跨兩千年後台灣小說家的創作，關
懷議題從社會運動、性別關懷、族裔研究、鄉土小說到新歷史
小說，極具思考力，並具有跨文類的視野，呈現出新世代的觀
點，具有嶄新的研究視域，是為新世代對於台灣文學來世的思
索，並持續推進台灣文學研究的課題。在此並恭賀本輯作者張
晏菖榮獲2020年臺灣文學傑出博碩士論文獎，尹振光榮獲
2022年臺灣文學傑出博碩士論文獎。

　　本輯《台灣文學論叢》順利付梓，要感謝相關人員的付出
與辛勞，首先是編輯顧問給予本輯的支持，與本所老師不辭辛
苦地協助學生畢業論文之篇章改寫，本輯的執行編輯趙帝凱同
學，校對的尹振光同學，並向行政助理陳素主小姐與知己圖書
的陳美芳小姐，表達誠摯謝意。

1

反身映照社會運動者自我:「編輯者賴和」與《臺灣民報》上的戲劇新文類[*]

張晏菖

摘　要

《臺灣民報》先後作為臺灣文化協會、臺灣民眾黨的機關報紙,試圖傳播新知以啟蒙民眾,也開設文藝欄,臺灣新文學得以藉由現代媒體而茁壯。1927年文協左右分裂後,《臺灣民報》由東京移臺發行帶來重大改版,賴和所接手的文藝欄成為每週常設版面,持續提供臺灣新文學作家發表園地,也轉載中國新文學作品,數量因而大幅上升。

在主編賴和的執掌下,出現一批不知名作者的劇本,其具備西方戲劇(Drama)體裁,並且內容都描繪社運青年的心靈,讓文協分裂後社會運動者遭遇挫折、苦惱、悲觀、內省的知識份子形象活躍於報紙版面。值此臺灣新文學邁開步伐之際,這批劇作

---

* 本論文曾以〈「編輯者賴和」:戲劇新文類與《臺灣民報》移臺發行後的文藝欄(1927~1930)〉為題,宣讀於「朝向台灣『新文學』:2019台灣文學學會年度學術研討會」(台灣文學學會、國立清華大學台灣文學研究所共同主辦,新竹:國立清華大學,2019年10月19日)。調查研究期間承蒙廈門大學吳舒潔教授提供協助,研討會及投稿過程承蒙吳佩珍教授與兩位匿名審查委員惠賜許多寶貴意見,謹此致謝。

反映了賴和刊登戲劇文類的編輯思想，正與臺灣文化協會分裂前後的社運內部狀況關係密切。作為文藝欄編輯者的賴和，一如以小說、新詩、散文揭露殖民地現實的作家賴和，選編刊登這批劇作，亦是社會運動者以文藝實踐理想的一項具體行動。

關鍵詞：賴和、《臺灣民報》文藝欄、新劇劇本、臺灣新文學運動、臺灣文化協會

一、前言

臺灣新文學，是以現實主義的內涵為主幹，在社會運動浪潮的驅動下，踽踽摸索出屬於殖民地臺灣「現時現地」的枝芽。時至今日之學術研究，小說、新詩、以及散文等文類已蔚然成觀，然而新劇運動方面仍有許多未竟之語。「戲劇」作為一種新的文類，進入1920年代本島知識份子的視野，一批案頭創作劇本因而出現在本島社會運動者立場的《臺灣民報》。以往該批劇作並不受研究者青睞，文學史研究幾不納入戲劇文類的討論；戲劇史研究則側重演出史的討論，對案頭劇本的關注有限。因此，本研究以1923年至1930年的《臺灣民報》文藝欄為主要對象，將回歸討論1920年代文藝觀的摸索狀態，檢驗該批劇作出現的歷史語境。希望透過考察編輯者的選編思想以及通過人物塑造、對話、乃至理念衝突所展現作家的思想，讓戲劇文類在案頭的表現跨出美學評價，歸位於社會文化的紋理脈絡之中，重新認識知識分子與新戲劇的關係。

二、戲劇文類的出現與摸索

新知識分子於社運年代所創辦的《臺灣民報》，是培養新作家的主要陣地。此時各文類爭出，與彼時的社會運動脈動相連。散文如《臺灣民報》的社論、「不平鳴」投稿欄展現批判力度的

議論程度；新詩如賴和〈覺悟下的犧牲〉，受二林事件中奮起抵抗資本企業的蔗農啟發；小說如賴和〈一桿「稱仔」〉，深刻描繪警察暴政的面目，甚至暗殺報復的激進性。各文類擷採現實，發軔於1920年代殖民壓迫、社會運動抵抗、與知識份子的位置三者糾結的時代脈絡中，已是如所周知的新文學典範。

「戲劇」也作為一種新出現的文類，與同時代小說、新詩、散文等新文類並進，也與文化劇、新劇運動的演出實踐齊步發展，由許多真實身分未知的「一作作家」[1]留下劇本，伴隨著《臺灣民報》逐漸實現日刊化的夢想而出現。

有關「戲劇」作為新文學重要文類之一的觀念，是在1920年代醞釀，最晚在1930年代初期即已形成。1932年，甫改組、更名的《臺灣新民報》終於實現日刊化，為臺人的言論，建築一處可與其他親殖民主媒體相抗衡的基地。然而隨著昭和年間不斷升壓的政治彈壓，十年之前大正民主期由文協發起的聯合陣線，面臨分崩離析的困境，無產青年團體農組、新文協、臺共屢次分裂，最終黯然轉往中國；右派民族運動者即使尚握有運動的資本，卻也同樣面臨黨內同志的路線檢討，最終民眾黨和自治聯盟之間對立激化，使得好不容易實現日刊化的《臺灣新民報》在資本家手裡，轉向溫和路線，不再與改革運動休戚相關。

1　葉石濤將1920年代只在《臺灣民報》出現過一次筆名，真實身分仍未知的作家稱為「一作作家」，他疑檢閱制度導致無從得知這些筆名的真面目，也惋惜其中是有些非常卓越的作品。見葉石濤，《臺灣文學史綱（註解版）》（高雄：春暉，2010.09），頁72。

　　縱然街頭上的熱情逐漸退卻，臺灣新文學的發展邁向成熟。此時伴隨著臺灣話文論戰正酣，正要迎向新一波以文學為本位的同人媒體的時代，作為報紙副刊的《新民報》文藝欄，其品味勢必受到純粹文藝雜誌的挑戰，但無可置疑的，其園地仍是許多新作家的重要舞臺。在1932年一封新民報社學藝部致賴和的邀稿函裡，談及當今的文藝種類：

> 自改日刊以還，篇幅既廣且寬可供同胞或發表研究、或提出討論，大可利用，故凡關學藝如遊記、小說、戲劇、隨筆、評論、漫談、詩詞、歌賦等佳作之投稿無任歡迎……[2]

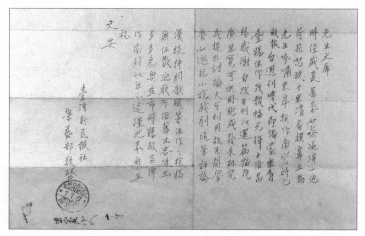

圖1　《臺灣新民報》學藝部致賴和邀稿函，原件典藏於賴和紀念館。

2　無署名，寄信日期不詳，見賴和紀念館數位化典藏建置計畫「友人往來書信」。

由此可見1932年前後新文學的觀念，已把案頭上完成、提供演出藍圖的劇本，正視為一種主要的文類。回頭檢視在此之前《臺灣民報》上的戲劇文類呢？樹立批判舊劇的論述、並以文化演劇輔助演講會的同時，完成於書齋案頭的劇本創作主要表現什麼主題？是否不具備可搬演性就不足可取？與新文學的發展有何關係？等等問題都有待推敲，而能夠切入探討的角度各異，但可以確定的是，在此時扮演「文學守門人」此一要角並發揮影響的，當屬《臺灣民報》文藝欄的編輯賴和。

1920年代亦是新戲劇的摸索期，除了為人熟知的文協系統的文化演劇、無政府主義系統如彰化鼎新社、星光劇團的演出以外，同時間，《臺灣民報》轉載新劇劇本、提供創作發表園地，正與演劇實踐分頭並進。理論層面的表現，係以1924年《臺灣民報》上首篇刊載的本土原創劇本《屈原》的作者張梗為代表，並對比1929年間在文藝欄以外版面出現的「葉榮鐘、江肖梅戲劇論爭」所呈現的戲劇觀。

《臺灣民報》文藝欄劇本，可分為轉載自島外的劇本、與本島人創作兩大類別，其中屬於本土原創的第一部劇本，即是張梗〈屈原〉，[3] 該劇擴寫自楚辭的〈漁父〉篇。擴寫的面向除了語言採用韻白夾雜之外，更改動本來勸說屈原隨波逐流的漁父，成為一位善於辯論的入世者。稍晚於該劇一個月，張梗發表〈討論

3　張梗，〈屈原〉，《臺灣民報》第2卷第14號，1924年08月1日。

舊小說的改革問題〉[4]一文，舉證心目中古典小說為主、世界文學為輔的優秀作品，檢討臺灣漢文舊小說缺乏獨創性、充滿勸惡向善的陳腔俗調等數個弊病。這使張梗的劇作可以獲得作者本人的理論性參照，而跟《臺灣民報》上其他仿效五四新劇的劇本作品產生差異，其「獨創性」值得玩味。

　　張梗顯然是針對當時盛行的漢文歷史小說，[5]但由〈屈原〉一劇韻文唱詞與白話對話夾雜的文體，可知張梗正在摸索的，是由古典戲曲過渡到現代新劇的嘗試。其針對當前的小說「須用曠大無邊的宇宙做背景。偉大的藝術的人格做後盾。以自家的血染而寫之。」[6]嚴肅切中社會性與個人情緒，獨創性優先、娛樂性居次，並反對陳套情節、強調科學客觀的描寫、以及讓文學擺脫歷史紀錄的功能等意見。雖然張梗意在討論「舊小說」的改革，但從其援引的作品來看，無論是章回小說〈水滸傳〉、〈儒林外史〉、〈石頭記〉，一併忽略創作年代不同所固有的文類差異，其中就連易卜生〈玩偶家庭〉劇本、明傳奇戲曲〈桃花扇〉、小說國木田獨步〈疲勞〉也作為正例引用。因而對張梗來說，把「歷史與小說分工」意味其討論的，實是古今中外一切虛構寫作的總合，並無意探究小說、戲劇等文類觀念的區別，以及當代文

4　張梗，〈討論舊小說的改革問題〉，《臺灣民報》第2卷第17號～21號，1924年09月11日～1924年10月21日，共連載五期。

5　薛建蓉，《重寫的「詭」跡：日治時期臺灣報章雜誌的漢文歷史小說》（臺北：秀威，2015.03），頁34。

6　張梗，〈討論舊小說的改革問題〉（二）：〈創作需含意〉，《臺灣民報》2卷18號，1924年09月21日。

學不同於文學史系譜的現代性。[7]依此，採取罕見的屈原為題材、以及改寫經典人物造成不落俗套的情節，〈屈原〉各方面皆符合張梗的虛構寫作理論。值此新文學發軔時期，可見創作新劇的作家，缺乏戲劇理論的支撐，而是由古典傳奇、戲曲為根柢，摸索白話文體的新戲劇。

與張梗的理論實踐對照比較的是，發生在1929年的「葉榮鐘、江肖梅戲劇論爭」。該論爭與戲劇文類意識模糊的前者相比，是一場各執己見、語意鏗鏘的對「戲劇應如是」的爭辯。1929年，新舊文學的論戰持續在《臺灣民報》等媒體上交鋒，此時把論題延伸到戲劇的，是葉榮鐘、江肖梅、張淑子、紫鵑等人在《臺灣民報》、《臺灣新聞》兩地長達半年的爭論。分處東京、臺灣、南京三地的論者雖非從事劇運，但他們就自己的學養交鋒，已走出新舊文學的對立，觸及西方現代戲劇的本體論問題。

首開戰火的是葉榮鐘，他讀了江肖梅發表在《臺灣新聞》上的獨幕劇〈病魔〉[8]之後，分別針對該劇以及稍早發表的張淑子〈草索記〉[9]大肆批評，直言舊文人自以為是之作，並不足以稱

7　戰後王白淵回顧這篇文章，指出文類意識的不足：「這篇是故人張梗氏的嘔心瀝血之作，連載在台灣民報……。客觀論之，如提倡科學的態度而不知文學的真實，與現世的現實之差異，如把戲曲桃花扇作小說而論等，確有未妥。」見〈文化篇：文學〉，黃玉齋編，《台灣年鑑》（臺北：海峽學術，2001）。原發表於《台灣年鑑》（臺北：臺灣新生報，1947）。

8　江肖梅〈病魔〉，發表於《臺灣新聞》，因該報散佚，今已不存。

9　張淑子〈草索記〉，發表於《臺灣新聞》，因該報散佚，今已不存。

作新劇。此文一刊出，兩方陣營分別於《臺灣民報》、《臺灣新聞》兩地互有攻訐叫陣，張淑子側激烈反擊，江肖梅側則冷靜應對，敢於請教知識問題，葉榮鐘因而回應發表〈戲曲成立的諸條件〉一文。期間江、葉二人各自分享William Archer、楠山正雄、中村吉藏、廚川白村、菊池寬等文藝評論家的論著，後期紫鵑女士加入後，則把重心轉移到討論易卜生與爭取大眾的問題。雙方均旁徵博引各家戲劇理論，但並未回歸檢討作者對〈病魔〉一劇的文本細節。[10]

　　筆者認為，《臺灣民報》創辦初期，張梗幾乎同時發表了獨幕劇〈屈原〉與評論〈討論舊小說的改革問題〉，其根據古典文學（戲曲）的涵養，親身跨入新文學寫作，雖未把「戲劇」自傳統文學中獨立為一種新的文學體裁看待，但其〈屈原〉劇本的創作實踐卻明顯有別於傳統戲曲文體的新想像。1929年間，葉、江戲劇論爭延續新舊文學論爭，雖然雙方並未把評論延伸到當時《臺灣民報》文藝欄的劇本，卻是臺灣首次聚焦談論西方戲劇觀念的一場論爭。舊詩人出身的江肖梅，創作戲劇的時間晚於張梗多年，則借鑒日本新劇作為習作範本。比較兩劇創作的時空，張梗的〈屈原〉擴寫自古典韻文的楚辭〈漁父〉篇；江肖梅的〈病

10　晚近已有研究討論此現象，解佳蓉指出臺灣知識分子取得日本戲劇的知識，較取得中國管道更容易。見解佳蓉，《一九二、三〇年代臺灣知識分子新劇與中國戲劇的關係探討》（國立臺灣大學戲劇學研究所碩士論文，2016）。白春燕則溯源雙方援引的戲劇原典，見白春燕，〈1929年戲劇論爭看葉榮鐘的文藝觀〉，《臺灣文學學報》34期（2019.06），頁99-131。

魔〉則師法日本名作家菊池寬的劇作〈屋上的狂人〉。顯示臺灣作為學習新戲劇的後進，從張梗到江肖梅，似乎呈現一種知識人對新戲劇想像的移行——不僅是從舊到新，更有從融合古／今與中／西，到一面倒地移植西方戲劇文類的變化。1920年代新戲劇的摸索是全面性的：它是劇本創作、演出實踐與理論化探索三者齊頭並進，這也是編輯者賴和登場的戲劇背景。

三、發表園地：《臺灣民報》文藝欄演變與編務分期

（一）「移臺發行」前後的文藝欄

　　《臺灣民報》於1923年4月15日在東京創刊發行，為半月刊，於同年11月開始改為旬刊。1925年8月開始改發行週刊，持續至1930年改組《臺灣新民報》為止。該報作為文協的機關誌，傳播臺人社運的言論立場，報導各團體的重大消息，如臺灣議會期成同盟會「治警事件」、臺灣農民組合「二林事件」、新文協「新竹騷擾事件」等。然而1927年文協分裂，《臺灣民報》轉而成為臺灣民眾黨機關誌，不再居於所有運動的指導位置。在《臺灣民報》數次改版的生涯中，規模改動最大，確立往後發行日刊基礎的，是於1927年獲得當局許可，發行地從東京移往臺北，「移臺發行」的設置。除有與總督府妥協增設「和文欄」一項，同時也帶來廣告刊行、版面擴增，各欄位固定出刊等改變。

　　《臺灣民報》發行之初，即有容納文藝作品的欄位，名為「俱樂部」，第二號後則開闢「文藝」欄名取代之。[11] 而「學藝」欄名首見於1924年10月1日，該期刊載連溫卿〈言語之社會的性質〉，與「婦女衛生」、「文藝」等欄並置。1925年7月12日後，只剩下「學藝」欄，[12] 兼容原本「文藝」刊登創作作品與「學藝」本身刊登評論作品的兩大功能。《臺灣民報》在東京發行時期版面短小，週刊性質下既無法發揮日刊等級的即時資訊流通，還要冒著被檢閱制度查禁而全刊皆沒的風險。而此時期，比之政論與時局報導，文學作品的刊登並非新媒體的第一要務。

　　「移臺發行」後的文藝欄版面有何變革，向來是較少受到研究者考慮的。得到在臺北印行的許可後，終於可以向其他在臺發行的大報，如《臺灣日日新報》、《臺南新報》等看齊，不但版面擴增、取消首頁的目錄、接受廣告贊助等變化，卻也同時要面對加增三版「和文欄」、以及欄位偶有鑿空的現象。編輯與檢閱制度的戰場不再只是一道海關口，還轉移到了紙面上字斟句酌的鬥爭。

　　文藝欄的出刊頻率，改為每週固定出現，並常設於第八或第九版，不再有「學藝」的標題，這帶給編輯者製作版面、選編稿件的新挑戰。另外在《臺灣民報》文藝欄的演變中，目前可知的編輯人員，於創刊號有為胡適〈終身大事〉撰寫前言的黃朝琴

11　《臺灣民報》第1卷第3號，1923年5月15日。
12　《臺灣民報》第60號，1925年07月12日。

（超今）、引介五四文學的張我軍、以及非留學生出身的賴和。
其中在楊守愚的回憶〈小說與懶雲〉一文中位居關鍵的黃周，[13]
自創刊初期即擔任社員，「移臺發行」後擔任漢文科主任兼調查
課主任，[14]與賴和之間顯然有密切的合作關係。但現今對有關黃
周管理漢文部、以及與眾編輯的工作模式缺乏全盤理解，仍有待
進一步的史料發現。

（二）文藝欄編務的空窗期

欲探究《臺灣民報》文藝版面的演變，不應預設《臺灣民
報》長達7年的歷史裡，文藝欄的持續變化是重層累積的結果，
反而應該考慮「移臺發行」可能造成人才流動與版面空間暴增下
稿件短少的問題。過去的研究，似未明辨從張我軍離職到賴和到
任之間尚存在「空窗期」。以下整理「文藝」欄出現在《臺灣民
報》上的期數狀況，或可提供佐證。

自1923年4月15日年創刊至1930年3月22日改組為《臺灣新
民報》之前，按編輯人事異動可將文藝欄分作四期：（1）草創
期：創刊號到張我軍歸臺入民報社；（2）張我軍時期：自1924

---

13 黃周，1899～1957，號醒民，曾加入臺灣文化協會和新民會；擔任《臺灣民報》幹
   事、記者、臺中出張所主任、臺北總社漢文科主任等。一九二七年七月，「臺灣民
   眾黨」成立，為十四名中央委員之一。戰後曾任大甲區長。
14 莊勝全，《《臺灣民報》的生命史：日治時期臺灣媒體的報導、出版與流通》（國
   立政治大學臺灣史研究所博士論文，2017年），頁79。

年10月回臺，1925年1月1日開始就任編輯，到1926年6月21日辭職；（3）張我軍離臺後空窗期：離臺後改任《臺灣民報》駐北京通訊員。（4）以「移臺發行」為起點的賴和時期。

表1 《臺灣民報》文藝欄分期

	年代起迄	期數起迄	總期數	出現文藝作品的期數	文藝作品出現之百分比
壹、草創期	1923.04.15～ 1924.12.21	第1卷第1號～ 第2卷第26號	40	34	85%
貳、張我軍時期	1925.01.01～ 1926.06.27	第3卷第1號～ 第119號	78	66	84.6%
參、空窗期	1926.07.04～ 1927.07.22	第120號～ 第166號	54	16	29.6%
肆、賴和時期	1927.08.01～ 1930.03.22	第167號～ 第305號 (167號為移臺發行後首期)	138	135	97.8%

資料來源：由筆者自行整理

　　在第一個時期，即「壹、草創期」，以轉載胡適與篇幅短小的新詩居多，創作方面則以施文杞、楊雲萍、張我軍的習作為主；到了「貳、張我軍時期」，則轉載魯迅、愛羅先珂、武者小路實篤等中日名作家作品，並由編輯本人書寫簡介與評論，呈現島外新文學的多樣性。張我軍的編輯風格已有研究，暫不贅述。[15]

---

15 鄧慧恩，《日治時期外來思潮的譯介研究：以賴和、楊逵、張我軍為中心》（臺南：臺南市圖書館，2009.12）。

　　此處要指出的是張離臺後的文藝欄雖然至1926年底前還有零星稿件與評論，可以看出張我軍離職後尚留有一些餘稿足供應付，但是到隔年1927年8月「移臺發行」前，明顯能看出《臺灣民報》文藝欄呈現長達半年的空窗期。回顧張我軍離臺的時間點，1926年6月底辭職，至年底的文藝欄（第120～139期），只不過出現117期楊振聲〈李松的罪〉[16]、119期雲萍生〈弟兄〉[17]、林仲衡〈楊君肇嘉招飲於東京寓齋〉[18]、123～125期張我軍〈買彩票〉[19]、124期〈逃罪新法〉[20]、雲萍生〈黃昏的蔗園〉[21]等作品，在這5期之中，轉自《晨報七周增刊》的〈李松的罪〉有張我軍的評析、林仲衡該詩為舊體詩、〈買彩票〉則為張我軍第一篇小說，另兩篇雲萍生的小說則是出自1924年時常投稿的楊雲萍。更何況檢視1927年上半年文藝欄的分布，除了新年號138期[22]、142期盧谷〈秋曉〉[23]、150～155期張我軍〈白太太的哀史〉[24]連載、151期一首蘇兆驤譯詩〈教主孫中山〉[25]、160期張淚痕〈回憶小時的她〉[26]之外，在「移臺發行」的新版面前

16　《臺灣民報》第117號，1926年8月8日。
17　《臺灣民報》第119號，1926年8月22日。
18　《臺灣民報》第119號，1926年8月22日。
19　《臺灣民報》第123～125號，1926年9月19日～10月3日。
20　《臺灣民報》第124號，1926年9月26日。
21　《臺灣民報》第124號，1926年9月26日。
22　《臺灣民報》第138號，1927年1月2日。
23　《臺灣民報》第142號，1927年1月30日。
24　《臺灣民報》第150～155號，1927年3月27日～5月1日。
25　《臺灣民報》第151號，1927年4月3日。
26　《臺灣民報》第160號，1927年6月5日。

學藝欄幾乎停擺。究此時期，總共54期的《臺灣民報》中，出現文藝作品的期數只有16期。整體看來，由昭和元年後半年的文藝欄觀察，幾乎不能顯現一位「文藝欄編輯」的工作成果，形成張我軍離臺後的「文藝欄空窗期」。

此期間是否與受到1927年初文協第一次分裂影響，《臺灣民報》成為必須面臨人才改組的混亂局面有關，目前尚不能由史料得知，[27] 唯能肯定文藝欄位失去主編，文藝欄的單薄反而不如草創時期。

（三） 賴和主持《臺灣民報》文藝欄起點再商榷

承上討論，可知在兩任文藝欄編輯張我軍、賴和之間，存在無人主持的空窗期。賴和主持文藝欄的確切時間點，究竟起於何時？該空窗期持續至「移臺發行」文藝版固定下來而結束，而是否「移臺發行」文藝版固定下來就是賴和主持編務的起始點？

參照文藝作品在1926年底後的空窗期至1927年「移臺發行」新版面的分布，可以觀察出，新任編輯賴和的「選編」標準，與前任張我軍稍有差別。長久以來研究者們採取賴和墓誌銘的說

---

27 莊勝全：《《臺灣民報》的生命史：日治時期臺灣媒體的報導、出版與流通》（國立政治大學臺灣史研究所博士論文，2017年）指出，黃旺成日記提到黃與其他記者們的親近關係，但未能更加理解諸地方記者與主編的互動關係，就連自廈門歸來的新進人員何景寮等，也知之甚少。

法，其碑文中僅僅一句：「昭和元年以降主持民報文藝欄」，[28]
確切時間不易考察。不但編輯室手稿等關鍵史料缺失，碑文撰者
更只能由陳虛谷與賴和後代的耳聞，來推測是由陳虛谷撰寫、莊
垂勝題，並非直接的證據。[29] 往後的賴和研究者，對其《臺灣民
報》編輯的生涯，向來都接受起始於「昭和元年」，即1926年這
一年的說法。

　　昭和元年亦是大正十五年，昭和天皇於12月25日即位改元之
故，實際上的「昭和元年」不過6天之久，因而陳虛谷所言的詞
意，若強調賴和「大約從1927年開始主持」，是有其可能性的。
況且，考「以降」一詞的用法，同時代人林獻堂《環球遊記
（九）》：「三千年以前，由為其全盛時代，其文物典章，留以
為後人法者，實屬不少。自是以降，內政之不修，外寇之侵
凌」，[30] 用法不包含「以降」前的時間主語。

　　另一旁證是，與賴和同為新文學先行者，也是其親近友人楊
守愚的追憶，他在《臺灣文學》悼念賴和專輯中的〈小說與懶
雲〉一文提到：

28　碑背全文為：「氏生於明治廿七年四月廿五日，十六歲入醫黌，廿一歲卒業，在嘉
　　義病院奉職二年餘。大正五年懸壺本市，翌年渡廈，勤務博愛醫院，廿六歲歸臺行
　　醫，計廿有八年。於昭和元年以降主持民報文藝欄，六、七年遂來憂勞過劇，悉心
　　病痛，於昭和十八年一月卅一日逝世，享年五十。」
29　陳逸雄，〈賴懶雲與陳虛谷〉，磺溪文化協會《磺溪一完人：賴和先生百年紀念文
　　集》（臺北：前衛，1994.07）。
30　《臺灣民報》第185號，1927年12月4日。

　　我只想在此談談他主持《臺灣民報》文藝專欄時的苦心
與熱情。
　　《臺灣民報》本來並沒有設立文藝專欄，是在經過文言
文與白話文的論爭，以及發表了懶雲的作品之後，當時
的編輯醒民為了促進新文學運動，特別增設了文藝欄，
大力提倡應該提供給文藝愛好者的一個得以活躍的地
方。[31]

　　「文藝」欄位之名早在第二號起即有，而賴和首篇小說〈鬥
鬧熱〉是1926年1月1日發表。[32]這一大段的回憶語境，楊守愚提
出「創設文藝欄」的數個時間點，首先是在新舊文學論戰之後，
因此必定是在1924年張我軍提出〈致臺灣青年的一封信〉[33]與
〈糟糕的臺灣文學界〉[34]的論戰餘波之後。

　　其次，即〈鬥鬧熱〉的1926年之後，楊守愚稍晚還提到：

　　編輯者的任務，通常是「選讀」投稿的作品即可，只要
認定「不合格」的原稿，當然就丟進垃圾桶裡。但是當
時的文學界卻不是這樣的，一方面非填滿報紙的版面不
可，一方面卻又沒得挑。[35]

31　楊守愚，〈小說與懶雲〉，《臺灣文學》3：2，1943年4月28日。此處引自涂翠花
　　譯，收於黃英哲編，《日治時期臺灣文藝評論集（雜誌篇）》（台南：國立臺灣文
　　學館，2006.10），第四冊。
32　《臺灣民報》第86號，1926年1月1日。
33　《臺灣民報》第2卷第7號，1924年4月21日。
34　《臺灣民報》第2卷第24號，1924年11月21日。
35　同註31。

　　由此可知，賴和打理的是一個常設的文藝專欄，並且非如
《臺灣民報》在移臺印行前游擊式出現的欄位，新版文藝欄必須
是每週填滿整個版面的。楊守愚在此提到黃周創設、交接給賴和
的文藝欄，應該就是因應「移臺發行」所新設的《臺灣民報》文
藝欄，否則根本毋須面對常設版面的稿件壓力。因此回頭來看張
我軍離臺後的「文藝欄空窗期」，以及楊守愚特別提到的賴和工
作情況，其特指的應該就是1927年8月1日後的新版面。

　　綜上所述，陳虛谷和楊守愚兩位賴和生前親密的友人，說法
表達各有模糊之處，卻在解讀上沒有衝突，這都建立在賴和是面
臨到「《臺灣民報》移臺發行新版面」的時機點，在黃周推薦下
進入到核心編輯群的因緣之上。但究竟賴和入社的工作時期起於
何時，可以推斷的是，其必定會有一段前置準備期，包含如何收
發稿件以及先預選定轉載篇章的來源，如此一來，時間點必然在
1927年8月之前數月。雖然目前相關書信或手稿等史料並不能確
切指出來龍去脈，但是理解《臺灣民報》在「移臺發行」的大改
版，以及編務空窗期等脈絡，經由以上墓誌銘與楊守愚回憶的辨
析，可知編輯者賴和的登場，是以1927年8月1日的第167期作為
起點。《臺灣民報》文藝欄即能更細緻地標定「草創期——張我
軍時期——空窗期——賴和時期」的演進歷程與時間點。

四、「編輯者賴和」：新版文藝欄的特色

(一)賴和主編前／後期

　　隨著《臺灣民報》文藝欄經歷空窗期的發展，在「移臺發行」的影響下確立第九版的地位，賴和身為該報編輯者的生涯，從1927年8月1日第167號作為起始點，直到1930年3月22日第305號之前，可視為文藝欄的賴和時期。[36]

　　賴和時期的轉載作品，以中國新文學為主，並有少數日本作家。考察其轉載作品的文類、作者、原發表報刊的媒體性質，尚可以1928年底為分水嶺分為前後期。前期自第167號至1928年12月30日第241號，刊載中國新文學作品包含小說、新詩、劇本等，其轉載來源主要由《民鐘報》[37]、《國聞週報》[38]與新創刊的文藝雜誌密集構成，幾乎是不知名作家的作品；然而自1929年初至1930年為止，刊載作品文類全是小說，轉以知名作家潘漢年、王魯彥、張資平、劉大杰等的連載為主。這顯示賴和時期選

---

[36] 《臺灣民報》改組為《臺灣新民報》時期，賴和轉為「相談役」（顧問）一職。可確定的是，與陳虛谷主持新創設的「曙光」新詩欄。而由賴和書信中談及廖漢臣小說〈去路〉、朱點人〈島都〉的紀錄，顯示他仍參與文藝欄審稿。但此時期是否有其他編輯與之共同主持（如陳虛谷），仍有待史料出土。

[37] 由旅菲華僑林翰仙創辦，後由梁冰紘、陳允洛、李碩果三人主持。見胡立新、湯博恩等，《廈門報業》（廈門：鷺江出版社，1998），頁87。

[38] 《國聞週報》，1924年8月上海創刊，1937年12月27日停刊。是一份刊登時事評論、名人照片、電影評論、漫畫、並有少量文藝作品的綜合性報紙，每期達70～80頁。有臺灣分售處，位於臺北市太平町三丁目文化書局。

編轉載文學的原則，尚有明顯的前後期之差異。推論新創設的文藝欄，對於安排給讀者中國新文學的介紹，可能存在著一段摸索期。刊載狀況，茲整理原發表出處於下表：

表2　賴和主編文藝欄之轉載狀況：前期（1927.08～1928.11）[39]

刊載日期	標題	作者	文類	附註文字	原發表出處
1927：8/14、8/21、9/22	雪的除夕	張資平	小說	（轉載）	《雪的除夕》（1925）
1927：9/4	我不自由	桃心	劇本	轉載自中國《民鐘報》	
1927：9/4	梁山伯與祝英臺	林蘊光	新詩		
1927：9/11、9/18、9/25	嫁期	學琛	小說	轉載自中國《民鐘報》	《洪水》3：32（上海，創造社，1927.5.1）
1927：9/25	瑞士民謠	鄧季偉譯	新詩		
1927：10/2、10/9	異國	田漢渠	小說		
1927：10/16	兩首的山歌		山歌	由語絲摘錄	
1927：10/23	心影	惜恭	小說	在鼓浪嶼寫	
1927：10/30	為什麼?	世荃	小說	民鐘報	
1927：11/6	她的婚後	陳學昭女士	小說	由寸草心摘載	《新女性》1：5（1926.5）
1927：11/30	約翰孫的懺悔	美國霍爽著、朱賓文譯	小說	民鐘報	
1927：11/20、11/27	弟弟	黃仁昌	小說	國聞週刊轉載	《國聞週報》4：42（上海，國聞週報編輯社，1927.10.30）

39　表二、表三是參酌張耀仁〈想像的「中國新文學」？——以賴和接任學藝欄編輯前後之《臺灣民報》為析論對象〉為基礎，修訂原發表出處一欄。見《青年文學會議論文集：臺灣現當代文學媒介研究》（台北：文訊雜誌社，2008.04）。

刊載日期	標題	作者	文類	附註文字	原發表出處
1927：12/4, 12/11, 12/18, 12/25	新時代的男女（一）～（四）	汪靜之	劇本		最後一期連載被刪。轉載自中國《山朝》第一卷第二期，（1927.11.10）
1928：1/8、1/15	晚宴	愛疊	小說	由國聞週刊	《國聞週報》4：34（上海，國聞週報編輯社，1927.9.4）
1928：1/15	落葉	碧波	小說		《國聞週報》4：29（上海，國聞週報編輯社，1927.7.31）
1928：3/11	溪邊一野外的故事之一	苑約	劇本	轉載自中國《民鐘》	《晨報副刊》（北京1927.9.13、14）
1928：3/18、3/25	離散以後	姜希節	小說		《國聞週報》4：43、47（上海，國聞週報編輯社，1927.11.6、12.4）
1928：4/22、4/29、5/6、5/13、5/20、5/27	誘惑	春信	小說		《國聞週報》4：44、45（上海，國聞週報編輯社，1927.11.13、11.20）
1928：5/13	靜夜	菊友	新詩		
1928：5/20	離XX一的	集中	新詩	一九二八·四·二六于廈港	
1928：6/24	蓮花	曼雲	新詩		
1928：7/8	死人	John Gals Worthy著，可夫譯	小說		《國聞週報》4：48（上海，國聞週報編輯社，1927.12.11）
1928：7/15	折白黨	上海王異香	小說		
1928：7/29、8/5	平民的天使	吳江冷	劇本		《心潮》1：1，（1923.1.）
1928：8/19、8/26、9/2	慈母的心	貢三	小說	轉載自《心潮》	《心潮》1：1，（1923.1.）。
1928：8/26～9/30	一九二七年的李四	蔚南	小說	轉載自《國聞週報》	《貢獻》旬刊2：1，（上海，嚶嚶書屋1928.3.5）。
1928：9/09～9/16	蜜月旅行	炎華	劇本	轉載自《婦女雜誌》	《婦女雜誌》第十三卷第八期乙種徵文「慕歐風徒學皮毛」，（1927.8.1）
1928：10/7	離愁	琴心	新詩		

資料來源：由筆者自行整理

　　由上表的「原發表出處」可知，賴和時期中，前期轉載中國
新文學的趨勢，主編者可能沒有太多來源選擇，無論是《民鐘
報》、集中在第4卷42～45期的《國聞週報》，以及文藝雜誌
《心潮》和《現代評論》，主編者會在某段時間內密集刊載。此
現象可能意味著1920年代中國新文學媒體在臺灣並不普遍流通，
讓嘗試大量引介的《臺灣民報》編輯必須擔負每週固定出刊的壓
力。雖然賴和於1918年前往廈門任職博愛醫院一年，但其並非中
國留學生出身，不易獲取北京、上海最新出版的文藝雜誌，[40]
《臺灣民報》文藝欄在有限的來源下始終沒有開出介紹作家的特
別企劃；一方面可能基於漢文部主任黃周鼓勵新創作者的期望，
轉載非名作家的短篇作品對讀者來說較易理解，而不拘於五四新
文學典範與否，或可能是賴和的編輯方針。此現象在1929年後或
許獲得緩解：

40　依據黃武忠訪問賴和胞弟賴賢穎，於北京留學的賴賢穎時常寄回中國新文學雜誌給
　　賴和。見黃武忠：《臺灣作家印象記》（臺北：眾文圖書，1984）。另外，1928下
　　半年，賴和最常轉載的《國聞週報》是少數在臺灣設有販售點的上海雜誌。

表3　賴和主編文藝欄之轉載狀況：後期（1928.12～1930.03）

刊載日期	標題	作者	文類	附註文字	原發表出處
1928：12/2	生命	宛約（胡也頻）	小說	由《現代評論》	《現代評論》8：197（上海1928.9.15）
1928：12/9、12/16	毀滅	胡也頻	小說	由《現代評論》	《現代評論》8：199（上海1928.9.29）
1928：12/16～1929：1/13	時代的落伍者	雪江	小說	由《泰東月刊》	《泰東月刊》1：7（上海1928.3.1）。
1929：1/13、1/20	法律與麵包	潘漢年	小說	由《現代小說》	《現代小說》1：3（1928）
1929：1/27、2/03	口約三章	許欽文	小說	由《故鄉》	《晨報副刊》（1923.9.25）
1929：1/27～2/17	離家	滕固	小說	由《平凡的死》	《現代評論》6：155（上海1927）
1929：2/10～3/24	壓	達仁	小說	由《現代小說》	《現代小說》1：5（1928）
1929：5/12、5/19	標緻的尼姑	北村壽夫著，楊浩然譯	小說		《秋野》2：6（上海1928.11）。
1929：5/19～5/26	礦坑姑娘	松田解子著，張資平譯	小說		《創造月刊》2：1（上海1928）。
1929：6/2、6/9	難堪的苦悶	張資平譯	小說		
1929：6/16、6/23	賣人	陳雪江	小說	由《秋野月刊》	《秋野》2：6（上海1928.11）。
1929：6/30～8/4	一個危險的人物	王魯彥	小說	由《黃金》	《小說月報》18：10（1927）
1929：8/25～9/8	父親	陳明哲	小說		《現代小說》2：1（1929）
1929：11/3～11/17	妻	劉大杰	小說		《支那女兒》（上海北新書局1928.6）
1929：11/24～12/29	夜	劉大杰	小說		《支那女兒》（上海北新書局1928.6）
1929：12/22、12/29	深愁	鄭慕農	小說		
1929：12/29	洋婦	柳風	小說		
1930：1/8～2/15	支那女兒	劉大杰	小說		《長夜》2（1928）
1930：2/15	故事	郁達夫	評論		
1930：2/22	白衣女郎	鄭慕農	小說		《白露》8（1927）
1930：3/1、3/8	第一個戀人	衣萍	小說		《語絲》47（1925）
1930：3/22、3/29	妹妹！你瞎了	劉大杰	小說		《支那女兒》（上海北新書局1928.6）

資料來源：由筆者自行整理

　　由上表可知，賴和時期自1928年底起，轉載作品轉向較為知名的新文學雜誌，作者包含張資平、王魯彥、劉大杰、陳雪江等活躍作家。轉載來源也呈現較靈活的多樣性。

（二）轉載廈門新文學作品：魯迅學緣

　　筆者認為不應只由統計數據分析文藝欄作品的分布狀況，應當質量並重，[41] 分析這批作品的轉載來源，於歷史有何脈絡，才能更清楚看見《臺灣民報》的影響力。關注《臺灣民報》文藝欄的變遷，自然不能迴避五四新文學與臺灣新文學的關係，五四運動連帶而起的社會改革運動，經由何種途徑，發揮什麼樣的影響，而在臺灣一端如何接受並轉化為島內的新文化運動所用，相關議題討論不輟。然而，過往張我軍與賴和的研究者，在處理兩位作家的文化活動時，張我軍對胡適、魯迅的轉載相對耀眼，其中原因乃其北京留學生的身分，能夠親臨中國新文學現場，並且掀起新舊文學論戰的烽火，留下引介五四作品的熱血身影。[42]

41　張耀仁認為，賴和對於中國新文學的轉載，不集中於特定某些作家，卻也沒有表現任何強烈的風格，臺灣文化協會的分裂未影響文藝欄的面貌。另一方面他也認為本島創作者的數量依然不多，賴和是否能藉由選錄作品展現受政治衝擊的心緒，必須再延伸考慮到《新民報》時期。見註37。

42　五四文學研究者柯喬文肯定張我軍開出五四文學書單的鼓勵閱讀之舉。見柯喬文，《「五四」與臺灣文學／文化運動，1915-1945）》（國立中正大學中國文學系博士論文，2010年）。

　　賴和主持的文藝欄，作為張我軍為臺灣讀者揭開魯迅、胡適的五四大纛的後繼者，何以風格陡變，轉為刊載一些不成熟的習作作品？回歸《臺灣民報》資料，應先特別關注這些作品的來源。許俊雅認為，[43]張我軍與賴和的共同特色，即是完整保留轉載文章之標題、作者、內文、甚至轉載的媒體來源，相較同時代其他媒體，《臺灣民報》具有很高的可靠性。創作白話新文學的先行者之一的賴和，作品不遜於當時中國新文學作家，但其文藝編輯的生涯裡，極少親自投入文學論戰的現場。這不但使研究者難於清楚描繪賴和對中國新文學的認識，其任內不再積極引介魯迅、胡適等名家的現象，使文藝欄指導讀者的姿態不如張我軍時期突出。基於此出發點，筆者為了釐清廈門出刊、現今散佚泰半的《鼓浪嶼民鐘報》，前往廈門進行調查，得以瀏覽廈門市圖書館為該報殘本所建置的數位資料庫，以下篇幅將探討在魯迅任教廈門大學的短暫期間，所刺激發展廈門新文學，可能如何影響《民鐘報》文藝欄，而再被賴和轉載至《臺灣民報》的路徑。

　　在表1和表2中，可以看到過半作品都有附註來源，而就表2賴和主編文藝欄前期來看，在這一時期，其中轉載作品有31篇，來自《民鐘報》的就有5篇，並且都集中在靠前的時間點，《國聞週報》也有5篇，可以說光是有在文末附上來源文字的篇章，

43　許俊雅，〈誰的文學？誰的產權？──日治臺灣報刊雜誌刊載中國文學之現象探討〉，《臺灣文學學報》21期（2012.12），頁1-35。

就由這兩媒體佔據了早期的新版面，足以構成賴和的特色。

引人好奇的，是除了《國聞週報》這一份具有份量的綜合性報紙，《民鐘報》到底是一份什麼性質的媒體？《民鐘日報》自1916年在廈門創刊，兩大張共八版，採日刊，可說是廈門僑辦報紙的中堅，經歷過四次被禁（1921年在鼓浪嶼復刊，又名《鼓浪嶼民鐘報》），最終因為由革命黨立場轉變為無政府主義立場，而結束於1930年的國民黨查禁。查禁的波折，加之廈門文史資料經歷中日戰爭之故，現存的《民鐘日報》殘本藏於廈門市圖書館，數量極少，依據筆者前往廈門移地研究的結果，發現只留有1917年4月3日、1926年10月18日、1927年7月30日、1928年10月、1929年5～8月、1930年3月。[44] 而《民鐘日報》至晚從1928年9月起第七版設有文藝副刊「五都之市」，可惜的是，1917～1928年間的殘本並沒有留下第七版以供佐證，也缺乏本論文關注的1927年上半年至1928上半年的關鍵時期，故沒有找到與《臺灣民報》相符的篇章。

---

44 在廈門市圖書館的館藏目錄中，共有內文所提的六則，而其中一則「1920年份」殘本，經筆者實際翻閱影像，實際上是1930年殘本，會有此誤解，肇因於收藏者在該疊舊報上書「1920」，而後來又在「2」下多加一筆畫，以修正為「1930」。推測是圖書館藏在整理過程中，多加筆以修正，卻未在電腦系統上的目錄同步更新所致。因為該報大半已散佚，因此依據殘本的內容，仍無法判斷報社主持人李碩果的回憶錄所言，副刊編輯前後由作家王魯彥、林語堂之兄林和清擔任等學緣關係，相關憶述見李引隨，《李碩果九十年回憶錄》（廈門：李成章，1978）。

圖2 《民鐘日報》的副刊版面，報紙原件典藏於廈門市圖書館。

　　上述調查，雖未稱順利，但筆者也發現一些饒堪趣味的蛛絲
馬跡。除了報紙副刊，魯迅自1926年底至1927年初，受廈大之
邀，短暫停留130天任教，期間雖然對當地的文藝氣息感到悲
觀，[45] 但仍然指導了廈大的兩個新文藝社團——泱泱社與鼓浪
社。前者發行共兩期的《波艇》月刊；後者發行共7期的《鼓
浪》週刊，據《廈大周刊》〈新組織之兩文藝社〉：「**現附於鼓
浪嶼民鐘報出版，每星期三出版一次**」。[46] 實際考察臺灣大學楊
雲萍文庫所藏之《鼓浪》第一、二、三、四號，以及廈大魯迅紀
念館所藏之《鼓浪》第一、五、六、七號，皆屬於《民鐘日報》
報紙之局部。究其印行形式，《鼓浪》是以半版規模直接取代
《民鐘日報》當期第七版的文藝副刊「五都之市」。因此，《鼓
浪》與《民鐘日報》副刊之間可能具有合作關係。

45　魯迅聽聞泱泱社與鼓浪社的刊物發行，先是說「此地無甚可為」，又預言「恐怕無
　　什麼好結果」。見魯迅，《兩地書：魯迅與景宋的通信》八三（香港：南國出版，
　　1966）。
46　《廈大周刊》第170號，1927年1月1日。

圖3 《民鐘日報》上的《鼓浪》第一號，原件典藏於廈門大學魯迅紀念館。

　　當筆者掌握到《波艇》完整兩期與《鼓浪》完整七期的發表
名單時，發現兩個文藝社團的成員組成具有高度重疊，並衍生出
更多的推論。首先《波艇》是由俞念遠、洪學琛等少數與魯迅較
為親近的學生組成，而《鼓浪》社員顯然數量較多並且文學經歷
較淺。而其中有被轉載到《臺灣民報》上的作者，是發表〈嫁
期〉[47]的「學琛」，[48]泱泱社員洪學琛。身為新手創作者的他，
背景不詳，亦不確定後來的人生走向，只能得知他是集美中學出
身，在集美時期就熱心編輯畢業同學會刊物《天馬》，1928年時
出版過一本名為《致遠島一孤鶯》[49]的情書集。〈嫁期〉原本先
發表於1927年5月1日上海創造社的《洪水》第3卷第32期，附註
「四月十日於廈門」。其在《天馬》第二期的文章〈關於編輯及
私事〉中分享創作歷程：「除兩篇發表於創造社的洪水和一篇發
表於北新書局的波艇外，其餘五篇中，三篇是來集美才做
的」，[50]據此判斷〈嫁期〉應是在《洪水》首次發表。至於《臺
灣民報》將該作題為「轉載自《民鐘報》」，顯然這篇小說再次
發表於《民鐘日報》副刊了。

47　《臺灣民報》第173～175號，1927年9月11日～25日。
48　洪學琛，生卒年不詳，集美中學畢業，就讀廈門大學教育系。活躍於1927年間，共
　　發表有〈海濱〉、〈嫁期〉、〈失望〉等小說、翻譯王爾德詩作，並著有情書集
　　《致遠島一孤鶯》等。
49　洪學琛：《致遠島一孤鶯》（上海：泰東圖書，1928年）。
50　兩篇在《洪水》的小說，分別為第三卷31期的〈海濱〉與32期的〈嫁期〉；一篇在
　　《波艇》創刊號發表〈失望〉。見《天馬》第2期，1927年11月16日。

　　筆者另在廈門大學圖書館所藏資料庫《廈門大學報刊館》以及《民國報紙專題庫》找到另一份僑辦報紙，是現存《廈聲日報》的唯一殘本，分別是1927年6月1日和6月7日兩張單面全版面，內容名為《蚤聲》的文藝副刊第五、六期。奇特的是《蚤聲》的設計版型與稍早的《鼓浪》、年底創刊的《天馬》三者幾乎完全一樣。《鼓浪》在其「鼓浪」標題字樣下會依序書期數、附於何種媒體、出版日期與通信處，如「廈門大學王青子轉」；而第五期《蚤聲》的字樣下則書期數、「蚤聲社不定期刊物」、出版日期、通信處則是「廈門大學洪學琛轉」。檢視這兩期的發表作品，光是原泱泱社同人就有俞念遠有小說一篇、洪學琛有譯詩兩首，這是否顯示在魯迅離開廈大後，這群頓失導師的學生，改組了泱泱社（部分同人如王方仁、崔真吾後來於1928年轉學到上海後與魯迅籌組朝花社），綜合鼓浪社的社員、吸收與廈門當地報紙合作的經驗，重新以蚤聲社《蚤聲》刊名再出發？有待考證。《天馬》1927年11月16日的第二期，版面設計亦完全與前兩者相同，在創刊號佚失的狀態下，第二期可以看到通信處「師範洪學琛轉」與編輯洪學琛編後語，是否顯示洪學琛延續跟《民鐘報》副刊的合作經驗於該年底創辦集美同學會刊物《天馬》，而成為涉足數個廈門文藝社團的關鍵人物，仍有待考證。

圖4 《廈聲日報》上的《虻聲》第五期，原件典藏於廈門市圖書館。

洪學琛之外，其餘「惜恭」、「桃心」、「朱賓文」、「世荃」等《臺灣民報》上可能來自廈門的不知名作家，並沒有出現在上述兩刊之中，反而證明賴和引自《民鐘日報》者並非直接來自《鼓浪》，而可能為「五都之市」副刊，或其他循《鼓浪》模式登上該報的刊物。

決決社與鼓浪社、甚至蜇聲社的學生往事，雖然能因為魯迅學生之故，在廈門大學的校史占據一角落，但多數社員未再堅持新文學創作，而且多份報紙的現存史料殘缺不全，他們的名字就如同時代的《臺灣民報》「一作作家」，不被重視直至毫不起眼。但若未來有更多史料的出土，或許有很大可能連帶幫助《臺灣民報》研究者，了解這些作者面影，也更加了解「編輯者賴和」的選錄思想。

五、文藝欄的劇作：反身映照社會運動者自我

賴和執掌《臺灣民報》文藝欄的另一特點，就是刊載劇本量的上升。在之前的文藝欄，綜合草創期、張我軍時期、空窗期三時期，能夠看到的劇本，計有轉載3篇、創作2篇，但到了賴和手上，轉載劇本提升到5篇、創作劇本則有4篇。誠然，這是《臺灣民報》文藝欄改為常設，作品數本來就會變多的趨勢。但對小說的引介與刊登之外，其次就是劇本數的上升了，雖則如此，研究者對這一批劇本的青睞，始終沒有深入到文本內容去探究，而這

些劇本多是不知名的「一作作家」所作，並不容易由作家人格掌
握到文本的意念表現。

表4　《臺灣民報》劇本數目分布狀況

	草創期	張我軍時期	張我軍離臺後空窗期	賴和時期
轉載劇本	1	2	0	5
創作劇本	2	0	0	4

資料來源：由筆者自行整理

　　綜觀《臺灣民報》自創刊後草創期到賴和時期刊載的14篇戲
劇劇本，在賴和執掌的新版文藝欄時期，就佔有9篇。其中轉載
劇本有5篇，除了汪靜之，其餘作者幾乎都是較無名氣的作家，
轉載來源與張我軍時期標榜介紹五四名作的指導路線不同，而是
出自廈門的僑辦報紙《民鐘報》、新創刊的文藝雜誌、以及婦女
雜誌。依據文藝欄分期探討，臺灣本島作家創作的表現，於草創
期有兩篇較生澀的作品之外，其餘皆出現於賴和所職掌新版文藝
欄時期（詳表5）。

表5 《臺灣民報》刊載的劇本 [51]

※ 灰底斜體字為轉載自島外期刊的劇本

文藝欄分期	刊載日期	劇目	作者	副標	戲劇主題	備註
草創期	*1923：4/15, 5/1*	*終身大事*	*胡適*	*喜劇*	反對迷信、宗族規矩、追求婚姻自主。	轉載自中國《新青年》第六卷第三期，*1919*。
草創期	1924：8/1	屈原	張梗（群山）	獨幕劇	改寫《楚辭》〈漁父〉篇，提倡個人生命的價值。	劇目前題有「此篇特奉呈親友留美珠女士吳海水君為新婚紀念」。
草創期	1924：9/21	絕裾	逃堯	短篇戲曲（一幕）	父母子媳兩代對離家參與文化運動之辯。	後記有作者自言頭一次作戲曲，希望拋磚引玉。
張我軍時期	*1925：05/11*	*說不出*	*胡適（應為陳大悲）*[52]	*啞劇*		轉載自中國《戲劇》第一卷第六期，*1921*。
張我軍時期	*1926：2/28, 3/7*	*愛欲（一）（二）*	*武者小路實篤*			*轉載自日本《改造》。*

---

51 此表格是以石婉舜：《搬演「臺灣」：日治時期臺灣的劇場、現代化與主體結構（1895-1945）》（國立臺北藝術大學戲劇戲劇學系博士論文，2010）附錄六「《臺灣民報》刊載的劇本」為基礎。轉載劇本原出處則參酌解佳蓉，《一九二、三〇年代臺灣知識分子新劇與中國戲劇的關係探討》（國立臺灣大學戲劇學研究所碩士論文，2016）表2-1「《臺灣民報》登載之中國劇本」，加以補充。

52 作者為誤植，原作者為陳大悲。見《戲劇》1：6，1921年10月10日。

文藝欄分期	刊載日期	劇目	作者	副標	戲劇主題	備註
賴和時期	1927：9/4	我不自由	桃心		丈夫嫖妓，遭受妻子痛打。	轉載自中國《民鐘報》，日期不詳。
	1927：12/4, 12/11, 12/18, 12/25	新時代的男女（一）～（四）	汪靜之		追求民族解放與各人婚姻解放。	最後一期連載被刪。原連載《山朝》第一卷第一期、第二期，1927。（原有副標「五四運動的獨幕劇」）。
	1928：1/22, 1/29, 2/5, 2/20	櫻花落	少嵒		日臺婚姻失敗收場。	劇目下題有「贈東京磺溪會諸兄」。
	1928：3/11	溪邊一野外的故事之一	苑約[53]			轉載自中國《民鐘》，日期不詳。最初載於《晨報副刊》1927年9月13～14日。
	1928：6/3	巾幗英雄	青釗（黃鑑村）		追求戀愛自由與校園中對抗民族壓迫的故事。	此劇共二幕，劇目下題有「贈南一中畢業諸鄉學友」，篇末作者自題「1928.4.30脫稿於首都學府」。
	1928：7/29, 8/5	平民的天使（上）（下）	吳江冷	獨幕劇	藝術當跨越階級安慰群眾。	轉載自中國《心潮》第一卷第一期，1923。
	1928：9/9, 9/16	蜜月旅行（上）（下）	炎華		新女性反對迷信的家庭衝突。	轉載自中國《婦女雜誌》第十三卷第八期乙種徵文「慕歐風徒學皮毛」，1927.8.1。
	1928：11/18	反動	逢秋	獨幕劇	解放運動陣營內部的中傷分化。	
	1929：3/3, 3/10, 3/17, 3/24, 3/31	蕙蘭殘了	青釗（黃鑑村）	獨幕悲劇	批判蓄奴制度與愛情追求的階級性。	劇目下題有「獻給Dear Mo」篇末作者自題「1929.2.8於南京中央大學」

資料來源：由筆者自行整理

---

53 作者可能為胡也頻（1903～1931），左聯代表作家，以小説、戲劇等作品活躍於1927～1928年的《晨報副刊》。在同時期署名「宛約」的作者發表〈資本家〉、〈家長〉、〈角喜發傳〉等作，胡的戲劇集《別人的幸福》（上海：華通書局，1929）收錄〈資本家〉一劇，證實該劇筆名「宛約」即胡也頻，但只有〈溪邊〉一作的「苑約」是否也是胡的筆名，目前未有資料佐證。

　　1927年《臺灣民報》於文協分裂的年代轉為民眾黨機關誌，擴大經營的文學版面依然面向時代局勢，更增添對左翼陣營沉重的呼籲與批判。相較於舊文學擁護者主導的《臺灣日日新報》、《臺灣新聞》等官報文藝欄、以及臺人立場迎合殖民當局的《昭和新報》，《臺灣民報》作為文化協會──本島社會文化運動機關的重要言論載體，其文章寫作展現批判時政的現實主義立場，緣此發展的新文學莫不與社運脈絡相關。經初步考察，《臺灣民報》刊載的劇本不論是轉載或是原創，都與當代政治運動息息相關。

（一）理想青年初起程：與家父長權威決裂的影姿

　　在《臺灣民報》文藝欄這些劇作中，無論轉載、創作都以懷抱社會改造理想的青年男女為主要人物，並安排與之對立的保守勢力家父長，以觀念之差異營造衝突情節的場面。最具標誌性者，1923年《臺灣民報》於創刊號「俱樂部」刊載了胡適〈終身大事（上）〉，[54] 由民報社員黃朝琴重寫胡適的前言，首先介紹「胡博士乃中華思想界的第一人，他的令先君，前清的時代，曾到臺灣做官。博士生平的著述，也常常念著臺灣」開宗明義牽起胡適之父胡傳曾擔任台南鹽務提調、台東直隸州知州的經歷，拉

54　該欄位於下期合併「小說欄」，改為「文藝」。《臺灣民報》第一卷第一期，1923年04月15日。

近與臺灣的因緣。後一段保留胡適原文對〈終身大事〉的定位，
「西文教作Frarce，[55] 譯出來就是遊戲的喜劇。」最後承繼五四
新文學的盛況「豈知這編好文字一經發表，感動著全國家庭。受
各界非常讚美」表明《臺灣民報》報社期待能承繼五四運動的立
場主張，進而啟發新文化運動。這篇先鋒性的劇本敘述一個富裕
／地主家庭裡，女兒田亞梅嚮往自由戀愛，並有結婚的打算，卻
受到迷信的母親阻撓。亞梅冀望提倡反迷信的父親能夠化解衝
突，但父親卻搬出封建時代的宗族觀念更加強硬地反對，最終逼
使女兒在男友的鼓舞下，偷偷離家出走。胡適描繪世代之間的觀
念衝突，更刻畫反封建、反迷信的男女勇於違背長輩壓制的果敢
形象。

1. 「非孝論爭」：臺灣版理想青年的離家劇〈絕裾〉

對傳統「孝道」的非議，由五四運動初期即有討論，於〈終
身大事〉發表的同年，浙江第一師範學生施存統刊登〈反孝道〉
一文演變成「浙江一師學潮」，[56] 進步思想者與保守勢力的反
撲，也同樣影響視五四為先行者的臺灣新文化運動。1925年發生
以《臺灣新聞》為主戰場的「非孝論」論戰，如今雖然該報散
佚，新舊文人陣營之間的側面聲援仍能見於《臺灣日日新報》與

55　原文誤植，應作「Farce」。
56　楊華麗，〈 "五四" 新文化思潮中的《非孝》事件考論〉，《中國現代文學論叢》
　　02期（2018）。

《臺灣民報》，研究者翁聖峯考察側面文獻，推敲出櫟社詩人與文化協會成員的林幼春《臺灣新聞》發表〈非孝論〉之後，王學潛為首的舊文人群起攻之，[57] 雙方陣營綜合討論文學是否需要「載道」，以及子女是否應當超越父系社會的服從規訓等問題。而正值其論爭的1925年8月，有篇署名「許逃堯」者投稿〈無題言〉，[58] 文中大力抨擊王學潛早前的研究謬誤，感嘆評論界多情緒發洩，尤其以「北報[59] 漢文欄，最為卑劣」，該文後半段則把砲火轉向徒具形式的臺灣公益會，更為推動臺灣議會請願的文協叫屈。

稍早發表於1924年9月21日《臺灣民報》的劇本「短篇戲曲」〈絕裾〉，作者「逃堯」，先行研究皆未能確認作者身份。不過，「逃堯」、「許逃堯」雖然生平不詳，也未見其他文章發表。但是，依據二文發表的時間相近，以及關注議題類似，可以合理推測「逃堯」、「許逃堯」為同一人。

因此，我們可以根據文本的互文性，以非孝論論戰的脈絡重新解讀〈絕裾〉。該劇以一家中具有文化運動理想的兒子林柏齡為主角，在父母軟硬兼施的阻撓下，又期待媳婦阿梅能夠即時加入增援，然而阿梅贊同其夫，讓該劇結束在主角離家的身影。劇

---

57 翁聖峯：〈文學界義、道德禮教與新舊文學論爭〉《日據時期臺灣新舊文學論爭新探》（台北：五南，2007.01）。

58 許逃堯：〈無題言〉，《臺灣民報》第64號，1925年08月09日。

59 指日治時期發行量最大的三大官報之一《臺灣日日新報》，其與《臺灣新聞》、《臺南新報》發行地分屬台北、台中、台南三地，此處北報即《臺灣日日新報》。

中林家有「薄田幾甲」、足以提供子女受高等教育，顯然是富裕的地主家庭，也符合大多數文化協會領導菁英的出身。主角林柏齡跟其父母林翁、陳氏的對話有其世代衝突的典型性：

> 林翁：「少年人大都血氣方剛、動不動、就講起爭鬥
> 呀、運動呀、皆不過一時客氣、總有翻悔的一日
> 我家薄田幾甲、除納太平租稅外、三食可繼、且
> 可以供汝買幾部詩集、購數冊新刊、也不致落人
> 之後、何苦去爭鬥呢」
>
> 柏齡：「這樣消極的渡世法、是最不肖最恨的、大人也
> 不是對兒絕無了解、總是愛而深、所以不使兒去
> 參加這有意義的運動呢、望大人割些私愛、動些
> 公憤罷」
>
> 陳氏：「齡兒、汝又與汝爹鬧氣麼、講什麼馬革屍啦、
> 犧牲啦、總無一句吉利的話、汝看我們二老從一
> 塊肉栽培到此日、娶妻成家、一片苦心、全望
> 汝……」[60]

最後，柏齡妻子阿梅先悲後喜，轉念勸告公婆應當贊同林柏齡的理想。主角因此分別與持反對意見的父母起衝突後，在同輩（妻子）的鼓舞下，勇於離家。在〈絕裾〉中父親以優渥穩定的經濟狀況勸說，讓以男性青年為主角的該劇，呈現出從事社會運動一旦割裂原生家庭所可能帶來的風險。

---

60 本論文中，劇本引文皆遵照《臺灣民報》原刊形式，不再贅述。

在文化運動啟程的殖民地時空，置於「非孝論爭」的逃堯，提出一部拋磚引玉之作，試圖以創作新戲劇文類的方式表達意見，希望能引起有心人討論；另一方面，〈絕裾〉不僅表達對家庭孝道絕對服從的反抗，也是支持非孝論者的核心思想。足見臺灣文化人不僅師法五四的戲劇經典，也對於五四新思想的擴散添一例證。另外，林柏齡形象不同於胡適筆下田亞梅的匆匆溜走，林妻吳阿梅引用「溫嶠絕裾其母」的典故，贊同林柏齡的志氣。當林向眾人行禮後「大步向外跑出」積極安然的形象，對於剛經歷「治警事件」不久的臺灣文化協會而言，逃堯〈絕裾〉可視為新知識分子的自我期許，也是從事文化運動者運用新戲劇體裁尋求意見表達的嘗試。

2. 賴和選編思想：轉載劇本〈新時代的男女〉、〈巾幗英雄〉

儘管文藝欄14部劇本中僅〈終身大事〉附有編輯前言，其餘轉載劇本皆未有編輯者片語留下，但都不能否認每一部劇本的刊載都有其原因理由、以及對閱讀效果的期待，也就是都存在有編輯者的意旨。草創期的文藝欄選刊了胡適刻畫中國社會家庭變革下青年男女果敢反抗離家的身影的作品，後續也讓近似主題的本土創作有躍登版面的機會，顯見編輯者的立場傾向。但是，這樣的思想主題到了張我軍主編時期並未出現，倒是到了賴和主編時期，出現了兩篇主題近似的作品。

　　其一是汪靜之〈新時代的男女〉，[61]該劇於《臺灣民報》
1927年12月分四期連載，只是至第四期時，連載內容盡數被檢閱
制度以「鉛屁股」消除。筆者於臺灣大學楊雲萍文庫以及上海圖
書館《全國報刊索引》資料庫兩處，尋獲轉載出處的《山朝》，
得以還原該劇的完整內容。[62]

　　〈新〉劇描述北大青年李疑古，熱衷學生運動，但其父李文
齋卻認為痛打曹汝霖、章宗祥的學運與強盜無異，兩人於是起了
家庭衝突。最後，與父母決裂的李疑古決定拋妻離家，加入孫中
山於廣州改組成立的國民黨。被檢閱刪除的第四期情節主要延續
父子間關於孝道的討論，在沒有共識下，疑古拋出「只做人不做
兒子」的想法，欲離家出走。文齋怒氣衝天作勢打人、並投擲茶
壺，疑古反而不再強求辯論，只是抒發憎惡一切的想法：

> 疑古：（依然鎮靜，嚴不可犯）我又憎惡一切壓迫別人
> 　　　奴隸別人的人！我憎惡官僚政客，土豪劣紳！我
> 　　　憎惡軍閥帝國主義！我憎惡資本家大地主！我憎
> 　　　惡博士教授學問！我憎惡老頭子，老太婆！我並
> 　　　且憎惡父親和母親！[63]

61　汪靜之，（1902～1996），1920年代著名詩人，1922年創立湖畔詩社，出版代表詩
　　集《蕙的風》成名，並曾受魯迅指導，與郭沫若結交。歷任國文教師、報社編輯、
　　大學教授等工作。2006年由其子女出版《汪靜之文集：回憶、雜文卷》（杭州：西
　　冷印社出版社，2006.01）。
62　〈新時代的男女〉於《山朝》創刊號、第二期連載。《山朝》，上海山朝書店於
　　1927年10月創設，為半月刊。筆者於楊雲萍文庫尋獲創刊號，另《臺灣民報》遭刪
　　除部分為第二期所載。見上海圖書館《全國報刊索引》資料庫。
63　《山朝》第一卷第二期，1927年11月10日，頁72。

疑古表明要前往廣州加入孫中山的軍政府，學習革命。並宣言離婚、不再返家、拒絕金援的決心，在母親溫情攻勢與父親的情緒勒索後，疑古痛罵：

> 疑古：（聲色俱厲）你生兒子原來是和放債一樣的，而且是放重利盤剝的債！生一個兒子，就是放出一筆債的本錢，要他大起來還利息。可是你這一筆債放輸了，不但沒有利錢，連本錢都丟了！[64]

劇末李家父子之間拳腳相向，台詞喊打喊殺，[65]最後在文齋痛罵「逆子」聲中幕速下。比對原始出處《山朝》雜誌的刊載內容，除了遭檢閱刪除的部分反映出中、台二地的社會差異，尚存在一處差異讓我們得以窺見編輯的意向。在《山朝》中，〈新〉劇的劇題有副標題「五四運動的獨幕劇」。《臺灣民報》編輯者轉載該文同時，卻去掉副標。另外，依據《山朝》第二期的編者後記，其介紹汪靜之：「幾月以來是住在浙江家鄉寫東西，所寫的有二本小說和一本雜記。小說是秋瑾和革命小姐，雜記是武漢見聞。」[66]再參照《汪靜之文集》的年表和作家自述推斷，撰寫

---

64 同註63。頁74。

65 解佳蓉推論可能劇情高潮處太過刺激才遭致刪除。見解佳蓉，《日治時期臺灣知識分子新劇與中國戲劇的關係探討》（國立臺灣大學文學院戲劇學系碩士論文，2016），頁26。

66 令人納悶的是，依據汪晴〈汪靜之生平自述〉《汪靜之文集：回憶、雜文卷》（杭州：西泠印社出版社，2006.01），其曾言回到杭州時期，是創作《父與女》小說集。查《汪靜之文集》，不但未收錄〈新時代的男女〉，也未見小說〈秋瑾與革命小姐〉與雜記〈武漢見聞〉。

〈新〉劇之際，正是汪靜之於前年10月加入武漢政府，而於1927年7月革命軍「寧漢分裂」後離開武昌，短暫的武昌時期與郭沫若親近。因而〈新時代的男女〉在談論自由戀愛、反傳統孝道的五四運動思潮下，劇末演變成「家是私產的表現，家是封建制度宗法社會的產物」、「家可以不要，父母可以不要，頭可以不要，革命是不能不革的，去了！」等語，劇中人最後喊出如同階級解放的呼求。顯示此時作者思想已從五四時期啟蒙大眾的理想主義，轉向至更積極的左翼階級運動。汪靜之因革命理念加入武漢政府、因恐懼清共而逃離的背景，讓〈新時代的男女〉在表面上是紀念五四運動，實則更向是一篇由國民革命轉為無產革命的心跡表露，抗議上海、武漢兩地對左傾人士的不包容，因而劇末的階級解放的色彩或許才是《臺灣民報》連載到高潮時被檢閱制度削去的主因。

　　至於，賴和身為《臺灣民報》編輯刪除原稿副標題之舉，則值得推敲玩味。該劇原始發表於《山朝》的時間是1927年10月，轉載到《臺灣民報》的發表時間是同年底12月，而在1927年中，是否中國或臺灣發生什麼樣的政治變故影響了賴和？筆者以為，此時賴和選擇刊登〈新〉劇卻刪去劇題副標「五四運動的獨幕劇」之舉，透露賴和身處臺灣文協分裂的餘波，正與彼時中國寧漢分裂的革命理想，同處在左右翼水火不容的歷史處境。原本理想主義者同在大帳之下，新的進步思潮會促使內部檢討，最終與舊世代割蓆決裂。汪靜之發出同情左翼的抗議之聲，賴和則是消減指涉五四運動的色彩，在新舊文協分道揚鑣之際，呈給讀者

一篇理想主義者不但非議孝道、還要走向革命的離家劇。

其二，人在中國的臺灣留學生青釗，[67]於南京大學時期的劇作〈巾幗英雄〉展現批判家父長的力道。〈巾幗英雄〉取材於台南第二女中女學生施快治事件，該事件中優等生施快治因在校講了一句臺灣話，被取消代表領取畢業證書。青釗使用進步女性為主角的寫作，嚴厲批判握有權力的家父長角色，渲染了現實中新聞的主角施快治的剛強性格。

依據顧振輝的研究，劇作家青釗於1924年即前往廈門留學，後又考進南京中央大學，於1932年畢業，因此於〈巾〉、〈蕙〉二作的寫作時間，都是在中國留學時期。作者並未親見臺灣政治團體分裂、走向激進抗議的時局，因此當1928年後的臺灣劇作，已轉向描寫知識分子於分裂時代的意見相左時，青釗並未著墨理想主義挫折內省的一面，作為中國留學生，可說是臺灣作者前進新文化運動先進地中國後，獨自延續著1920年代初期理想青年對抗家父長的典型路線，而獲編輯者賴和的青睞。

（二）理想青年的挫敗：文協分裂時代的光明之路

過往研究認為，由文藝欄的文章分布，以及賴和隱晦的編輯風格，並不能顯現出文協分裂帶給文藝環境的影響。然而賴和於

---

67 青釗，（1906～1982），本名黃鑑村，台南人，前往廈門集美中學、南京中央大學電機工程科留學，戰後受國民政府指示回台接收工礦公司，並創辦《無線電界》期刊。見顧振輝：〈《臺灣民報》劇作家青釗生平考〉（臺南文獻）15（2019）。

1928年中新文協機關誌《臺灣大眾時報》創刊號[68]發表的〈前進〉一文，表明了希望左右陣營互相扶持的心志，將這份對當代社會運動者內省、挫敗、勉強「尋求光明之路」的反身性考察，延伸到文藝欄的經營。

1. 回歸務實：轉載劇本〈平民的天使〉

依此，賴和於1928年轉載吳江冷〈平民的天使〉便顯得耐人尋味。該劇原發表於1923年1月的《心潮》雜誌，作者吳江冷與一干同人籌組文藝社團「玫瑰社」，並發行文藝雜誌《心潮》，然而隨著該社宣告沉潛學習，機關誌《心潮》僅僅發行2期便告結束，[69]「吳江冷」這個名字也未再出現於文藝媒體上。[70]〈平民的天使〉一劇，講述一對舞蹈家何蘊文、機械科教授金可英夫婦，相遇路旁一群不知名女工，聽其勞動者的訴苦，蘊文便以舞蹈娛樂他們，不料該場面被警察誤認為秘密集會，經紳士樣貌的可英解釋，才化解無由的質問與壓迫。

將〈平民的天使〉放置於1928年中的文協語境閱讀，時值文協分裂後，新文協、農組、工總等階級解放團體積極上街的時機，而舊文協所成立的民眾黨不再持有「本島人唯一言論機關」

68　《臺灣大眾時報》第1期，1928年5月7日。
69　〈玫瑰社緊要啟事〉，《心潮》第一卷第二期，1923。
70　吳江冷，生平不詳，玫瑰社同人，曾於該社創辦之文藝雜誌《心潮》發表小說〈似曾相識〉，戲劇〈平民的天使〉、〈男兒之死〉共三篇作品。

的實名。賴和同時處於左右陣營，擔任民眾黨機關誌《臺灣民報》文藝欄編輯、也身兼新文協機關誌《新臺灣大眾時報》的特約記者，此時期〈前進〉一文表達階級運動陣營的疼惜、〈赴會〉一文則批評民族運動者的地主身分，何以1928年7月的《臺灣民報》文藝欄，會連載一篇1923年由不知名作家寫成、發表在已經夭折的文藝雜誌，當年也幾無反響的作品？[71] 回到劇本所呈現的內容而言，其文本並不指涉任何現實事件，很容易被經歷社會運動的讀者帶入自身，而跳舞家、機械科教授夫婦並不只是發揮所學去服務女工，更在警察敏感於勞工集會的高張狀態下，至少能幫助無辜的女工們解圍。而藉由女工之口，非常直白地揭露左派工黨訴求不一定合宜，也痛斥開設講演、電影的右派青年集會仍然帶有階級之分的虛偽。如此一來，蘊文夫婦並非是不切實際的「天使」，而是在自以為是的左右政治團體之外，真正能夠與勞工階級搭起橋樑的知識份子。在左右傾辯的紛紛擾擾之間，或許賴和刊載〈平民的天使〉的用意，正是期待知識分子不以左右立場為價值判斷，發揮悲憫、同情弱者的俠義精神，藉此呼籲解決社會問題之道要回歸實際，彌合多次分裂的運動組織。

數量增長的新文類──戲劇劇本，分析其內容，發現轉載文本的編輯與新創作者，都延續批判封建、掙脫家父長體制的路線上，為主題增添一分困頓迂腐的知識份子形象，深描理想青年男

71　未署名：〈讀「心潮」後〉一文提及「內容雖不大豐美，不過也自有可尋味處」一語。請見：《文學旬刊》69（1923）。

女產生內部衝突的矛盾，隱隱影射著文協分裂後，團結不再的民
眾黨與新文協等左翼團體之間、也是團體內部不斷裂變的狀態。

2.　婚變悲劇的隱喻：分裂年代的知識分子〈蜜月旅行〉、 〈櫻花落〉

　　純就轉載劇本來看，除陳大悲〈說不出〉以外，都觸及婚姻
戀愛的題材。有的帶有趣味娛樂、有的則表現五四運動以來「社
會問題劇」的樣貌，從胡適〈終身大事〉以降，破除迷信與守舊
規矩的青年男女成為新文學文本中的要角，理想青年與婚戀題材
作為劇作中的常態，也特別彰顯在戲劇劇本的流行題材。1928年
《臺灣民報》由《婦女雜誌》刊載〈蜜月旅行〉，把揶揄對象從
守舊的長輩轉移到新婚丈夫，頗有反諷趣味。該劇出自於《婦女
雜誌》第十三卷第八期乙種徵文「慕歐風徒學皮毛」，該徵文並
無限制文類，唯炎華選擇劇本方式呈現。放置到彼時臺灣的年代
語境，比之1923年創刊初期刊載的〈終身大事〉，〈蜜月旅行〉
被轉載到《臺灣民報》的時間點，距離其原發表已有一年多，編
輯者賴和特別在1928年中刊載該劇，或許是因為劇中人物「慕
歐」理想主義的敗退有關。〈蜜月旅行〉講述一對新婚夫妻正在
規劃前往西湖的蜜月旅行，卻遭到家中婆婆張母的反對，夾在其
中的主角慕歐必須面對家父長強硬的守舊立場與新婚媳婦之間的
對立，最終裁決於他的態度，然而其違背自己曾經對婦女解放的
慷慨言論，困守孝道的絕對服從，讓家庭意見倒向保守的一方，

最終放棄蜜月旅行：

> 慕歐：我心裏中不願意這樣的小題大做—我想：蜜月旅
> 行、也不過是西洋的一種風俗、恐怕也不過像我們的蜜
> 月不外宿的；風俗一樣循例舉行、學些皮毛而已！梅
> 麗！請你把一件犧牲了吧！[72]

　　與其說慕歐以反思「中國—西洋」二元對立的民族主義為自
己護航，不如說其原本的進步理想，反而不敢忤逆張母、畏懼家
庭失和的流言而屈從，這顯示一位反封建的知識分子，失卻反抗
家父長體制的勇氣，也陷於舊社會緊密的人際連結。〈蜜月旅
行〉描繪的知識份子不但無法擊倒主要的家父長目標，也在內部
產生衝突，體現同陣營裡敗北妥協的一方拖累堅持理想的一方。
以此內容看來，刊載於1928年間的臺灣便顯得有特殊意義，正值
左右分裂局面的社會運動者們，無法統一戰線對抗殖民當局，如
同劇末慕歐感到「似乎有一種很險惡的風波、要從此開始了」令
其憂慮的是並非保守公敵，而是原本因理想結合的夫妻從此失
和。編輯者賴和於1928年的時空刊載，發揮文藝欄的言論意見功
能，轉變〈蜜月旅行〉從一篇上海《婦女雜誌》的徵文小作品，
成為一則殖民地臺灣現實現地的政治隱喻。
　　創作劇本方面，1920年代《臺灣民報》劇本皆為社會劇，其
主要討論的也是婚戀題材的青釗〈巾幗英雄〉、〈蕙蘭殘了〉與

72　《臺灣民報》第226號，1928年9月16日。

少㠸〈櫻花落〉，婚戀悲劇中的知識份子立場，正顯現批判社會
封建保守的力道，或可能陷入意見相異的內鬥。少㠸〈櫻花
落〉，由三場戲構成，以面臨崩潰的一對台男日女婚姻為開場，
回憶林隸生、國本櫻子兩人留學時期的浪漫過往，然而最終兩人
未達成共識，以櫻子自殺收場。關於〈櫻花落〉的人物與情節，
施淑認為該劇象徵著日台知識分子的合作無法實現理想，是一篇
殖民地臺灣的國族寓言。吳宗佑補充指出〈櫻花落〉的發表時
間，實際上早於日台共婚法（1932年）的頒布，日台通婚上的社
會問題、種族間的文化差異都無跡可尋，認為少㠸更可能是藉婚
戀題材，警告內地留學的「礦溪會諸兄」注重理想主義的實際
面：「實踐進步理論的過程中，必然伴隨理論在地化的過渡期。
如何成功轉移外來理論，在地經營是必須跨越的難題」。[73]筆者
認為：不僅僅是一位作者對進步理論在地化的提醒，放在文協分
裂的政治脈絡，〈櫻花落〉裡青年男女理想生活的覆滅，更可能
是一份對無視臺日民族差異的階級運動路線的警世寓言。主角夫
妻在移居臺灣後逐漸脫離社會改造的事業，林從一位追隨馬列主
義，受困於經濟狀況，發出「恨我們的祖宗沒有放下財產給我」
的哀鳴，表現留學生歸返殖民地故鄉，卻無能為力的困境。

　　若檢視東京礦溪會早前的事跡，使其聲名大噪的是1926年8

73　吳宗佑，《「民眾」的戲劇實踐：以日治時期臺日知識人的劇本創作為中心，
　　1923-1943）》（國立政治大學臺灣文學研究所碩士論文，2019），頁29。

月舉辦全島雄辯大會，會中文協幹部輪番講演，活動成功。[74] 但直到隔年暑假再歸臺時，已是文協分裂的時局，該年暑假在彰化舉辦的「臺灣社會改造講演會」，廣邀各黨派，然而十數位講者中，除了主持人李金鐘、講者蔡培火冒著聽眾反彈的聲浪參與，其餘皆是新文協幹部。根據報導，新文協講者的內容莫不是呼籲階級解放運動的迫切性、排擊民族運動與右派資本家，更提倡與日本無產者合作。[75] 對照前一年第一屆全島雄辯大會左右派思想合作的景況，可以推斷東京礦溪會於分裂時代，內部的主流聲音或許已經倒向新文協。

因此少嵒致贈〈櫻花落〉予礦溪會，不只是留學生如何歸返殖民地故鄉，理想主義如何落地的關切；或有可能的，林隸生的書房牆上掛有馬克斯、列寧的肖像、友人赤城談到「弱少民族之悲哀[76]」一詞，將理想青年指涉新文協一派的左翼青年，來提醒左翼進步言論的標榜不一定適用於當前的政治狀況；此外櫻子付出與原生家庭決裂的代價，婚後又飽受台人側目，不但嘲諷自身「甘願作清國奴的老婆」，控訴隸生描述的臺灣與期待不符時，挑明「炎熱不衛生、管弦為亡國之調、人情愚鈍奴隸根深」，正是殖民者抱持文化優位的思想，藉由櫻子未能以婚戀超脫民族差

---

74 〈全島雄辯大會的盛況〉，《臺灣民報》第121號，1926年09月25日。

75 〈東京礦溪會主催臺灣社會改造講演會十八曰在彰化開會〉，《臺灣民報》第170號，1927年08月28日。

76 經由連溫卿所提供的數據，日本社會主義者山川均寫成〈弱少民族的悲哀〉，發表於1926年5月的《改造》。臺灣方面則刊於《臺灣民報》第105～115號連載，時間橫跨同年5月16日～7月25日。

異，依然用文明進化的帝國觀點看待臺灣的偏見，來批評新文協
無視臺日民族差異的階級運動路線。

3. 檢討社會運動者自我：左翼青年內鬥劇〈反動〉

　　發表於1928年11月18日的〈反動〉，該劇作者逢秋，副標
「獨幕劇」，篇幅短小，在過往的戲劇史受到矚目的程度亦遠不
如少嵒〈櫻花落〉、青釗〈巾幗英雄〉。然而將此劇放置於1928
年的政治脈絡，更能幫助我們釐清劇中爭論的事件原型，也與彼
時《臺灣民報》作為民眾黨機關媒體，呼籲新文協等左翼青年共
同統一戰線、勿再陷於內鬥的社說言論相呼應。

　　作為獨幕劇的〈反動〉，情節圍繞在主角黃平心待在家中接
見朋友，討論一位「O先生」指控其立場反動的流言，而對話主
要由黃平心分別與友人陳恣山、阮疑風二人之間展開，劇中人物
的個性並不明顯，也未曾發動任何身體上的戲劇行動，更像是藉
由對話體的形式，安排角色間的一來一往表明「指控反動」事件
的看法。然而從對話來往，可以體會作者循序漸進的設計，給讀
者鋪陳一條理解的路徑：首先安排主角接到遠方的信件，與其妻
雪香的對話得知一宗流言正在展開、接著同在運動陣營的陳恣山
來訪證實此一消息，末半段黃平心與當晚的講演者阮疑風檢討
「O先生」培養利己勢力，詳細指陳運動陣營內部欺騙大眾支持
者的種種醜相。由此可知，作者有意識地安排三位輪番與主角對
話的角色，目的在步步鋪排「受到攻擊、證實、舉證反擊」的事

件順序，角色的對話長度和資訊密度也由疏漸密，逐漸揭露該流言的錯誤，最終達到在觀眾面前檢討運動陣營核心決策者的偽善面。

　　特別要指出的是，〈反動〉一劇是以中國白話文寫成，但仍然運用「同牢牛相知力氣」、「老鳥避鎗煙」、「赤足的打獵、穿靴的食肉」等臺灣話俗諺，以及「注文」、「屆出」等日語漢字，表現1920年代殖民地的漢文書寫多語混雜的特色，也緣此作者僅此一作、真實身分難以考察的狀況下，依然可依據語言狀況判斷〈反動〉應屬本島人的創作。

　　關於〈反動〉劇中一系列用使用代號「S城」、「B會」、「T社」、「G君」、「K事件」、「S事件」、「G君」、「M黨」，看似隱去真實事件的指稱，但仍然能透過情節的發生順序，可推測出各名詞的原型。由於角色們所屬的「B會」是從事「解放運動」，若將多個事件置於1928年中的脈絡，原本看似未指名道姓的文本，卻隱約可以對照真實事件中的階級解放運動，也即是簡稱新文協的臺灣文化協會。如此一來，考察作為聯合黑色青年、臺灣農民組合、共產黨等左翼組織的該組織，由1927年1月奪得文協代表權以來的歷史時間軸，對應到〈反動〉劇中事件，或可隱約理解作者的指涉意圖：

表6 〈反動〉劇中事件與新文協等左翼團體經歷等對照

〈反動〉重大事件概要		地點	時間	新文協等左翼重大事件經歷		地點	時間
K檢舉事件	該事件為檢舉事件，黃平心被逮捕，而未牽聯「O先生」。	不詳	不詳	黑色青年聯盟案	為1927年最大規模的檢舉事件，規模佈及全島，對無政府主義造成重大打擊。	全島各地	1927年2月1日起十數日間
S事件	百餘人入獄，中央委員享有牛奶、辨當，但其餘無產青年則無。	不詳	不詳	新竹騷擾事件	新文協於新竹開設糾彈警察暴政的政談講演會，但演變成包圍郡役所的警民衝突。當場逮捕者73人，加上當夜被檢舉者共百餘人。	新竹	1927年11月27日
T社成立	「O先生」心腹、有錢的老同志各個都有位置。	不詳	發生不久	臺灣大眾時報社發刊	文協分裂後，新文協亟欲成立機關誌，經過一年多的籌備最終於東京發行「臺灣大眾時報」。	東京	報社成立時間不詳，創刊號發行於1928年5月7日。
與B會對立的M黨	誹謗黃平心加入M黨，被該黨收買。	不詳	不詳	民眾黨	文協舊幹部等右派，於1927年7月10日成立臺灣民眾黨，並於10月全面退出文協事務。		1927年7月10日～1931年2月18日
某政壇講演會	黃平心被「O先生」共同聯名申請人。	S城	前天				
某講演會	當晚阮疑風即將登台講演，黃平心已與「O先生」清算過，並脫開關係。	S城	劇中現在時間				

資料來源：由筆者自行整理

　　由上表可知，劇中各重大事件的發生順序，與現實中左翼團
體的經歷，存在明顯的對應關係，這也補充解釋了「從事解放運
動的B會」即是與民眾黨相對立的「文化協會」，全劇題材是以
新文協內部鬥爭為發想。雖然作者逢秋作為「一作作家」，真實
身分仍有待相關研究出土，但作為一部出現在《臺灣民報》文藝
欄的作品，實際上是藉由看似虛構的文學去影射並指控左翼陣營
之中，核心運動者培養自身勢力，不顧廣大無產支持者的一面。
回顧新文協後來的發展，不但再次分裂於「上大派」之爭，更逐
漸落入臺灣共產黨的側翼位置，最終消散於當局政府的取締。

　　〈反動〉作為一部戲劇新文類的嘗試，反映出不同於文協初
期的劇本中洋溢希望的理想青年，捕捉社會運動者挫敗與失和的
心靈狀態，逢秋所描繪的黃平心、陳恣山、阮疑風、白雪香等，
皆是不滿三十歲的理想青年，卻受制於運動陣營核心的無能領
導，主角黃平心直言批評：「做個領袖不會理解會員的行動、把
良言當作逆耳看待、像那樣的沒常識怎會引導大眾去行那光明的
大道呢？」對讀1928年同時期描寫社會運動者的作品，經常使用
尋求光明之路的意象，意味著頻頻分裂的各政治團體正處於難以
彌合的悲觀情緒之中：同年發表的史乾〈走到光明之路〉，[77] 嘲
諷一位社會運動者每晚墮落於麻將；賴和稍早於《臺灣大眾時
報》發表的〈前進〉，則是以踽踽於夜路中的兄弟，呼籲同伴
「光明已在前頭，跟來！趕快！」，逆說著社會運動者深陷左右

77　《臺灣民報》第236號，1928年11月25日。

分裂難再合作的黑暗中；而逢秋的〈反動〉一劇亦成功捕捉時代，甚至更進一步地影射現實政治團體，批判階級運動只是在糾集自身勢力，尖銳檢討著政治運動的現實。因此，創作劇本於出現的年代。都對應著社會運動的脈絡，整理如下：

表 7 《臺灣民報》創作劇本與 1920 年代社會運動之對應脈絡

文藝欄分期	刊載日期	劇目	作者	對應社會脈絡
草創期	1924：8/1	屈原	張梗（群山）	治警事件
	1924：9/21	絕裾	逃堯	非孝論爭
賴和時期	1928：1/22, 1/29, 2/5, 2/20	櫻花落	少岧	由東京礦溪會舉辦之臺灣社會改造講演會
	1928：6/3	巾幗英雄	青釗（黃鑑村）	臺南女二中施快治事件
	1928：11/18	反動	逢秋	黑色青年聯盟案、臺灣大眾時報社創刊、新竹騷擾事件
	1929：3/3, 3/10, 3/17, 3/24, 3/31	蕙蘭殘了	青釗（黃鑑村）	

資料來源：由筆者自行整理

　　1927年後的臺灣本土創作劇本，堪稱是首批對劇本書寫有清楚意識的一群，能夠掌握「舞臺指示」與「對白」相間的西方戲劇（drama）體裁。這批劇本未見有搬演紀錄，呈現分幕分場的西方劇本結構，可能是通過閱讀學習來養成劇本寫作的能力。經由社會運動的脈絡切入，《臺灣民報》的劇作於題材上表現1920年代在殖民地臺灣，主要由知識份子組成的社會運動者，他們從

熱血離家——反抗家父長權威的影姿,再到理念分歧——陣營分裂下彼此間檢討的心理挫折。這反映了作者都是具有新文類寫作能力的知識份子前提,針對自我的處境,以對話體寫下事件脈絡下的衝突。從選編轉載劇本對社會運動者形象描繪、〈絕裾〉和〈櫻花落〉對現實事件提出公共意見、以及〈屈原〉、〈反動〉勉勵或批判同志的隱喻,顯現戲劇文類在1920年代的出現,圍繞著社會運動者反身映照自我的思考。

六、結語

　　1920年代的殖民地臺灣的知識份子面向大眾,從文化啟蒙的指導者,走向為農工階級服務的運動潮流。作為新文化與新文學一環的臺灣新戲劇,也接受來自西方與東亞先進國的經驗,開創劇本文類的出現。其中本島人的創作環繞著社會運動團體的政治起落,立基在《臺灣民報》文藝欄,由編輯者賴和選編下逐步堅實的版面,再現自身所處的運動脈絡。其中文藝欄的演進歷程裡,1927年的改版至關重要,象徵著文學園地的擴張,也促成劇本的出現。雖然無法掌握賴和擔任《臺灣民報》編輯的直接史料,但考察文藝欄與文學作品的分布狀況,重新建立「草創期」、「張我軍時期」、「空窗期」、「賴和時期」四個分期,以及各時期的起迄時間點,明確戲劇劇本出現最為關鍵的賴和時期。

　　過往研究認為「編輯者賴和」的選編風格隱晦，經本論文考察發現，賴和作為常設文藝欄的新主編，儘管可能受限於稿件不足的情況下，無法透過選讀作品而形成外顯的文藝欄風格，但其仍呈現三樣特質：首先，賴和引介魯迅在廈門大學時期所指導的學生作品，或許存有引導或鼓勵本島知識青年觀摩習作的用意，而與張我軍高倡經典、親自與舊文學陣營論戰的姿態有極大差別。另一個特質，是重視戲劇新文類，在賴和主編文藝欄時期，先後刊載9篇劇本，不論就數量或比例上來看，都明顯高於其他時期。

　　最後，也是最重要的一個特質，當我們把賴和選刊的劇本放置於政治局勢高張的年代閱讀，文藝欄也積極地成為意見參與的一環：關懷當前的社會運動，面對團體不斷裂解的傷痕，以民眾黨的立場出發，反省左翼團體採取黨同伐異的激進路線，提出思考實際面的呼籲。由此觀之，賴和時期文藝欄的劇本選編風格，呼應《臺灣民報》草創時期，呈現社會運動者反思自我的積極精神。在不斷分裂的狂飆年代，臺灣戲劇文類的出現，不僅直接挑戰封建保守的社會問題，戲劇文類的辯證性特質也發揮來刻劃理想主義者尋求出路的曲折。這一種富含隱喻而自我反省批判的姿態，正是與當時作家賴和在〈前進〉一文中勸解左右陣營原是兄弟的精神同款。

參考資料

一、專書、學位論文

石婉舜，《搬演「臺灣」：日治時期臺灣的劇場、現代化與主體型構》
　　　　（臺北：國立臺北藝術大學戲劇學系博士論文，2010）。

吳宗佑，《「民眾」的戲劇實踐：以日治時期臺日知識人的劇本創作為
　　　　中心，1923-1943）》（臺北：國立政治大學臺灣文學研究所
　　　　碩士論文，2019）。

柯喬文，《「五四」與臺灣文學／文化運動（1915-1945）》（嘉義：
　　　　國立中正大學中國文學所博士論文，2009）。

莊勝全，《《臺灣民報》的生命史：日治時期臺灣媒體的報導、出版與
　　　　流通》（臺北：國立政治大學臺灣史研究所，2017）。

解佳蓉，《日治時期臺灣知識分子新劇與中國戲劇的關係探討》（臺
　　　　北：國立臺灣大學文學院戲劇學系碩士論文，2016）。

飛白、方素平，《汪靜之文集：回憶、雜文卷》（杭州：西泠印社出版
　　　　社，2006.01）。

封德屏、陳建忠等，《臺灣現當代作家研究資料彙編01：賴和》（台
　　　　南：國立臺灣文學館，2011.03）。

封德屏、陳建忠等，《臺灣現當代作家研究資料彙編81：楊守愚》（台
　　　　南：國立臺灣文學館，2016.12）。

洪卜仁，《廈門舊報尋蹤》（廈門：廈門大學出版社，2010.01）。

胡立新、湯博恩等，《廈門報業》（廈門：鷺江出版社，1998）。

黃武忠，《臺灣作家印象記》（台北：眾文圖書，1984.05）。

黃英哲編，《日治時期臺灣文藝評論集（雜誌篇）》（台南：國立臺灣
　　　文學館，2006.10）。

黃玉齋編，《台灣年鑑》（臺北：海峽學術，2001）。

磺溪文化協會，《磺溪一完人：賴和先生百年紀念文集》（台北：前
　　　衛，1994.07）。

李引隨，《李碩果九十年回憶錄》（太平華僑承印，1978）。

魯迅，《兩地書：魯迅與景宋的通信》（香港：南國出版，1966）。

廈門大學中文系編，《魯迅在廈門資料匯編.第1集》（廈門：廈門大學
　　　中文系，1976）。

翁聖峯，《日據時期臺灣新舊文學論爭新探》（臺北：五南，
　　　2007.01）。

薛建蓉，《重寫的「詭」跡：日治時期臺灣報章雜誌的漢文歷史小說》
　　　（台北：秀威，2015.03）。

葉石濤，《臺灣文學史綱（註解版）》（台北：三民，2010.09）。

二、 期刊論文集、論文

白春燕，〈1929年戲劇論爭看葉榮鐘的文藝觀〉，《臺灣文學學報》
　　　34期（2019.06），頁99-131。

李宛儒，〈1920年代の臺灣新劇と知識人：『臺灣民報』の記』の記
　　　事分析を中心に──〉。《演劇博物館グローバルＣＯＥ紀
　　　要 演劇映像学2007（第一集）》。東京：早稻田大學演劇博
　　　物館グローバルＣＯＥプログラム，2008。

張耀仁，〈想像的「中國新文學」？——以賴和接任學藝欄編輯前後之《臺灣民報》為析論對象〉，收入文訊雜誌社編，《青年文學會議論文集：臺灣現當代文學媒介研究》（台北：文訊雜誌社，2008.04）。

許俊雅，〈誰的文學？誰的產權？——日治臺灣報刊雜誌刊載中國文學之現象探討〉，《臺灣文學學報》21期（2012.12），頁1-35。

顧振輝，〈《臺灣民報》劇作家青釗生平考〉，《臺南文獻》15期（2019.06），頁140-161。

楊華麗。〈"五四"新文化思潮中的《非孝》事件考論〉。《中國現代文學論叢》02期（2018）。

三、 報刊、文藝雜誌資料

《山朝》1、2（上海：1927.10～1927.11）。

《天馬》第2期（集美留學校畢業同學會，1927.11.16）。

《民鐘日報》（廈門：鼓浪嶼民鐘報社，1917.4.3、1926.10.28、1927.7.30、1928.10、1929、1930）。

《波艇》1、2（上海：北新書局：1926）。

《蠻聲》5（廈門：1927.6.1）、6（廈門：1927.6.7）。

《廈大周刊》第170號（1927年1月1日）。

《鼓浪》1～7（廈門：1926～1927）。

《臺灣民報》（臺北：東方文化，1973年復刻版）。

《臺灣民報》（臺北：國立臺灣歷史博物館，2018年復刻版）。

《臺灣新民報》（臺北：東方文化，1973年復刻版）。

四、 數位資料庫

上海圖書館，《中國全國報刊索引》。查詢日期：2019年11月7日。

廈門大學《廈門大學報刊館》、《民國報紙專題庫》。查詢日期：
2019年6月29日。

賴和紀念館，《數位化典藏建置計畫》。查詢日期：2019年11月7日。

2

論甘耀明《殺鬼》與《邦查女孩》「少年／少女成長」的性別書寫意義

陳震宇

摘　要

　　成長小說主要討論主角成長歷程中，如何由未知而啟蒙，天真而失落，進而定位自我的過程。甘耀明的小說中常以成長作為敘事的軸線，本論文擬從甘耀明的兩本長篇小說《殺鬼》與《邦查女孩》進行比較，試圖看出甘耀明兩本小說的主人公作為少年成長與少女成長代表的成長歷程差異。

　　《殺鬼》與《邦查女孩》，前者以一九四〇年代作為背景，後者以一九七〇年代作為背景，主角不同性別的設定，又能同時呈現多元族群的景象，而在性別的向度中，除觀察作家自身的性別意識之外，父權的力量影響著兩位角色的轉變，亦可從中看見主角作為臺灣隱喻象徵時，無法擺脫的父權力量與權力關係。

關鍵字：甘耀明、《殺鬼》、《邦查女孩》、成長、性別

一、前言

　　楊照曾指出「傳統的父權文化，為了凸顯父親的權威，建立
父親壟斷式的無所不在形象，付出的一個嚴重代價，就是對兒
童、少年少女的忽視」，[1]梅家玲也說明，在傳統唯父子傳承是
尚的家國觀念影響下，臺灣小說中太多悲苦沉重的「兒子們」，
徘徊在家門之外或是掙扎於父子之間，每每折射出一定的社會變
遷。[2]父權權威讓書寫中的少年主體被隱沒，而少年書寫也呈現
出某種對於父權體制的反抗，然而有趣的是，甘耀明書寫成長小
說，是站在中年人回望青年的立場上書寫的。張大春對此說過，
作為社會中堅分子的中年人因為擔心下一代，而潛秘地在教育、
文化的機制中布置暗樁，試圖遲滯下一代在權力或性方面的啟
蒙，粉飾太平，但微妙的地方是，中年人也因此想起了自己的成
長經驗，甚至懷念一切。[3]張大春指出：

> 行過中年的小說家「重溫」少年啟蒙經驗隱然含有一刀
> 兩面的意義。他們一方面是站在確認其為中年人（甚至
> 更老）飽經世故而懷有某些深刻人生洞見的位置上發

1　楊照，〈啟蒙的驚怵與傷痕——當代台灣成長小説中的悲劇傾向〉，《夢與灰燼－
　　戰後文學史散論文二集》（台北：聯合文學，1998.04），頁198。
2　梅家玲，〈孤兒？孽子？野孩子？——戰後臺灣小說中的父子家國及其裂變〉，
　　《從少年中國到少年台灣：二十世紀中文小説的青春想像與國族論述》（台北：麥
　　田，2013.03）。
3　張大春〈他們都是怎樣長大的？——小説裡的少年啟蒙經驗〉，《文學不安：張大
　　春的小説意見》（台北：聯合文學，1995.10），頁24-25。

言，一方面又不得不在重返天真的敘述視野之際體驗到
年輕人種種茅塞未開的熱情和執著；而這兩者之間其實
往往是有衝突的。於是這一類的小說家經常背負著中年
人和年輕人相互的、雙重的疑慮。[4]

年輕人與中年人的雙重疑慮被呈現時有何樣態？甘耀明筆下書寫
的《殺鬼》與《邦查女孩》的主角在設定上都沒有父親，但這是
否就代表傳統父權的力量泯然消滅？《殺鬼》中甘耀明儼然讓女
性退居幕後，小說實以男性世界作為中心，而在《邦查女孩》
中，女性的位置反而刻意被彰顯。由少年成長到少女成長，甘耀
明如何回望，又可以在成長小說的路徑上分別看出何種性別書寫
的意義？

二、《殺鬼》——帕的少年成長之路

在政治學的討論中，「性別」往往成了「婦女」的代名
詞，但是在分析國家的時候，我們絕對必須納入男人和
陽剛特質，尤其是像國家這麼龐大複雜的組織，更要區
別陽剛特質中的霸權與從屬之分，這一點很重要。女性
主義理論明確指出的國家陽剛化，原則上是指國家機構

4　張大春〈他們都是怎樣長大的？——小說裡的少年啟蒙經驗〉，頁25。

與霸權陽剛特質之間的關係[5]

閱讀《殺鬼》的過程中，很難不關注其戰爭的背景與充滿暴力的書寫，楊雅儒指出殺鬼建構出的是一殺伐史／鬼史／人史交織的世界，小說中著重不少血腥的征戰場面，抗爭打鬥作為主題，衝突的源頭起因於「差異」。[6]甘耀明令許多異文化齊聚一堂，這些異文化卻構成一充滿父權色彩的暴力世界。本節將探討少年帕的成長如何在父權世界受到影響，並透過「身體政治」指出甘耀明透過少年帕的成長歷程可能帶有的意義。

（一）《殺鬼》的父權世界

過往的政教機制向來以男性為中心，在兩性關係上往往以男主女從、男外女內為依歸，族嗣上以父子相繼為尚，而「一門之內」是為「家」之所在，構築出封閉固著的空間意識。奠基於家庭的性別論述，又會延伸嫁接在國族論述上，形成一完整且序階井然的社會國家想像。[7]從家延伸到整個父權的社會結構體制，也可以從中觀察甘耀明如何賦予關牛窩一個有父權色彩的背景。

---

5 Raewyn Connell著，劉泗翰譯，《性別的世界觀》（台北：書林，2011.06），頁183。

6 楊雅儒，〈諧謔的戰爭史：《殺鬼》的歷史／暴力書寫〉，《文訊》第292期（2010.02），頁104。

7 梅家玲，〈性別論述與戰後臺灣小說發展〉，《中外文學》29卷3期（2000.08），頁129。

在《殺鬼》的卷末〈日久他鄉是故鄉〉中，談及十九世紀初清道光年間帕的先祖劉道明移民至關牛窩的故事背景。劉道明三兄弟因為父親受哪吒太子託夢而渡海而至新竹外海。其中劉道明堅守父訓以船為家，在沿海從事買辦生意，在十九世紀中葉溯河由後龍溪而至關牛窩定居。劉道明移居關牛窩後，以投機取巧的方式掠奪當地賽夏族人的地盤，並在商業貿易之餘致力農墾，引來更多客家移民，鞏固了地方勢力，產下一子劉金福。瑪西（Doreen Massey）指出，全球化過程也跟性別及種族有關，遍及各地的移動性往往隨著種族和性別而分化，而人移動的原因根本就不是均質的，她強調人群的複雜移動如何充滿了權力，這不僅是資本的議題，也牽涉其他無所不在的社會關係形式。[8] 當然，瑪西的全球化移動有其論述的背景和前提，她特別注重在全球化狀況之下不同階級的移動有不同的理由，菁英階級的移動和貧民階級的移動自是大不相同，也在這對比之下看出了階級之間的權力關係。而筆者也思考這些全球化過程的移動，其實也鞏固了性別權力的關係，是以甘耀明筆下書寫的移民過往，也無疑將漢文化的父權體制透過移民的方式移入台灣。清代在女性無法得到太多權力的狀態下，本就少有離家的權力，是以當時也才會出現「羅漢腳」遍布的情形，筆者以為移民的拓墾帶來的是又一次父權的鞏固，劉道明開墾關牛窩又逼走了原本居住於此的原住民，實際上

8　Tim Cresswell著；徐苔玲、王志弘譯，《地方：記憶、想像與認同》（台北：群學，2006.02），頁116-117。

便重塑一個新的漢人父權社會。

　　而後劉金福繼承劉道明的龍眼樹園，甘耀明描寫劉金福娶了
「三位大婆細妾，兩個漢人，一個泰雅族」，[9]女人之間即便爭
風吃醋仍然被劉金福照顧的非常穩妥，甘耀明強調了劉金福吃了
蜂王乳增強性能力讓女人不斷孕娠，在唐山來的舨板老龍眼樹王
的庇蔭下，關牛窩成了一個大家族繁衍之下的新故鄉。而就在這
看似美好的生活情調之下，一八九五年，日軍來了，劉金福北上
迎戰卻吃了敗仗回到關牛窩，賭氣跑到山上隱居，後來在山上有
了二房孫子帕。在這劉姓家族的移民史的過程中，女性始終被放
在權力較低的位階，只是負責生育、鬥嘴，除此之外，女性在整
個移民開墾的過程中儼然被隱身在幕後。但從精神分析理論來
看，母親對於孩童的養成十分重要，拉岡對伊底帕斯情節的闡述
便指出：

　　　　兒童與母親之間的直接情感關係使兒童把自己看成他就
　　　　是母親所缺少的欲望對象。這個以滿足「他人」（即母
　　　　親）的匱乏的對象就是男具（男性生殖器）。……正如
　　　　拉康所指出的，在「伊底帕斯情節」的第一個階段，兒
　　　　童的慾望是全然地屈從於母親的慾望的：兒童所追求的
　　　　東西，就是成為（母親的）慾望的慾望，就是極力滿足
　　　　母親的慾望。[10]

9　甘耀明，《殺鬼》（台北：寶瓶，2009.07），頁427。
10　杜聲鋒，《拉康結構主義精神分析學》（台北：遠流，1988.10），頁138-139。

在鏡像階段之後，兒童雖然走上了主體認同的道路，但與母親的
關係仍處於一種交融而未分化的狀態，是以母親的角色對孩童來
說有極重要的位置。可以發現，若將整個關牛窩的背景順著劉氏
家族開拓的脈絡看下來，帕的成長歷程在甘耀明的筆下儼然是一
個母親缺席的世界，將母親不在身邊這件事結合精神分析理論來
看待，也就存在著分離焦慮與恐懼。

　　正因為在帕成長歷程中經歷的女性角色極其稀少，帕的小學
老師秀山美惠子便顯出其重要性。美惠子老師對帕而言的初印
象，除了是一位內地來的老師之外，帕「看著美惠子夕陽下清淡
的線條，美極了」，[11] 在皇民化教育的影響下，美惠子的外表為
帕所吸引更可以視為帕對日本認同的一種助力。帕很聽美惠子的
話，美惠子用征露丸讓帕認同天皇神聖的一面，而帕所收藏的宮
澤賢治《銀河鐵道之夜》是初見美惠子時從皮箱中掉出來的，也
是帕所珍藏的一本書，同時滿足帕對日本現代化的火車想像。由
此可見美惠子除了是老師的存在，教育小孩的形象與影響力儼然
也作為帕缺席母親的投射。

　　帕的成長歷程不只無母，也失去父親，前文第二章亦提及帕
的義父鬼中佐對於帕的重要性，是令帕從親情的認同中強化對日
本的認同。日本殖民的過程無疑是一種父權力量的侵入，帝國主
義本身就是極度性別化的，從男性勢力展開帝國侵略的那一刻開
始，到安定殖民社會，都是殖民者與被殖民者之間建立一種新的

11　甘耀明，《殺鬼》，頁23。

陽剛特質。[12]然而帕的義父並不只一個，為了化解帕八字太硬的困境，帕在八歲時認了泰雅族義父，並以泰雅聖山大霸尖山「Pa-pak-Wa-qa」取名，原住民義父說「他數個音節的名字是全世界的力量核心」，[13]這也埋下了帕在心中對台灣本地的台灣意識。筆者以為，從劉金福、泰雅義父及鬼中佐三個父親象徵看下來，帕實是三個父權世界的混合體，這也是劉亮雅以為「帕的個人質素融合了日本公學校教育所養成的修身自律、忠誠孝順、客家男人對女性的尊重以及原住民獵人的體能」[14]的原因，只是帕在三者之中仍較認同日本脈絡下的鹿野中佐。

依據周婉窈研究顯示，從史料中對日治時期臺灣志願兵的訪問可以看出這個脈絡下的端倪，如：當時在訓練中的陸軍志願兵陳永帶回憶道：「雖然日日夜裡流淚而眠，但在學校裡接受日本教育，我們台灣青年作為的國軍人，為國盡忠，我認為這是男子的本懷」。「男子的本懷」指服兵役，是志願兵制度實施後常常出現在台灣報紙的語彙。[15]事實上，台人作為日本的殖民地子民，由一開始只需要納稅，到一九三七年逐漸以軍夫身分加入日本軍隊後，開始鼓勵台人以「志願」（日文，意即申請）方式從軍，而一九四一年台灣志願兵制度開始實施時，已然可見台人申

12　Raewyn Connell著，劉泗翰譯，《性別的世界觀》，頁183。
13　甘耀明，《殺鬼》，頁142。
14　劉亮雅，〈重返1940年代台灣－甘耀明《殺鬼》中的歷史傳奇〉，《臺灣文學研究學報》26期（2018.04），頁242。
15　周婉窈，《海行兮的年代－日本殖民統治末期台灣史論集》（台北：允晨文化，2004），頁212。

請做為志願兵的反應熱烈。[16]種種跡象顯現日本當時在台灣的愛國（軍國）教育無疑有著相當程度的成功，讓年輕人帶有相當強烈的愛國心。這樣的角度得以檢視帕在戰爭初期時何以如此投入戰爭，正因為帕對鬼中佐有較大的認同，且在公學校的教育之下已逐漸認同天皇，帕申請擔任志願兵的心志堅強，鬼中佐也不能以年紀為由不讓帕從軍，於是帕成為新兵訓練班長。當帕大喊「我是鹿──野──千──拔……」[17]時，就是一種對自我認同的宣示。筆者認為這過程也是一種殖民父權體制下的陽剛化展現，帕向日本的殖民世界靠攏，成長的過程中卻也不得不被台灣的本地意識所影響，兩股力量互相拉扯的情況，也顯現帕的成長過程中對自我定位的困難，尤其是在軍國教育已經展現一定的成效時，這影響力便與帕這樣的一位神鬼少年在青春期時，本身外向、好動、又追求權力的性格相連結而產生更大的作用，卻得因時代移轉讓主體追求戛然而止。教育讓時人相信著自己服膺軍國主義能有自我的追求，卻又因時代改變而令追尋破滅，父權社會帶來的殘酷與傷害實有不少影響力。

（二）少年帕的身體政治

　　性別概念常常被政治論述借用，成為不同政治團體達成己方

16　同上註，頁131-136。
17　甘耀明，《殺鬼》，頁95。

利益的掩護手段。邱貴芬說明，在殖民論述中，殖民行為更經常
被喻為「開墾處女地」，展現一國「雄風」的男「性」（Sex）
能力。性別概念也將殖民暴力行為轉化為一個「看似自然」的男
性征服女性動作，是故父權體系與殖民架構形成一種相輔相成的
結構，前者進行內部殖民剝削，後者從事外在殖民剝削。[18]更進
一步，在殖民思考體系裡，土地往往被女性化，蹂躪被殖民者的
土地與蹂躪被殖民者的女人常常同時進行，邱貴芬更指出：

> 殖民暴力裏，「性」因而被賦予強烈的權力象徵意義。
> 當殖民者展現雄風，盡情施暴於被殖民的土地和女人
> 時，被殖民社會的男人必須隱藏自己的性能力，甘於
> 「英雄無用武之地」的情景，方能生存。如果女人的傳
> 統定義乃佛洛伊德所謂「被閹割的男人」的話，在此充
> 滿張力的殖民時刻裡，被殖民社會剎那間化為一個「女
> 人國」，因為它有的盡是被閹割的男人和被蹂躪的女
> 人。[19]

面對殖民者的到來，男性往往被迫放棄男性能力或是深為「不
能」的焦慮煎熬。然而帕的不能與焦慮並非只是單純的弱勢一
方，在日本殖民政府與國民政府的雙重壓迫下有了不一樣的展
現。帕從一個力大無窮的小學生到被鹿野中佐收編的過程，試圖
攔下火車或是平常戰鬥的表現，都展現出自己超人的力量，到最

18　邱貴芬，〈性別／權力／殖民論述：鄉土文學中的去勢男人〉。收於：鄭明娳主
　　編，《當代台灣女性文學論》（台北：時報，1993.05），頁18-19。
19　邱貴芬，〈性別／權力／殖民論述：鄉土文學中的去勢男人〉，頁20。

後結尾殘破不堪，斷臂瞎眼的孱弱身體。一個正在成長發育中的少年其身體本就是一種青春與希望的隱喻，是以身體有其不可侵犯的邊界，也是一種空間。

　　帕起初由鹿野中佐收編時分配帶領白虎隊，所謂白虎隊，就是以武士道精神殺向現代化武器的士兵，是「天皇的醜陋盾牌」、「正式名稱是『對戰車肉迫特攻隊』、不拿槍而是揹著炸藥與地雷，衝向米軍戰車「用腿跑的神風特攻隊」，[20] 這種以生命展現自己對日本天皇的效忠精神，就是一種社會實踐的馴化，正如陳芷凡所說，這是讓自己的「身體」成為「國體」的表現，一種認同意識的置換與改造，帕在與鹿野中佐談話間常常感受到日本人的優越意識，也為了讓自己成為「鹿野千拔」受苦在「成為日本人」的期盼中，而「死為日本鬼」就成為國體的具體實踐。[21] 但當帕無法達成鬼中佐的期盼時，展現出的又是無法成為日本人而淪為清國奴的心理焦慮，也就是說，帕的存在展現的並不只是被殖民者被閹割的無能與無力，而是展現了一定的積極性與力量，卻也在徒勞的努力中面臨挫折。傳統成長小說往往著眼於男性成長終至圓融成熟之境，人生的困頓苦厄是必經的一轉捩點，因此常見直線形（linear）與向上形（upward）之運作方式，因著社會期待及限制而做出讓步與妥協，如此主角的「社會

20　甘耀明，《殺鬼》，頁105。

21　陳芷凡，〈戰爭與集體暴力－高砂義勇隊形象的文學再現與建構〉，《臺灣文學研究學報》26期（2018.04），頁167。

化」歷程才完整。[22] 然而，帕的結局並不讓人覺得他已成為一個
圓融成熟的個體，他的社會化歷程是有缺陷的，在世界變化的過
程中，帕的身體也隨之產生變化。美軍從台灣東部進行攻擊時，
帕帶著白虎隊抵抗，卻在意外中被手榴彈碎片刺瞎左眼，在與美
軍陸戰隊作戰的過程中是帕真正感受到殺戮可怕的時候，帕的腦
海中不斷出現鬼中佐的指令與現實的辯證，鬼中佐要帕奉獻心力
保護白虎隊、保護日本、對抗美國，並將美軍視作牲畜，「殺人
很簡單了，把他們當成牲畜即可，帕很快習慣這種快感了，可怕
的是人比牲畜懂得求饒和哀號」，[23] 此外帕的內心亦有劉金福對
帕的訓斥，「那些小囝兵早晚給你帶死，你對得起人家的爺娘
嗎？」，[24] 甚至有鬼王「用憎恨、用憤怒、用死亡面對敵人，就
親像面對自己的殺父仇人」[25] 的聲音在心中出現，所有的內心回
憶與聲音的再現，都讓帕反思自己身為白虎隊隊長的意義，在戰
爭中奉獻生命的意義何在，在思考的同時帕的胸前中刀，在危難
中撤退，原本抱著必死決心的帕「一身血肉殘敗，高舉兩手，終
於卸下心中盤旋不去的死意，痛哭失聲」。[26] 因為帕其實是服用
過多貓目錠（含有安非他命的藥）而產生對美軍的幻覺，一切敵
人其實都是叢林野獸，胸前中的一刀也是衝撞他的水鹿的一截鹿

22　李晶菁，〈女性成長小說：文類、性別、主體之對話〉，《研究與動態》10期
　　（2004.06），頁60。
23　甘耀明，《殺鬼》，頁255。
24　同前註。
25　同前註。
26　同前註，頁256。

角，更可以顯現帕已被戰爭困惑，分不清現實與幻境，安非他命的幻覺所顯示的美軍陰影，是自己長期為義父努力的目標，也是真正上戰場時最畏懼的敵人。這段歷程雖然殘酷，卻也可以發現帕開始思考生命存在的可貴並珍惜白虎隊，儼然又是一種成長的啟悟。

當美軍以原子彈轟炸日本後日本投降，老人們高聲歡呼但白虎隊與帕搞不清楚自己是輸是贏，遍體鱗傷的帕回到關牛窩給劉金福洗澡驅邪時想著「不久前才為天皇的赤子而煞猛努力，如今乖乖成為劉金福眼中的中國人了」，[27] 這是帕因著戰爭演變與國族認同之下而產生的悲嘆。而後得到戰爭症候群又有毒癮的帕，面臨國軍抓人當兵的風險，於是遭劉金福以鋤頭鋤斷右臂，劉金福大喊「你莫怨怪我，要怪，就怪自己的命」，[28] 這樣命定的說法實際上也暗示了帕身陷日本、投入戰爭，又面臨國民政府的殘暴後身體殘敗的必然性。為了幫助帕取得假的死亡證明換得帕的人身安全，祖孫二人往返關牛窩與台北，帕又被國軍特務以鐵絲穿過手腳筋，限制行動，在審判時忍受精神折磨，這些傷害令帕儼然成為一個「鬼少年」，一隻困守關牛窩的地縛靈。

帕在小說結尾一直被甘耀明賦予鬼的形象，身體的支離破碎補傷害，死亡證明的獲得，都是甘耀明讓帕置之死地而後生的安排，因「唯有死亡，帕才真正自由，不受任何政權與權勢的左

---

27 同前註，頁259。
28 甘耀明，《殺鬼》，頁295。

右。他可以回關牛窩深山，永永遠遠不再下山了」，[29]帕在台北
時所遇到的一群退伍年輕人，也都是戰爭底下的犧牲者，帕以瞎
眼斷臂的鬼形象在台北討生活，都是甘耀明對當時戰爭與政府壓
迫下的一種嘲弄，說明經歷皇民化的台人的生活困境宛如夾在陰
陽兩界之間的鬼無法完整，無法重生，只能成為一具半死的遊
魂。戴冠民在其論文中指出，帕的殘缺身體及象徵「死亡」的證
明讓帕有再生的契機，這樣的死亡也完成了帕成為英雄的儀式，
戴冠民以拉岡解釋伊底帕斯情節，透過殺死鬼中佐、劉金福死後
將鬼王砸碎而建立主體性，[30]筆者也認為，帕最後回到關牛窩時
其實代表脫離對中國清政府、日本、及國民政府的掌控，那麼，
重新回到關牛窩作為一個屬於「臺灣」自身的主體時，該怎樣看
待帕這樣一個殘缺的身體結局的性別意涵？

　　楊照說明，成長小說中有一個支流是「保留了成長過程中，
對舊有規約的反叛、不安，可是卻少掉了正面『成長』的結果結
論。於是小說忠實、甚至熱情地表達少年的困惑、憤怒、迷惘與
沮喪，可是卻提不出一個超越這一切，『完成成長』的答案或結
論。」[31]可以在這個角度下試著去理解帕的「成長」狀況該如何
解釋。父權的傷害在帕的身上產生作用，看似一個悲劇性的反成

29　同前註，頁418。
30　戴冠民，〈族群、世代的錄鬼簿：談甘耀明《殺鬼》之庶民認同混聲圖像〉，《第
　　七屆全國台灣文學研究生學術論文研討會論文集》（台南：國立台灣文學館，
　　2010.10），頁431-433。
31　楊照，〈啟蒙的驚怵與傷痕──當代台灣成長小說中的悲劇傾向〉，頁201。

長結局也因此而生。但值得思考的是，會有反成長的印象是因為
成長而來，成長是一種看似快樂，頓悟，得到自我滿足的一種向
上的過程，但帕的結局在甘耀明的筆下似乎相去甚遠，不過這段
成長的歷程卻也不能說沒有給帕帶來成長的變化。若進一步借用
反成長的概念說明，則能理解反成長中的「反」並非離經叛道，
而是社會求新求變的多重現代性根本衝突的另一面向，是作為現
代性情境中無法為社會所用的一種展現。[32] 帕從天真無知的讚頌
日軍敵視美軍，到面對死亡的殘忍與珍惜生命的展現，也是一種
成長。成長是一持續不斷的歷程，如果將帕的結局視作是帕生命
的終點，便是苦澀而令人感到遺憾的，因為帕的身體傷害讓他不
能為社會所用，也使人有反成長的感受。帕的身體傷害與文中的
戰爭刻劃，也能從中反思性別上的內涵，即是Connell所說明
的，父權結構中衍生出的，戰敗的記憶、精神的創傷，還是在戰
爭墳場上無名墳墓的強烈意象，這些都可以粉碎過去在戰場上英
勇男性士兵的傳統形象，[33] 從中傳達出作者對戰爭與父權世界的
批判。因為殖民行為本是一種父權體制的極致展現，甘耀明回溯
過往，讓女性隱身，呈現男性主導世界卻也傷害著世界的樣貌，
戰爭的描寫本身就極具入侵性，也是父權野心的展現。是以帕所
呈現的身體政治，實為甘耀明透過少年反成長書寫，展現對整個
父權體制下帶來的戰爭世界的一種強烈批判，也是為台灣遭受不

---

32 李紀舍、黃宗儀，〈東亞多重現代性與反成長敘述：論三部華語電影〉，《中山人
　　文學報》24期（2007.12），頁82。
33 Raewyn Connell著，劉泗翰譯，《性別的世界觀》，頁51。

同國族角力時所留下的傷害的一種悲憫情懷。

　　但如果帕的未來尚能持續下去的話，帕坐等天光的結局，也能夠印證帕與扶桑花男孩的對話，天光也就是「內心的天亮」，而帕的「殺鬼」舉動，不論是殺鬼王吳湯興、日人鬼中佐、甚至是最後為他帶來死亡證明的祖父劉金福也在他的手上離去這些情節，儼然有與所有過往都告別的意味，是以在這樣的思考之下，帕所獲得的便是一種真正的自由，沒有任何國族力量與父權力量綁縛的自由之身，新生的獲得，或可說是一種成長的開端，當真正的自由獲得的時候，也就擺脫了性別力量的干涉而得以重生。

三、《邦查女孩》──古阿霞的少女成長之路

　　從《殺鬼》的世界來到《邦查女孩》的世界，主角也由少年帕轉向少女古阿霞，以女性的視角觀看殖民後卻又仍受國民政府壓迫的台灣社會，就有更多不同於《殺鬼》的成長面向可供觀照。Connell指出，去殖民化後的國家結構缺乏法理基礎，讓國家飽受衝突之苦，而衝突經常轉變成軍事政變或是內戰，殖民時期極度陽剛化的軍隊通常會掌握後殖民國家的控制權；即便是文人掌控的國家，為了維繫新的共和體制，驅動經濟發展，也會以霸權的陽剛特質來治國，特別強調威權與理性算計，壓抑情緒，

而推翻地方社群與傳統。[34]Connell的說法有帝國主義時期的觀察與針對地方的考量，但筆者以為這段話在台灣的歷史進程中亦有可借鏡之處。離開殖民統治後的台灣，被國民政府給接收後仍然遭受到強力的權力與壓迫，自也是一種霸權與陽剛特質治國的變相展現。本節將以少女古阿霞作為觀察對象，以古阿霞多重邊緣的特殊身分分析時代所遺留的壓迫，並嘗試解讀甘耀明書寫少女成長的可能意義。

（一）揮之不去的童年陰霾

甘耀明寫七〇年代，正是台灣走入現代化社會的轉捩點，如十大建設、鐵路電氣化等等基礎設施，經濟上升，加快了山林資源走向潰竭之路，此時也正是中美外交關係頻繁互動的時期。此般背景設定也牽連到《邦查女孩》中的主角古阿霞，古阿霞的身分特別，父親是美國黑人，因為越戰的關係而認識了阿美族的邦查母親，是以古阿霞外表看來豐唇、小獅鼻、黑皮膚，還有一頭黑鬈髮。隨著美國父親遠走，母親將古阿霞賣入妓院當雛妓，成為古阿霞心中永遠無法抹去的陰影。

古阿霞不一般的血緣關係實帶出不同於《殺鬼》的台灣族群與歷史複雜性。二戰後不久美國先後介入亞洲的兩場戰爭，分別是1950年開始的韓戰以及1959開始並延續十六年的越戰，為滿

---

34 Raewyn Connell著，劉泗翰譯，《性別的世界觀》，頁183。

足駐外美軍的性與娛樂需求,台灣、韓國、越南、沖繩與日本等
國均設置休閒娛樂中心,合法化性交易。[35] 而國民黨政權更積極
爭取臺灣成為越戰美軍的度假中心,1965年美國國防部更正式指
定臺灣為駐越美軍「休息復原計畫」(Rest and Recuperation
Program)的度假地區,美軍投入越戰為台灣帶來10億美元的外
匯,但也帶來色情、毒品、性病及混血兒的社會問題,更由於戰
爭的緊張而對性交易對象施以性虐待,兇殺案件頻傳,但除了重
大案件之外,美軍短暫度假後便回到越南。[36] 古阿霞的幼年就是
建立在這樣的美軍駐臺背景,古阿霞的父親赫爾曼因越戰來台短
期度假,在花蓮中山路的酒吧認識了當時正十六歲的母親,僅僅
五天的時光就返回越南,母親寫信告訴赫爾曼她懷孕並生下小女
孩,而由赫爾曼回信命名為「霞」,因為他喜歡「夕陽從山脈絡
在花蓮巷道的餘光」,[37] 但從此音訊全無。古阿霞出生後由祖母
扶養,在三歲那年被母親帶去台中清泉崗找赫爾曼。對古阿霞而
言,童年是父親母親都缺席的時光,即便母親將她帶走去找父親
也只是一陣子的事,古阿霞在清泉崗的生活形同軟禁。童年經驗
除了自由的剝奪之外,還讓古阿霞對自己的黑人血統產生的恐懼

---

35 詳細背景討論可見:謝世宗,〈跨國資本主義與理性化精神:論王禎和與黃春明筆
  下的中小企業主原型〉,《階級攸關:國族論述、性別政治與資本主義的文學再
  現》(新北:群學,2019.03)頁147-148。
36 朱惠足,〈台灣與沖繩小說中的越戰美軍與在地性工作者:以黃春明〈小寡婦〉與
  目取真俊〈紅褐色的椰子樹葉〉為例〉,收於陳建忠主編,《跨國的殖民記憶與冷
  戰經驗:臺灣文學的比較文學研究》(新竹:清大台文所,2011.06),頁244。
37 甘耀明,《邦查女孩》(台北:寶瓶文化,2015.05),頁376。

的心靈陰影。清泉崗作為東南亞最大的空軍軍事基地，是越戰期間美軍在台駐屯最多人的據點，古阿霞的住所常常可以看見軍人走動，甚至曾目睹一個菜鳥黑人軍人空降到家中，以及一次喝醉的美國軍人在田裡亂兜而被白人憲兵懲處的狠毆過程。童年的恐怖記憶讓古阿霞否認了自己對於黑人血脈的認同，事實上也否定了戰爭的歷史記憶，在清泉崗的生活，隱含的是戰爭的恐怖與殖民的陰影，越戰期間美軍在台屯駐，來來往往的軍人亦建構一個父權的宰制空間，母親以和白人軍官性交易交換居住的權利與生活所需，卻也遭受無情的歧視與性虐待，所以古阿霞對美國男人的印象就是「清醒時叼雪茄，而想要清醒時就喝酒」、瘦小的媽媽被暴力相待，但古阿霞「鎮定地告訴自己，打完就可以離開臭男人，媽媽忍一下」，[38] 來臺美軍的嫖客與臺灣本土妓女的糾葛，論者多半將之放在殖民與被殖民的架構中詮釋，如王禎和《玫瑰玫瑰我愛你》，[39] 實譏諷台灣人長久被殖民歲月逐漸養成的奴性。[40] 妓女作為被殖民者（殖民地臺灣）的象徵就在這段情節中有所展現。

　　然而更慘烈的狀況，是古阿霞的母親在無法尋找到赫爾曼之後，在古阿霞小學畢業時再返村落帶走古阿霞，將古阿霞出售作為雛妓，母親被虐待的情況如今回到自己身上，甚至有過之而無不及，性暴力的循環從母親延續到自己身上，也成為古阿霞成長

---

38 甘耀明，《邦查女孩》，頁378。

39 王禎和，《玫瑰玫瑰我愛你》（台北：遠景，1994.01）。

40 邱貴芬，〈性別／權力／殖民論述：鄉土文學中的去勢男人〉，頁29。

的黑暗開端，這段過程呈現出女性遭到剝削、不受重視，且容易
淪為受虐與攻擊的目標的事實。1970年代台灣與各國的外交關係
逐漸產生轉變，越戰之下的美軍勢力影響台灣人民生活甚鉅，再
加上國民政府的白色恐怖陰影，以及日本結束殖民統治後，仍以
商業手段與花蓮的山林貿易保持上對下的關係，馬莊主與蔡明台
仍是得屈服在日本的人錢底下為花蓮山林進行開發，古阿霞事實
上生活在充滿霸權陽剛特質壓迫的時代，且無法得到父權紅
利。[41] 古阿霞被帶到蘭姨的餐廳工作，躲在樓梯間的小房間五
年，只有麵粉、燈泡與書陪伴，沒有正常的童年生活，或可說是
社會秩序與各種機制的交互作用所造成陽剛傷害。這也造成幼年
時期的創傷遺留至今，「掃把星」、「黑鬼」、「拈捌」（沒出
息的閩語）、「她發現這兩個詞成了一把刀的兩刃，插進胸膛，
討厭自己時就會碰到那把刀，無論拔出來，或埋藏道更深的體
內，都是痛，都是血。」[42] 古阿霞不願與帕吉魯有更進一步的身
體接觸，也是幼年噩夢的殘遺。如此看來，美軍作為美國世界政
治與軍事霸權的表徵，帶給亞洲各的陰影與傷害是全面且持續性
的，實有不可忽視的傷害性。

　　古阿霞的童年是如此絕望，擁有的快樂回憶則是由和祖母同

41　Connell表示，父權紅利（patriarchal dividend）即男性整體藉由維繫不平等性別秩
　　序所獲得的利益。金錢利益並不是唯一的利益，其他還包括：權威、尊重、服務、
　　安全、房舍供給、進入體制的門路、控制自我生活的權力等等。若整體性別平等的
　　狀況有所改善，這種父權紅利就會相對減少。出自：Raewyn Connell著，劉泗翰
　　譯，《性別的世界觀》，頁209。
42　甘耀明，《邦查女孩》，頁381。

住在邦查的村子所度過，而後因為祖母犧牲自己的性命，才換回古阿霞被蘭姨帶回扶養的解脫。有意思的是，將殖民者與被殖民者視作異國嫖客與本土妓女的殖民論述中，台灣本土做為一個被宰割的主體，往往呈現出被宰割擺弄的女性，以及面對強權霸權無法出聲，充滿焦慮的去勢男性的書寫。但甘耀明在《邦查女孩》中則是讓祖母出面拯救受難的古阿霞，祖母去世後也是由祖母的姪女蘭姨代為照顧，一反以往以男性為中心的英雄救美敘事。筆者以為甘耀明在《邦查女孩》中實有意識的凸顯女性的位置，要與各方父權勢力進行抵抗，以弱勢者的身分對抗世界，也是成就古阿霞少女成長敘事得以完整的關鍵。

（二）邊緣出擊——多重身分的少女

蘇偉貞曾評《邦查女孩》「似乎在寫一個邊緣族群的成長故事」，[43] 施淑也認為《邦查女孩》中「有關角色的身世，對於台灣史的暗示意味相當明顯，它將古阿霞所代表台灣邊陲的、面向海洋那種開闊的溫暖與關懷，寫得很好」。[44] 兩位作家的評論有一個共同的部分——邊緣與成長。古阿霞的成長確實處在一個社會的邊緣位置，古阿霞的父親是來自美國的黑人，母親是阿美

43　〈「2015台灣文學獎」圖書類長篇小說金典獎決審會議會議記錄〉，《國立台灣文學館官方網站》，（資料來源：http://award.nmtl.gov.tw/index.php?option=com_content&view=article&id=464:2015&catid=74:2015&Itemid=23，檢索日期：2018.04.02）。
44　同前註。

族，古阿霞自小由祖母照顧，後交由自己的阿姨蘭姨撫養，在餐
廳幫傭，睡的是樓梯間的臥房，成長於1970年代末的花蓮市區，
不論是血緣、性別、或是所處的社會資本與地理位置，古阿霞都
處於邊緣之中。古阿霞一介女子卻能在當時成為摩里沙卡聚落的
重要人物，甘耀明或是有意讓這樣的邊緣身分在小說中呈現其主
體性。觀察甘耀明對於古阿霞這一角色的書寫，並不著重在無盡
的可憐與同情之上，相反的，文本中許多敘事的推進，甚至關鍵
的解決之鑰都落在古阿霞身上。不禁令人想到女性主義學者蘇
珊・弗里德曼（Susan Standford Friedman）的「多重主體位置
論」（multiple subject position）。「多重主體位置論」以為自我
並不是單一的，而是複合的。每一種不相同甚至互相對抗的文化
結構的交叉點會有不同的社會身分，但是將社會身分下定義的焦
點並不只集中在壓迫和充當犧牲品，而是集中在各樣的差別上，
差別與壓迫的關聯可有可無，而是著重在社會身分作為許多互相
依賴的可變系統的產物進而交叉分析。[45]

　　觀察古阿霞在摩里沙卡的社會身分得由背景看起，摩里沙卡
即便處於臺灣的邊陲位置，但仍是受到男性父權宰制的地方。而
菊港山莊作為林場的接待所，是供給資源的重要場所，在山莊中
男性負責進林場進行砍伐工作，女性則留在山莊內負責山莊內的
食炊住宿工作，這樣的男主外女主內模型，是隨著殖民主義以及

45　蘇珊・弗里德曼，〈超越女作家批評與女性文學〉，收入王政、杜芳琴編，《社會
　　性別研究選譯》（北京：三聯書店，1998.01），頁431。

全球化的影響，由北大西洋世界擴及全世界，進而成為現代最普遍的理想性別關係，而這種情況造成的龐大不公不義也在一九七〇年代遭到女性主義者的強烈抨擊。[46]一九七〇年代末的花蓮摩里沙卡不能避免處於這樣男外女內的模式，但甘耀明在《邦查女孩》一書則讓古阿霞以女性的身分對抗被宰制的位置。Connell提醒，性別關係體現在公領域時，即便都是平等的公民，但性別符碼卻是相對立的，當婦女要進入公領域時，就要先爭取別人認同她們的權力，這些性別關係更牽涉不同的社會結構而可將性別分為四個面向：權力關係、生產消費、情感關係、符號文化與論述。[47]那麼該如何看見古阿霞以女性的身分對抗被宰制的位置？經濟資本的掌握往往是一重要的關鍵。

　　以蓋小學的事件為例，古阿霞一路上的籌錢之路雖然坎坷，但卻往往能獲得意想不到的幫助。最初從有蓋小學的念頭開始，古阿霞與菊港山莊的金主蔡明台的母豬賭局開始，兩人以三百元為募款金額作為標準開設了「母豬賭局」，[48]村莊的大人們沒有人肯捐錢給古阿霞，只有小孩陸陸續續捐獻零用金。而後古阿霞以自己的寫作能力，書寫山莊上流傳許久的吳天雄與趙天民的傳奇故事，刊登於報紙上籌措經費，而後才能相遇慈濟基金會的證

46　Raewyn Connell著，劉泗翰譯，《性別的世界觀》，頁53。

47　同前註，頁119。

48　古阿霞以價值六百元的母豬作為一開始籌措經費的第一筆經費目標，故和蔡明台打賭，若可以在三天內籌到三百元，便可以得到母豬。甘耀明，《邦查女孩》，頁64。

嚴法師得到更多募款，這種敘事言說的能力在《邦查女孩》一書中是相當重要的。相較於有難語症的帕吉魯，古阿霞的言說事實上為她化解了許多危機，並且成為關鍵時刻的鑰匙。史匹娃克提出底層人民歷史論述的問題時提醒，底層階級的女人往往不具論述能力。[49] 貝兒・胡克斯也提出，語言就是鬥爭的場所，被壓迫者在語言裡鬥爭來恢復自己、和解、重新聯合、革新。字詞就是一種行動和抵抗。[50] 以言說和敘事的力量，如同面對日本慈善家時一般，古阿霞在關鍵時刻往往透過傳說的轉化或敘事的介入，讓自己獲得經濟資本。這與女人只能在家中燒飯洗衣，無法擁有經濟自主權的情況大有不同，古阿霞證明自己的性別位置亦有可以得到經濟資本的能力，甚至在五燈獎比賽中，靈機一動以反攻大陸的噱頭為由吸引注意，讓帕吉魯的母親劉素芳籌措了足夠的經費，得以登上聖母峰。[51]

而古阿霞在整個摩里沙卡擁有的社會關係，也成為她能化解許多考驗的關鍵。在募款過程裡最重要的一筆日本慈善家捐款，也是帕吉魯為幫助古阿霞而出售咒讖森林，才能換取建造學校的所有經費。在成長的歷程中，帕吉魯可說是古阿霞的引路人，是以作為摩里沙卡居民的帕吉魯對古阿霞的接納與否也顯得相對重

---

49 邱貴芬，〈後殖民女性主義：性別、階級、族群與國家〉。收於：顧燕翎主編，《女性主義理論與流派》（台北：女書文化，2000.09），頁358。

50 貝兒・胡克斯（bell hooks）著，王志弘譯，〈選擇邊緣作為基進開放的空間〉，收於顧燕翎、鄭至慧主編，《女性主義經典：十八世紀歐洲啟蒙，二十世紀本土反思》（台北：女書文化，1999.10），頁357-365。

51 甘耀明，《邦查女孩》，頁529。

要。帕吉魯對古阿霞的感情不只是單純的愛戀，他將古阿霞視為是女神一般的存在，甚至提出受洗的要求，[52] 若將性別二元的對立說法對應到神祇之中，神的世界亦隱喻著父權的主宰，而帕吉魯相信女神，更選擇性地將女媧造人的神話牢牢記得，並將古阿霞提升到女神的地位。帕吉魯作為森林的守護繼承人，卻甘心為了古阿霞而放棄整座森林，這和古阿霞在他心中的地位提昇頗有相關，甚至可以理解成古阿霞已在摩里沙卡聚落獲得了相當大程度的認同，古阿霞便從一介混血少女，進而成為了孩子們口中的古老師，甚至是帕吉魯與吳天雄心中成為了神一般的地位。古阿霞得以獲取經濟資本，和古阿霞擁有獲取身邊的人情感依附與信任的能力很有相關性。除了帕吉魯及山莊的許多婦女之外，古阿霞的身邊亦不乏孩子的包圍愛戴。佛洛伊德曾指出情感依附在人類生活中的重要性，情感依附的主要場域是性特質（sexuality），在家庭中的情感聯繫也有性別化的關係，全球化霸權範型中，照顧幼兒或是跟幼兒產生情感依附都是女人的事，尤其是母親。[53] 古阿霞雖非母親，但儼然被書寫為一種聖母形象，而非一般楚楚可憐的女性。在她的努力之下山莊的孩子開始願意付出，願意求學，而不只是處於被動的受教養位置。隨著故事的行進自然也有危機的考驗，蓋小學的目的是為了讓山上的孩子得以不必千里跋涉到花蓮市區就讀，但帕吉魯為了古阿霞的願望而出售森林，換

---

52 同前註，頁355-356。
53 Raewyn Connell著，劉泗翰譯，《性別的世界觀》，頁127-129。

來的則是摩里沙卡聚落的生態浩劫。當帕吉魯為了古阿霞將森林
出售的事情曝光之後，也引發許多居民的不諒解，甚至威脅事件
的發生。但求學的學生發現後，卻願意理解古阿霞老師所要傳達
給他們的用心，決心妥協，千里跋涉到山下讀書，換取森林的完
整保存，達成雙贏的局面。而不論帕吉魯或是居民都是因為理解
古阿霞，想要「為了」古阿霞才能互相體諒並完成的事情，這一
路上的變化與古阿霞擁有的言說能力與情感依附的力量有相當大
的關係。

　　筆者認為，資本主義的入侵是閱讀《邦查女孩》時不得不注
意到的社會背景，也是古阿霞少女成長敘事必須面臨的環境試
煉。古阿霞在文本中展現出相當的能力能獲得資本，但也不能全
然將古阿霞視作資本主義的信徒，因為在文中古阿霞最終是捨棄
帶來名利的臺北而歸向擁有自然環境與傳統精神價值的花蓮的。
若加上全書生態環保的主題，古阿霞的出現其實讓菊港山莊與摩
里沙卡聚落更加認識生存地方的重要性，以及和自然和諧共處的
重要意義。這與「生態女性主義」的觀點頗有呼應。[54] 以女性的
視角凸顯出人與自然的永續性，將許多被宰制的觀念拆解，這樣
的理念與《邦查女孩》中傳達的永續意識是可以相互連結的。甘

54　「生態女性主義」欲從女性主義的觀點關心公害防治和生態保育，更進而探討女性
　　與自然雙重被宰制之間的意識形態關聯性，企圖拆解性別、種族、階級、人類中心
　　思想等等的宰制關係，以追人與自然的永續共存。參見顧燕翎，〈生態女性主義：
　　平等互敬、永續共存的新價值〉。收於顧燕翎主編，《女性主義理論與流派》（台
　　北：女書文化，2000.09），頁271-272。

耀明在古阿霞的敘述上，呈現對資本主義危害生態，及對父權體制的抗衡。古阿霞運在身分上面得以融入摩里沙卡聚落的生活，獲得居民的認可。在摩里沙卡的生活上，並非處於一種被欺壓的性別位置，她為山莊付出，解決許多問題，擁有籌措資本的能力，到最後為了夢想出走花蓮前往台北，領悟了自己心中所追尋的希望後又回鄉。面對七〇年代的變化，甘耀明企圖消弭體制與自然之間的壓迫關係，喚回山林生態保育的重要性，透過古阿霞展現自己的認同與省思，讓她以情感依附的力量和言說的抵抗，在一個父權壓迫的花蓮村落得到多的主動性，儼然形成一種邊緣出擊的成長敘事。

最後，筆者也不得不注意到，古阿霞的少女成長過程中，仍然有許多女性性別之下存在的刻板印象。芮渝萍指出，相對於性，愛更重要，與愛相比，被愛往往是大多數女孩建構自我形象的關鍵因素，是自己具有吸引力的證明；相對而言，對男孩來說施愛和主動發生性關係就是他們建構自我形象的核心，更把性看作是男性力量的證明。但隨著女性自主意識增強之後，許多當代成長小說更強調擺脫男性視角來界定自我，了解並珍愛自己的女性才能夠稱得上是真正成熟的女性。[55] 古阿霞童年經驗的追惘，遇見帕吉魯後產生的愛情與經歷的試煉，對自我理想的追尋，最終仍是為愛回歸花蓮與帕吉魯長相廝守，如果「愛情」這一主題

---

55 芮渝萍，《美國成長小說研究》（北京：中國社會科學出版社，2004.05），頁200-201。

是成長小說不得不避免的部分，何以《殺鬼》的帕對愛是如此決絕的否定，而古阿霞卻是從出走就是為愛啟程又為愛歸返，難道只單純是作家意欲將愛情的主題透過《邦查女孩》加以歌頌？莫非少女成長的敘事，終難避免「女性－戀愛」相連結的印象嗎？

四、再探性別——成長路上的引路人

除了兩書中少年成長與少女成長的性別差異之外，甘耀明亦在兩書之中透過其他角色與主角的互動，展現更多元的性別內涵與思考。不少成長小說都揭示一個問題，即「青少年需要值得模仿的成功榜樣，來引導他們成長」，[56] 這些榜樣在性別的立場上自然也會有所差異。艾利森·賈格指出，實現男女平等就必得無視性別差異的闡釋有一個假設，就是存在於男女之間的差異相對來說沒有多少社會意義。也就是說，要對性別再進行深化討論，我們有必要觀察兩性差異中的社會和政治現實。[57] 亦有論者指出，甘耀明小說中多以男性居多，但女性卻往往成為故事中重要的轉捩點。[58] 筆者以為甘耀明在兩部小說中的引路人安排，與主

56　芮渝萍、范誼著，《成長的風景——當代美國成長小說研究》（北京：商務印書館，2012.10），頁203-204。

57　王政、杜芳琴編，《社會性別研究選譯》（北京：三聯書店，1998.01），頁200-201。

58　劉昭延，《甘耀明小說的歷史與鄉土書寫研究》（高雄：國立高雄師範大學國文學系碩士論文，2017），頁117。

角的互動過程中實有相當程度的性別意識交鋒可供討論。

（一）《殺鬼》的女性身體

　　以男性為主角的成長小說中，女性所扮演的角色在今天看來別具社會學的意義。兩性關係中的男性主導經過漫長的歷史積累，已經成為一種集體無意識，傳統小說中模式化的表現方式，往往是男作家依據男性視角和自身利益對女性心理和行為的誤讀，比如女性被比喻為秀色可餐的美食被男性眼光咀嚼。[59] 但是，隨著六〇年代後女性作品在凸出性別身分的同時，政治意識和權力意識也逐漸高漲，女性作者從被壓迫者的立場為女性吶喊並揭露社會的壓制，就可以看見對男性霸權和暴力行為描寫細膩，揭露現實的小說，其對社會的批判和說教功能就超越了小說的藝術與愉悅性。[60] 從這個視角觀看的話，甘耀明在《殺鬼》對女性角色的處理就頗有為女性發聲並且批判現實的意味。

　　《殺鬼》中對帕較為重要的女性角色有二，十歲的泰雅族女孩拉娃，以及慰安婦加藤武夫。[61] 為阻止父親尤敏被日軍徵召當兵的拉娃以腳扣住尤敏的腰，以己身為繩為鎖，將尤敏牢牢鎖

59　芮渝萍、范誼著，《成長的風景──當代美國成長小說研究》，頁190-191。

60　同前註，頁192-193。

61　加藤武夫本名西雅娜，是來自台中州新高郡太魯閣的少女，為尋找情人加藤武夫（本名：布洛灣）而不斷呼喊加藤武夫的名字幾至精神失常，後被民眾借稱為加藤武夫。

住，兩人就待在火車上誰也無法拉下車。拉娃的行為是因為夢見
父親在戰場上被剖腹而死，阻止父親投身戰場也是在抵抗父權暴
力，因為軍隊是一種強調暴力的科層體系，也是由男人主導的組
織機構所建立的一種性別不平等。[62] 為了將拉娃與尤敏分開，村
裡人試過多種方法，其中更有一個藉由出演「莎韻之鐘」[63] 而要
吸引拉娃放開父親的情節。莎韻之鐘的高潮場景在於十四歲少女
莎韻，自告奮勇幫要赴中國戰場的老師背負行李卻不幸落水死掉
的橋段。眾人希望透過學生演出話劇的形式，以莎韻意外落水的
情節吸引拉娃拯救自己的同學，但拉娃不救莎韻，反而企圖拯救
飾演獨木橋的帕。電影莎韻之鐘的女主角莎韻在一九四三年上映
時請來當紅的影星李香蘭飾演，莎韻的故事充滿愛國心，身先眾
人義勇奉公，在當時是非常理想的故事題材。而血統上雖屬日本
人，但生在中國長在中國的李香蘭，因緣際會扮演起促進日華親
善的角色，成為日本對滿、對華的媒介之一。周婉窈以為，李香
蘭的這段歷史是一種自願而不自覺地為日本國策作奉獻的人。[64]
村中小孩飾演的落水莎韻後來由獨木橋帕救回，並說「看，我把
李香蘭帶來了」。[65] 李香蘭的意義與拉娃正好形成女性的兩種對

62 Raewyn Connell著，劉泗翰譯，《性別的世界觀》，頁122。
63 或稱莎勇之鐘，敘述一位山地少女莎勇為日本老師犧牲生命而獲得台灣總督贈鐘褒獎的故事。參考周婉窈，《海行兮的年代－日本殖民統治末期台灣史論集》，頁13。
64 周婉窈，《海行兮的年代－日本殖民統治末期台灣史論集》，頁23-25。
65 甘耀明，《殺鬼》，頁79。

照，前者服膺於日本國策，是被期待的良善溫柔女性；後者負隅反抗，不為日本的帝國主義妥協。筆者以為甘耀明安排這樣的一個橋段是透過歷史的回望，對過去進行戲謔的嘲諷，也歌頌拉娃反抗的精神。而後，在帕要將拉娃與尤敏強行分離時則有更驚人的描寫：

> 他驚異，看到拉娃的雙腳和尤敏的肚皮融成一塊，因過力拉扯而裂傷，血噴出來。他要拉娃夾緊腳、再緊一點，直到尤敏快不能呼吸了。原來，尤敏用磨利的指甲割破自己的肚皮和拉娃的腳，等兩邊的傷口癒黏，長出的血管互通了。尤敏把養分輸給拉娃，拉娃把睏意輸給尤敏。他們是生命共同體。帕趕緊跳車，感到自己做錯什麼，一陣暈眩，得扶著路邊的樹休息。[66]

帕因為分離這對生命共同體而感到恐懼，是內心深處良善的譴責。拉娃對鬼中佐而言則是個製造反戰、挑戰日本帝國的人，這對螃蟹人父女的結局更是聳動：

> 那昔日在山林間打獵的尤敏醒了，一頭撞破車窗玻璃，拿了又尖又利的玻璃片，往肚肉割去，多往自己割一點，拉娃就少痛一點。……拉娃已經張腿離開父親了，嚎啕痛哭。那是心聲的哭泣，也是難過的眼淚，因為尤敏往自己切割太多了，鮮血直流，整個車廂都是他的血漬。

66　同前註。

　　……最後尤敏失血過多，倒地上死去。而拉娃雙腿夾太
　　久，骨骼彎曲，只能在地上爬行了。[67]

紓懷緯以為，在《殺鬼》中可見帕受劉金福或義父們養成性別氣
質，但沒有故事情節可以解釋帕性別上男女的認同問題，也無法
由消失的父母解釋帕幼年的想像秩序或分離的焦慮與恐懼。[68] 但
在拉娃的情節中，帕一開始所見是一位小女孩為了對抗戰爭而付
出的努力，令帕的心中埋下對戰爭質疑的種子；而後經歷山林中
對假想美軍的戰鬥之後，日軍投降，拉娃以變形的身軀和父親分
離，也是對抗戰爭需要付出的代價，不論是否親上戰場，戰爭的
力量波及是如此強大，甚至影響到親人必須獻出自己的身體來阻
止戰爭。而在戰爭中與女性身體更直接相關的，就不能不提及慰
安婦的制度。

　　甘耀明在《殺鬼》中提及慰安婦的部分集中於〈她喊加藤武
夫時，沒有布洛灣了〉，白虎隊上談及慰安婦的語詞極盡父權色
彩，說明男性士兵對待女性的低劣態度，而更有虐待之實。少不
更事的帕聽此則自心中打抱不平，帕的心中一直都有其正義與驕
傲的展現，故能對不義之事毫不畏懼。然而，加藤武夫的出現對
帕的震撼遠比口耳相傳。加藤武夫是一個失去情人的原住民少
女，精神失常的她也得不到任何一個部落的承認，文中對加藤武

67　甘耀明，《殺鬼》，頁286。
68　舒懷緯，《論甘耀明《殺鬼》的後鄉土書寫》（臺中：靜宜大學台灣文學研究所碩
　　士論文，2013），頁112。

夫的身體書寫幾盡殘忍，帕發現加藤武夫胯間不停流血，甚至拿到加藤武夫的死胎，帕攤開掌中一塊黑肉，「那團血肉又黑又府興，看似老鼠，細看是嬰兒的粗胎，一個只有頭、缺下身的嬰胎」，[69] 重要的是，女性的身體在此不被男性投射慾望而凝視，甘耀明透過書寫呈現的是慰安婦可怕的流產形象與異化書寫，日本兵對女性的破壞，在轉述之中仍不減其陽剛霸權的殘忍，帕親眼見到加藤武夫的慘狀，心中對日本帝國更是產生動搖，男性對女性的暴力傷害的控訴，是甘耀明回溯當時對慰安婦的一種發聲。

在拉娃的案例中，曾是生命共同體的兩人分離的結果，父親尤敏重回祖靈懷抱，拉娃最後只能在地上爬行；加藤武夫的身體病苦遭受虐待，失去愛人以致精神發瘋。兩位女性都以怪誕的身體對帕造成相當程度的震撼，在帕的成長歷程中，對帕心中的道德意識有所呼喊，反戰與人道主義的情懷，一直在情節中不斷的影響帕。甘耀明欲訴說的是，不論是戰爭本身，或是戰爭制度下不人道的，殘忍的衍生制度，都是值得被檢討、被批判的。正如成長小說中以為，一個人的成長只有生理和智力的發展是不夠的，還必須完成道德成長，才能夠成為一個完善的人。然而一個人的道德成長遠比他的生理成長和智力成長困難得多。[70] 女性角色出現的意義，在帕的成長歷程中，是要喚醒帕對世界的反戰同

---

69 甘耀明，《殺鬼》，頁192。
70 芮渝萍，《美國成長小說研究》，頁28。

情與人道關懷的道德觀，讓帕得以對戰爭體制有更宏觀的觀察，進而鬆動對日本殖民政府的美好想像。

（二）《邦查女孩》的正面引路人

　　《邦查女孩》一書篇幅之長、角色眾多，和甘耀明長篇小說的寫作上往往有章回小說式的敘事方法脫離不了關係。若要將古阿霞成長路上遇到所有角色性別意涵一一闡述，只怕論述過於龐雜反而失去此節再探性別的論述架構。而回歸成長小說中的引路人思考，成長小說中的引路人能夠區分幾個類別，其中一種稱作「正面引路人」，而在正面引路人的形象中通常具有以下特徵：能以平等的身分與比自己年幼的人相處、樂於助人且富有同情心、身分或性格較為特殊，與主流社會保持一定距離、與受幫助的人一樣，他們之中也多屬於社會的邊緣人物。[71] 這些正面引路人的作用便能符合《邦查女孩》中，古阿霞成長路上較為重要的兩位正面引路人：帕吉魯、劉素芳。

1. 失語的男性引路人：帕吉魯

　　即便筆者提出甘耀明對女性成長小說仍有戀愛的刻板想像，但筆者也不否認戀愛對一個個體成長的重要性。是故作為古阿霞

71　芮渝萍，《美國成長小說研究》，頁126。

的情人，也是離家主因的帕吉魯，就成為閱讀文本時不可忽視的
一位關鍵角色。古阿霞離開的契機是年近三十的男性帕吉魯，這
樣是否產生父權力量仍主導女性一切的弔詭隱喻？筆者以為，帕
吉魯的身分特別，需另當別論。前文曾提及，帕吉魯有「選擇性
難語症」，小時候還有高功能自閉症（或亞斯伯格症），患有心
理障礙，會讓自己與外面的世界隔絕不進行溝通。回溯帕吉魯的
童年，帕吉魯漢名劉政光，祖父劉水木是索馬師，是誓死保護森
林的人，而帕吉魯在天性的缺憾之上，再加上祖父在教育時的刻
意扭曲，讓他更孤僻，更無語、遠離人群，這是祖父為保存森林
的計謀——「同時製造一個對人不信賴的怪孩子——絕對會逃離
那張森林買賣契約最遠的印章」。[72] 祖父劉水木讓帕吉魯與自然
對話，祖父的教育是關懷這片大地，和所有的山林動植物共處。
而讓帕吉魯能發自內心跟自然共處的儀式，是讓帕吉魯「習慣死
亡」。將自己關在箱子之中有如棺木，在土中聆聽大地、樹木、
動物的聲音，身為索馬師的祖父有如此的世界觀，在和帕吉魯的
老師對話的過程中他說道：

> 如果妳能感受每棵樹有感情，它們會哭，會笑，會流
> 淚，會談戀愛，你會知道殺死一棵樹會對其他樹不安，
> 甚至引起那座山的恐慌。所以，該安安穩穩的『放倒』
> 大樹，這是客家話砍樹的意思，說砍太殘忍，『放倒』
> 有慢慢把樹扶在地上的意思，這是在渡化樹，比一輩子

72　甘耀明，《邦查女孩》，頁546-547。

想把木魚敲出蓮花的和尚好太多了。」[73]

祖父的世界觀，破除了一般人對於世界的想像，是將自己放回世界之中，用心對待，聆聽每一個生命的聲音，和文老師的對話中他也提到「學校常常把人教死，本來就是墳場，好多活人從這裡變成活屍，這就不奇怪嗎？」這句話提示了學校教育才是真正的摧殘生命，只會用最簡單的東西騙人，自然本是一本大書，才能讓學校成為一座複雜的森林。文老師便是受到了劉水木的啟發，也跟著體驗一次關在棺木中的死亡練習，通過這樣的死亡練習讓自己跟自然接近，也因此文老師才可以成為第一個跟帕吉魯溝通的外人。

而古阿霞，自小在祖母的陪伴之下，也是懂得與自然共處的人，在卷四中古阿霞訴說自己的七個名字，在邦查對靈魂的觀念中，「男人冒出的原型是動物，女人是植物」，[74]古阿霞剛出生時，祖母為了讓不停哭泣的古阿霞安神，以七種植物幫古阿霞泡澡，直到第七天以山棕（法莉姐絲）的葉子洗澡後才讓古阿霞停止哭泣，這七種植物也成為了古阿霞一個禮拜的不同名字，「法莉姐絲，這個是禮拜天的名字，也是基督教的主日，有重生的意思」，[75]在邦查祖母的撫養下，古阿霞本身就已經有經過死亡而重生的儀式，而邦查相信女人的原型是植物，能夠跟植物溝通的

73　甘耀明，《邦查女孩》，頁619。
74　甘耀明，《邦查女孩》，頁274。
75　甘耀明，《邦查女孩》，頁283。

帕吉魯自然能對古阿霞有不同的對待。古阿霞第一次見到帕吉魯，便從帕吉魯的鈔票上聞到了木匠刨下來的薄木片香，進而對帕吉魯產生好感，而在帕吉魯與叭噗老伯的賭盤中，古阿霞可以一次就將帕吉魯的意思解讀到位。

我們可以這樣理解，帕吉魯與古阿霞兩人的相遇不單只是生理男性與生理女性的遇見，兩人背景的相似產生了先天上的理解，倘若帕吉魯作為山林的守護者，古阿霞就是這座花蓮山林最重要的守護神。帕吉魯作為山林的守護者，並不是在社會體制建構下形塑而成的霸權陽剛男性，被剝奪了話語權的帕吉魯，害怕與人相處的帕吉魯，只能透過古阿霞替帕吉魯發聲，而這個發聲的根源又回到了帕吉魯在生態與環境上的和諧共存上，兩人的存在都是對現有開發山林，資本主義體制下的一種反動。Connell指出，性別角色是由社會化而來的盲點在於忽略了性別學習的主動性與歡愉成分，性別學習的過程可能與其他學習連結在一起，也可以視為性別投射（gender projects）的創造過程，便可能有重疊的部分。因此「個人生活有某種程度的社會標準化。我們或許可以把這些共同的部分，稱之為性別形成中的共同軌跡（trajectories），也就是研究人員在生命史和民族誌研究中所找到的「陽剛特質」或「陰柔特質」。[76] 因此，古阿霞與帕吉魯縱使在各自的成長階段擁有了社會化的性別發展，但兩人特殊的成長經歷，及經過死亡儀式後產生與自然共存的心靈，讓兩人的性

76　Raewyn Connell著，劉泗翰譯，《性別的世界觀》，頁148-155。

別不是一般的對立式、權力化的性別，而是互相幫助，更加融合的存在。對情的真誠渴求，可以說是成長小說理解、了悟、成熟發展的重要原動力。帕吉魯做為古阿霞成長的啟蒙，兩人的情感成為古阿霞成長歷程的一個重要依靠。在古阿霞遇到困難的時候，帕吉魯往往成為一個支持者的角色。帕吉魯並非是山林的英雄，他是一個受到當代社會體制邊緣化的傳統索馬師。古阿霞也不是主流父權文化宰制下的楚楚可憐女子，事實上兩人的啟蒙應該是互相的，古阿霞啟蒙帕吉魯，讓帕吉魯得以在她身上找到除了文老師以外還得以言說、生活的可能性。而帕吉魯則讓古阿霞感受自由的可能性，所以出走其實是追尋自由及對回歸自然的嚮往，再加上情感寄託，帕吉魯便成為古阿霞成長路程上的關鍵引路人。

2. 超越男人的女性：劉素芬

前文曾提及幾個正面引路人常有的特色，擁有帶給主人翁正向力量的特質，但在身分上也比較特殊。帕吉魯的媽媽劉素芳，是山上少有的客籍女性索馬師，她也是來自日本的植物學專家父親伊藤典裕在臺灣的外遇，才會生下帕吉魯。可以發現的是，若以傳統父權的視角看待，劉素芳是客家族群中的女性，又是日本人的情婦，是沒有丈夫照顧而生子的女人，自是一個社會上的邊緣分子。但甘耀明不強化這樣的父權宰制，而給予劉素芳更多正面積極的形象。劉素芳身為索馬師，對山上的知識了解頗多，許

多時候往往給古阿霞上了一課。在爬上千年扁柏時，素芳姨稱位於48區被安置在咒讖森林的巨樹上的媽祖神像為「朋友」，因為「每棵樹都有靈魂，靠近靈魂的方式是站在它們的肩上，所以『朋友』喜歡在樹上」。[77] 素芳姨靠著長年的雪攀與登山的訓練擁有比一般男性更好的體力與攀樹技巧，但這些訓練事實上有更高的理想，為的是能夠攀上聖母峰。古阿霞回憶素芳姨房間內的裝飾，充滿了登山用具以及地形圖，木牆上貼上幾張大圖片，圖片上有的是日本女性登山家田部井淳子，以及紐西蘭艾德蒙‧希拉瑞與雪巴嚮導丹增。這些人在一九五三年成了人類首次爬上聖母峰的紀錄創造者。女性登上聖母峰的第一人，以及女性攀上聖母峰，作為素芳姨的崇拜對象自是不言而喻，但素芳姨的夢想不是攀上聖母峰而已，而是「艾德蒙不忘受過雪巴人的恩惠，高調的藉自己的聲譽向世界募款，在尼泊爾蓋學校與公共設施，改善雪巴人生活」。[78] 可以想見，素芳姨的登山行實懷有更崇高的理想，是一種得以改善現實生活中的期盼，而建造學校改善孩童的生活狀態也正是古阿霞所期盼，兩人的理想在此有一不約而同的默契。是故在卷六〈前往翠池之路〉中，古阿霞也有強烈的期盼希望可以祝福劉素芳的聖母峰之行攀登計畫順利，兩人在山上互相為彼此祝福的心是小說中及其動人的橋段。素芳姨的植物名是尼泊爾籟蕭，是一種在貧瘠的石縫中仍能開出小白花的植物，且

---

77 甘耀明，《邦查女孩》，頁475。
78 甘耀明，《邦查女孩》，頁335。

即便花朵枯萎，仍會眷戀在花萼上不掉落，都是甘耀明不斷賦予讀者劉素芳堅毅過人的形象的情節。

在甘耀明的訪談中可以得知，素芳姨的存在，事實上是甘耀明刻意放入小說中的，為的是將保育的觀念添入，因為擁有現代登山倡導的環保意識，在七〇年代事實上並未普及。[79]薛鈞洪以為，甘耀明讓劉素芳作為女索馬師的角色，意味著伐木事業已非男人專屬之事業，而古阿霞亦有傳承帕吉魯索馬師對山林認識的專長，這一脈相承的繼承關係，實有暗示女性擁有不同以往男性才能辦到的能力。[80]而劉素芳的出現除了教導古阿霞許多的山林知識之外，無形之中也填補了古阿霞被母親拋棄虐待的憾恨。成長小說中，正面引路人告訴我們一種成長的意義，就是生命中的過客也是一種原型經驗，能激發自己感悟成長。[81]古阿霞作為以女性抵抗資本主義世界的成長主人翁，遇到的不盡然是世界的可怕與黑暗，古阿霞仍需有更多正面的引領。即便劉素芳同是處於弱勢的女性，在精神層面上卻擁有可以與世界對抗的力量，這樣的原動力讓劉素芳與古阿霞得以呼應而成為對方心中的支柱，激發出更多與父權世界對抗的舉動，也是甘耀明女性主義視野的展現。

79　何敬堯，〈飛越歷史的山陵，溫柔告別夢中的妳——甘耀明對談陳明柔〉，《聯合文學》第368期，（2015.06），頁37。

80　薛鈞洪，《族群、性別與生態：《邦查女孩》動植物意象分析》（新竹：國立交通大學客家文化學院客家社會與文化學程碩士論文，2017），頁57。

81　芮渝萍，《美國成長小說研究》，頁126。

五、結語

性別對於成長小說究竟有何影響？芮渝萍說明：

> 一部人類文明史，無論是現實世界還是文學世界，主要
> 是以男性化與從男性視角去描寫和表達的，男性的社會
> 中心地位必然造成這種表達的強勢地位。處於弱勢地位
> 的女性，從社會邊緣和自身的弱勢地位觀察這個世界，
> 必然發現和表達出男性視角難以發現和表達的內容，這
> 種內容滲透進女性成長小說的主題中。[82]

與女性的社會地位和角色相類似，少數族裔和青少年也處在社會
邊緣，是故當女性主義壯大後，也會與少數族裔文學和青少年文
學合流，反映邊緣人物或邊緣群體的作品也就隨之而出，呈現一
種從邊緣看中心，在邊緣看自己的文學視野。[83] 青少年在父子傳
承的傳統觀念中，本就是較受壓抑的一方，當小說中開始產生
「家變式」的書寫時，也就有向父權體制抵抗的意涵產生。是故
論者如梅家玲、石曉楓等人所論述，如王文興《家變》（1978）、
白先勇《孽子》（1989）、一直到後來如張大春《少年大頭春的
生活週記》（1992）等，都看出青少年漸漸被重視而成為小說主
體的現象，而晚近女性作家如陳雪《惡女書》（1995）、《惡魔
的女兒》（1999）、蘇偉貞《離開同方》（1997）等，展現出少
女作為主人翁與家庭、與父權體制對抗的不同樣貌，同志情慾的

---

82 芮渝萍、范誼著，《成長的風景——當代美國成長小說研究》，頁196。
83 同前註，頁197。

加入更讓少年成長的書寫變得更加豐富而多樣。[84]而甘耀明《殺
鬼》與《邦查女孩》中以少年少女作為故事的主角，且以無父無
母的設定作為出發，背景分別落在台灣的兩個不同時空，從現今
回望歷史，筆者以為實能替成長小說在臺灣的發展帶來更多討論
的空間。

　　《殺鬼》中的帕成長於1940年代，正處於皇民化積極推動的
時候，無父無母的帕自小由祖父劉金福帶大，清政府的漢民族文
化自客家族群的系譜開始在台灣新竹州的關牛窩落地生根，日久
他鄉是故鄉，無父無母的帕仍不免於父系傳統之中長大，是故日
籍教師美惠子在教育的力量之下，讓帕得以填補近似母愛的情感
依附更加認同日本，而原住民義父與日本義父鬼中佐雖是父親的
兩個樣態，但明顯的是帕是趨向日本義父的，鬼中佐才真正填補
帕心中對於父親的缺憾。但國民政府勢力進入後，又是另一波戰
爭的開始，也是一波新的強勢父權的展現。甘耀明讓帕作為台灣
的隱喻，在一波一波的殖民力量進入後，透過帕一次戰爭一次傷
害的情況下，最終以帕的殘缺身體，呈現國體遭受各方勢力宰割
而孱弱不堪的隱喻，成長的旅程最終只是迷惘的歸返，除名於世
界，悲劇性的反成長印象暗示著父權體制下少年成長的無力與焦
慮。此外，《殺鬼》的世界中因在戰場上男性角色的活躍，導致
女性角色不多，但帕的成長歷程中遇到的兩位原住民女性拉娃與

84　詳細論述可參見梅家玲，《從少年中國到少年台灣：二十世紀中文小說的青春想像
　　與國族論述》、石曉楓，《兩岸小說中的少年家變》（台北：里仁，2006.12）。

西雅納，則以其身體展現出對戰爭體制的反抗與批判，兩位女性的身體描述都在甘耀明的筆下展現出殘忍不忍卒睹的下場，這兩位女性一位呈現積極對抗，一位以被傷害的身體呈現戰爭的殘忍，都在帕的心中埋下對戰爭、軍國的反思與悲憫之心。從性別的角度回看帕的成長歷程，甘耀明對父權體制所產生的戰爭與殘酷進行批判，以身體的傷害作為控訴。回到帕作為台灣隱喻的思考，1940年代的台灣正是帝國殖民角力之下的犧牲品，父權力量的競逐並沒有為世界帶來更好的結果，傷害到的是自己的國土，即便國民政府勢力到來，沒有良好的觀念思維，終究是一波傷害的再生而已。在帕的結局中可以思考兩種樣態，一是以反成長作為一種無法被現代社會所用的成長結果，甘耀明所暗示的，正是戰爭體制下一切趨於亂象，社會無法健全發展的回應。而若以成長的概念思考，帕其實獲得更完整的自由，也就有一切歸零而後重生，也擺脫父權掌控的意味。

而《邦查女孩》中的古阿霞成長於1970年代，父權體制的力量仍然沒有消散，古阿霞的幼年即因為美國勢力進入台灣的關係，有遭受性暴力陰暗童年。成長的開端是她人生的黑暗傷害，但甘耀明卻賦予古阿霞堅強的性格與智慧，張瓔以為成長是一個人生理、心理的生長發育及成熟發展的過程和經歷，所以這是一個疼痛「如蛻」的過程和經歷。[85] 正因為有所痛，所以經歷痛楚

---

85 張瓔，〈紀實　虛幻　叛逆——當代成長小說的敘事型態及審美批評〉，《晉陽學刊》2期（2008），頁102。

後則能更加強韌的面對世界。是以古阿霞即便是集許多社會邊緣
身分於一身，仍能以其智慧、言說能力以及情感的力量掌握經濟
資本，成為摩里沙卡許多事件的核心人物。綜觀全書可以發現，
相較於《殺鬼》，甘耀明其實賦予書中的女性角色更多的空間及
能力，古阿霞成長歷程中遇到的劉素芳，也是一堅毅勇敢的女
性。帕吉魯雖是男性角色，但其特殊的人物設定，選擇性失語
症、與自然共存的生活方式，都與古阿霞相輔相成，可知帕吉魯
並非是傳統父權架構下的霸權男性角色。若將古阿霞是為台灣的
隱喻，甘耀明所訴說的是，1970年代的台灣仍不能免於成為各個
國家的覬覦對象，國共的勢力仍處於緊張階段，日本的傷害與勢
力未褪，美軍又強勢入侵，台灣面對經濟發展與傳統的取捨，
1970年代實為台灣成長歷程中一大關鍵的時間點。過往父權力量
所帶來的傷殘已經在《殺鬼》中展露無遺，若我們還有能力可以
在成長的過程中進行選擇，古阿霞的思考，帕吉魯與劉素芳的內
涵，可否讓台灣有更多的能動性，挽回更多錯誤的決定？筆者以
為，將帕與古阿霞的成長歷程並列觀之，並非只是控訴父權世界
所帶來的傷害，而必須理解的是這世界所需要的不是一種父權展
現的極端，而是要有與外在世界相處的方法，讓自己的內在不存
於一種樣態，讓轉變與成長成為可能，或許這才是性別作為視角
該有的意義。

參考資料

Raewyn Connell著，劉泗翰譯，《性別的世界觀》（台北：書林，
　　2011.06）。

Tim Cresswell著；徐苔玲、王志弘譯，《地方：記憶、想像與認同》
　　（台北：群學，2006.02）。

王政、杜芳琴編，《社會性別研究選譯》（北京：三聯書店，
　　1998.01）。

王禎和，《玫瑰玫瑰我愛你》（台北：遠景，1994.01）。

甘耀明，《邦查女孩》（台北：寶瓶文化，2015.05）。

甘耀明，《殺鬼》（台北：寶瓶，2009.07）。

朱惠足，〈台灣與沖繩小說中的越戰美軍與在地性工作者：以黃春明
　　〈小寡婦〉與目取真俊〈紅褐色的椰子樹葉〉為例〉，收於
　　陳建忠主編，《跨國的殖民記憶與冷戰經驗：臺灣文學的比
　　較文學研究》（新竹：清大台文所，2011.06），頁241-71。

何敬堯，〈飛越歷史的山陵，溫柔告別夢中的妳──甘耀明對談陳明
　　柔〉，《聯合文學》368期，（2015.06），頁34-41。

李紀舍、黃宗儀，〈東亞多重現代性與反成長敘述：論三部華語電
　　影〉，《中山人文學報》24期（2007.12），頁65-85。

李晶菁，〈女性成長小說：文類、性別、主體之對話〉，《研究與動
　　態》10期（2004.06），頁59-69。

杜聲鋒，《拉康結構主義精神分析學》（台北：遠流，1988.10）。

貝兒‧胡克斯（bell hooks）著，王志弘譯，〈選擇邊緣作為基進開放
　　的空間〉，收於顧燕翎、鄭至慧主編，《女性主義經典：
　　十八世紀歐洲啟蒙，二十世紀本土反思》（台北：女書文
　　化，1999.10），頁357-365。

周婉窈，《海行兮的年代－日本殖民統治末期台灣史論集》（台北：允
　　晨文化，2003.02）。

芮渝萍，《美國成長小說研究》（北京：中國社會科學出版社，
　　2004.05）。

芮渝萍、范誼著，《成長的風景——當代美國成長小說研究》（北京：
　　商務印書館，2012.10）。

邱貴芬，〈性別／權力／殖民論述：鄉土文學中的去勢男人〉。收於：
　　鄭明娳主編，《當代台灣女性文學論》（台北：時報，
　　1993.05），頁14-36。

邱貴芬，〈後殖民女性主義：性別、階級、族群與國家〉。收於：顧燕
　　翎主編，《女性主義理論與流派》（台北：女書文化，
　　2000.09），頁237-257。

國立台灣文學館，〈「2015台灣文學獎」圖書類長篇小說金典獎決審
　　會議會議記錄〉（資料來源：http://award.nmtl.gov.tw/index.
　　php?option=com_content&view=article&id=464:2015&catid=7
　　4:2015&Itemid=23，檢索日期：2018.04.02）。

張大春，〈他們都是怎樣長大的？——小說裡的少年啟蒙經驗〉，《文
　　學不安：張大春的小說意見》（台北：聯合文學，1995.10），
　　頁24-36。

張瑗，〈紀實　虛幻　叛逆——當代成長小說的敘事型態及審美批
　　評〉，《晉陽學刊》2期（2008），頁99-103。

梅家玲，〈孤兒？孽子？野孩子？——戰後臺灣小說中的父子家國及其裂變〉，《從少年中國到少年台灣：二十世紀中文小說的青春想像與國族論述》（台北：麥田，城邦文化，2013.03）。

梅家玲，〈性別論述與戰後臺灣小說發展〉，《中外文學》29卷3期（2000.08），頁128-139。

陳芷凡，〈戰爭與集體暴力－高砂義勇隊形象的文學再現與建構〉，《臺灣文學研究學報》26期（2018.04），頁157-84。

舒懷緯，《論甘耀明《殺鬼》的後鄉土書寫》（臺中：靜宜大學台灣文學研究所碩士論文，2013）。

楊照，〈啟蒙的驚恍與傷痕——當代台灣成長小說中的悲劇傾向〉，《夢與灰燼－戰後文學史散論文二集》（台北：聯合文學，1998.04），頁198-211。

楊雅儒，〈諧謔的戰爭史：《殺鬼》的歷史／暴力書寫〉，《文訊》292期（2010.02），頁104-105。

劉亮雅，〈重返1940年代台灣－甘耀明《殺鬼》中的歷史傳奇〉，《臺灣文學研究學報》第26期（2018.04），頁221-50。

劉昭延，《甘耀明小說的歷史與鄉土書寫研究》（高雄：國立高雄師範大學國文學系碩士論文，2017）。

戴冠民，〈族群、世代的錄鬼簿：談甘耀明《殺鬼》之庶民認同混聲圖像〉，《第七屆全國台灣文學研究生學術論文研討會論文集》（台南：國立台灣文學館，2010.10），頁431-433。

薛鈞洪，《族群、性別與生態：《邦查女孩》動植物意象分析》，（新竹：國立交通大學客家文化學院客家社會與文化學程碩士論文，2017）。

謝世宗，《階級攸關：國族論述、性別政治與資本主義的文學再現》
　　　　（新北：群學，2019.03）。

蘇珊・弗里德曼，〈超越女作家批評與女性文學〉，收入王政、杜芳琴
　　　　編，《社會性別研究選譯》（北京：三聯書店，1998.01），
　　　　頁423-60。

顧燕翎，〈生態女性主義：平等互敬、永續共存的新價值〉。收於顧燕
　　　　翎主編，《女性主義理論與流派》（台北：女書文化，
　　　　2000.09），頁256-282。

3

原住民族文學中的同志書寫
—以原住民族文學獎得獎作品為例

陳妍融

摘　要

　　「原住民同志」涵蓋族裔和性少數兩個不同的社會群體，社會的差異關係構成群體，具有特定的集體性，在高度分化的社會中，每個人都有著多重的群體認同。「原住民族裔」與「性少數群體」亦是在不同的社會關係過程中形塑而成，群體間並無一致的身份屬性。認知到人屬於不同社會群體的差異，重視群體內的差異，並非偏差的存在，才能望見自由民主的社會中壓迫與不正義依然存在，更能體現社會解放運動的價值。社會科學、性別與人類學（民族誌）領域的相關的研究中，已有以「原住民同志」作為思考面向之論述，尚未有研究者自文學的視角觀看與分析。近年來，以此群體作為創作題材之文本紛沓而至，其作品不只呼喚了群體內的差異，也召喚了外部群體的社會迴響。

　　「文字」作為一種載體，自黨外時期即承擔訊息的傳播，原運世代的報導文學凝聚群眾力量，至當代與各式社會群體之議題有所呼應，都提供一個發聲場域。除過往典型單一的的文化書寫，近年來原住民族文學之內涵開始出現不一樣的身影，脫離抗

爭壓迫的書寫，開始有較多「個人」的生活經驗。因此本論文希望透過「原住民同志」尋找原住民族文學的多重視角的閱讀。關注並分析原住民族文學作品中「原住民同志」樣貌的呈現；原住民族裔／群體下的差異身份—性少數。探討在族群認同的概念下，其「差異」在作品中之呈現。最後，探討文學作品如何同時豐富台灣原住民族文學與同志文學的相關論述。

關鍵字：原住民同志、原住民族文學、成長

一、前言

　　本文聚焦於原住民族作家文學，探討的文學文本之作家身份，皆具原住民族「身份」，未選擇其他族裔作家之作品，除因本論文聚焦在原住民族裔屬性外，目前漢語同志文學之作品，觸及「原住民同志」形象之描述皆非作品之要角，且多以模糊不清之樣貌現身。

　　原住民族文學發展至今，亦出現不同類型之作品，然就書寫內容而言，主流之題材大抵還是以控訴性質的社會報導、具歷史意識之書寫或對山海部落的描繪為主。其「認同問題」，在原住民族文本作品中，仍為常見的「典型」（Typical）題材。依著族裔間的相似性，弱勢族裔從語言、文化乃至歷史記憶等，藉由各種媒介，控訴主體霸權的侵擾，建構出自身的文化主體性，形成「泛原住民族的集體認同」。一九九〇年代起，以「部落」作為文化載體，文字作為書寫載具，部落與人文的視角出發，在歸屬的族別中，形塑自我族群內獨特的「部落集體認同」。

　　從「泛原住民族認同」到「部落認同」，皆以族群作為共同體，向外追求均等且對稱的關係，不可否認族群之構成有其社會關係的集體性，然而在現今高度分化的社會中，個人之於社會群體已不再僅有單一的想像，而是在社會學習的過程中，開始選擇與自己親近的人們產生連結，因此可以看見每個人都有著多重的群體認同。「原住民族裔」與「性少數群體」亦是在不同的社會關係過程中形塑而成，群體間並無一致的身份屬性。認知到人屬

於不同社會群體的差異，重視群體內的差異，並非偏差的存在，才能望見自由民主的社會中壓迫與不正義依然存在，更能體現社會解放運動的價值。

2015年第六屆台灣原住民族文學獎得獎作品集的評審會議紀錄中，浦忠成說到：「前幾年我在評審原住民文學獎時，相對較排斥這類書寫『同志』的題材，但近來也慢慢接受了。」[1]、卑南族作家巴代：「每回參與評審，倘若遇到類似的題材（案：同志議題），我都希望盡量爭取保留，因為同志現象在原住民的部落間還是存在的。」[2] 又，2018年在第九屆原住民族文學獎的頒獎典禮現場，泰雅族亞威‧諾給赫（Yawi Yukex）的得獎感言：「從八〇年代開始至今，等了將近三十年，台灣才有第一部講述原住民同志處境題材的電影《阿莉芙Alifu》，原住民文學獎也等到了去年才頒發小說第一名給講述原住民同志題材的〈姐姐〉[3]，這樣的等待和關注雖然緩慢但是卻很值得，台灣歷史進程至今，是否開始要不斷地觸及到更多元的議題，而不是隔絕原住民族以外，這就是『文以載道』的精神」。[4] 由上述對作品題

1　林志興總編輯，林宜妙主編，《Vaay 104年第6屆臺灣原住民族文學獎得獎作品》（新北市：原民會，2015.11），頁16。
2　孫大川，〈「山海文化雜誌社」台灣原住民文學影音數位典藏計畫〉報告計畫書，（執行單位：國立政治大學台灣文學研究所），頁151。
3　2015年太魯閣族程廷（Apyang imiq）〈tminum yaku‧編織‧我〉獲散文第一名。
4　亞威‧諾給赫（Yawi Yukex）（資料來源：https://www.facebook.com/yawi.hakin/videos/vb.1578020560/10215955050940628/?type=2&video_source=user_video_tab，檢索日期：2018.11.18）

材之接納的觀察中，可得知「文字」作為一種載體，自黨外時期即承擔訊息的傳播，原運世代的報導文學凝聚群眾力量，至當代與各式社會群體之議題有所呼應，都提供一個發聲場域。

本文希望透過「原住民同志」尋找原住民族文學的多重視角的閱讀。關注並分析原住民族文學作品中「原住民同志」樣貌的呈現；原住民族裔／群體下的差異身份—性少數。探討在族群認同的概念下，其「差異」在作品中之呈現。最後，探討文學作品如何同時豐富台灣原住民族文學與同志文學的相關論述。

吳紹文（2003）〈階級、種族、性身分—從原住民同志之社會處境反思台灣同志運動〉[5]以「原運」為切入視角，分析「原住民同志」群體之論文。此篇論文主要從原住民同志與同志社群之疏離為觀察面向，此視角無疑是揭示了多重弱勢群體之困境，然而泛原住民族如何面對族群中之差異，是本文欲深探之處。從個人生命經驗為切入視角之論文是瑪達拉・達努巴克（2003）〈是原住民，也是同志：排灣男同志Dakanow的生命之歌〉[6]以一位排灣族的男同志Dakanow的生命故事為研究主軸。其2014年博士論文〈找路・回家：不再「靠勢」的原住民同志教師〉[7]研究方法為行動研究中探究自我，探尋「回家」之路。認為「原

5　吳紹文，〈階級、種族、性身分—從原住民同志之社會處境反思台灣同志運動〉（世新大學社會發展研究所碩士論文，2003年）。

6　瑪達拉・達努巴克，〈是原住民，也是同志：排灣男同志Dakanow的生命之歌〉（國立高雄師範大學性別教育研究所碩士論文，2003年）。

7　瑪達拉・達努巴克，〈找路・回家：不再「靠勢」的原住民同志教師〉（國立東華大學課程設計與潛能開發學系博士論文，2014年）。

住民」一詞具有凝聚集體意識對抗主流社會之意義，可以形成一種「混雜性的族群認同身份」。此「混雜性的族群認同身份」之概念提供筆者思考族群認同的多元可能性。

　　繼社會學與生命經驗之探索後陳俊霖（2008）〈多元流動的性／別位置與實踐——原住民「姊妹」社群初探〉[8]與董晨晧（2016）〈「姊妹」在北排灣族長老教會處境之民族誌研究〉[9]透過「民族誌」的研究，回到部落觀察並訪談「姊妹」在部落／教會中之樣貌。重視在地文化脈絡之屬性的研究，提醒筆者除多元身份的認同概念外，應注意到族群內之差異形成，與社會文化之脈絡有其關聯性。

　　期刊方面林文玲（2012）〈部落「姊妹」做性別：交織在血親、姻親、地緣與生產勞動之間〉[10]認為當代的部落（社群）生活情境與政治經濟之差異，形塑著「姊妹」群體的社會規範、社會關係、社會結構和文化秩序。此期刊所揭示的「家」與「家戶」之於「姊妹」功能上的意義，使筆者得以留意除泛原住民族、部落／部族之變項外，「家族」亦應納入觀察面向之。

　　本論文選擇原住民族文學獎之得獎作品為分析文本，立基於此文學獎對於原住民族文學之深遠性與典範性。1993年總編輯孫

8　陳俊霖，〈多元流動的性／別位置與實踐--原住民「姊妹」社群初探〉（高雄醫學大學性別研究所碩士論文，2008年）。

9　董晨晧，〈「姊妹」在北排灣族長老教會處境之民族誌研究〉（國立高雄師範大學性別教育研究所碩士論文，2016年）。

10　林文玲，〈部落「姊妹」做性別：交織在血親、姻親、地緣與生產勞動之間〉，《台灣社會研究季刊》第86期（2012.03），頁51-98。

大川成立〈山海文化〉雜誌社，創辦刊物《山海文化雙月刊》，
在刊物中具有指標性的象徵意義。

> 《山海文化》的創刊，就是預備為原住民搭建一個屬於
> 自己的文化舞台……團結、合作便成為《山海文化》生
> 命真正的原動力。如何捐棄族群矛盾、個人利益、政治
> 路線等的糾纏，不但是對《山海文化》的考驗，也同樣
> 考驗著我們全體原住民社會……文化的創造，固然無法
> 讓我們看到立即的效果，但它卻可以穿透時空的限制，
> 凝聚我們的智慧，獲得生生不息的生命。[11]

　　創作風氣盛起，〈山海文化〉雜誌社於1993年成立，並成立
《山海文化雙月刊》，標誌著原住民族建構論述，承攬文化，並
以文學運動形式，呈現民族另一種存在的樣貌，期望獲得更多發
聲的機會，並為台灣文學的發展，帶來新思維的衝擊與生命力的
挹注。[12]自 1995年起〈山海文化〉雜誌社協辦或主辦超過十次
的原住民族文學獎：1995 年「山海文學獎」、1999 年第一屆
「中華汽車原住民文學獎」、 2001 年第二屆「中華汽車原住民
文學獎」、2002 年「台灣原住民報導文學獎」、2003 年「台灣
原住民族短篇小說獎」、2004 年「台灣原住民族散文獎」、
2007 年「台灣原住民山海文學獎」、2010 年承辦首次由官方主

11　孫大川，〈序‧山海世界〉，《山海文化雙月刊》創刊號（1993.11），頁4-5。
12　孫大川，《用文字釀酒 用筆來唱歌：99年台灣原住民族文學獎得獎作品集》（台
　　北市：行政院原民會，2010.12），頁4。

導的「99年台灣原住民族文學獎」系列活動由山海文化雜誌社主辦後，即將每一屆得獎作品，與評審過程（會議記錄）出版成冊。在此之前協辦之原住民文學獎得獎作品，多刊登於「聯合報」與「中國時報」。[13] 2011 年「100 年第二屆台灣原住民族文學獎」系列活動、2012年「101年第三屆台灣原住民族文學獎」系列活動[14]，延續迄今（2021年）。此獎項為原住民族屬性之代表性文學獎，培養出許多指標性的著名作家。本論文欲探討近年來越趨顯明之「原住民同志」於文本中之再現。其實最早出現此形象之作品，亦是在1999 年第一屆「中華汽車原住民文學獎」中。因此選擇原住民族文學獎為分析對象，有其代表性與指標性。

本文選取1999 年第一屆「中華汽車原住民文學獎」小說組佳作排灣族達德拉凡・伊苞〈慕娃凱〉、2015年「104年第六屆台灣原住民族文學獎」小說組佳作排灣族潘鎮宇〈姐妹〉、2017年「106年第八屆台灣原住民族文學獎」小說組第一名泰雅族／布農族黃璽〈姊姊〉、散文組佳作泰雅族麗度兒・瓦歷斯〈謊〉，及排灣族達德拉凡・伊苞於2004年出版之作品《老鷹，再見》中篇章〈唵嘛呢叭咪吽〉為分析文本。

---

13 同前註，頁5。
14 孫大川，〈「山海文化雜誌社」台灣原住民文學影音數位典藏計畫〉報告計畫書（執行單位：國立政治大學台灣文學研究所），頁3。

二、在原住民族群體中尋認同

　　美國學者艾莉斯‧楊（Iris Marion Young）於九〇年代初期提出差異政治（politics of difference）此政治哲學的概念。從弱勢群體的困境為關懷向度，因每個人皆屬不同的社會群體，若以此面向為關懷視角，才能望見不正義在其社群中的作用。呼籲正視社會群體中差異的存在，透過社會運動等政治力量的能動性，與民主體制對話。

　　而文學文本為一文化生產，原住民族文學在其中再現政治，從中可窺看不同面向的社會過程。內對於自身社會中不同世代之間的文化，或對外向著不同文化的社會團體，將注意力放在建構當前文化認同的這一過程（identification）上，積極面對轉變的文化，以及轉化中的文化身分。[15] 本文也將藉此一觀點，觀看文本中敘事者如何在生活／生命進程中，在敘述個人的生活的「成長」經驗下為自己找尋社會群體中的位置，在轉變過程中對內對外的文化身份，認同其所處的位置。試圖窺看文本中顯現的群體，其群體是否感受／理解差異的存在，如何應對差異的個體在其社群中。

　　第一篇在「原住民文學」中出現同志身體的作品，排灣族作家伊苞‧達德拉凡〈慕娃凱〉，[16] 第一屆「中華汽車原住民文學

15　林文玲，〈製作「原住民」：轉換中的技術載體，轉換中的文化身份〉，《台灣人類學刊》11卷1期（2013.07.01），頁157。

16　伊苞‧達德拉凡，〈慕娃凱〉，《山海文化雙月刊》26期（2000.10），頁68-78。

獎」小說組佳作。敘述女頭目「慕娃凱」不願意與異性結婚，以排灣族傳統的神話為故事背景。

> 他們帶著花園環繞慕娃凱歌唱，彷彿慕娃凱是個新娘，人們聚集在頭目外的榕樹下，女人為他們迎送檳榔。男人們卸下背上的網袋，把用生命換得的talavalavak小心翼翼地從網袋中抱起，像抱嬰孩一樣放在胸膛獻給頭目。慕娃凱坐在圍繞的人群中……說是孤傲吧！她早已漠視這一切，就如她漠視庫樂樂（案：愛戀他的兄長）一樣。在眾人的期待下，他看了一眼排列腳下如彩虹般美麗的鳥。然後，她說話了。「沒有一隻是我要的。」她面無表情，聲音如雷批震碎人們的希望。[17]

　　因為頭目慕娃凱的悶悶不樂，整日無盡哀思，因此讓族人們為她捕捉稀少且美麗，稱為鳥中頭目的talavalavak。反反覆覆多次，總是不滿意，讓族人開始發出不平之鳴——善良的慕娃凱，他們的頭目消失了。族人們選擇在清明時離開慕娃凱，然而晨起的慕娃凱發現沉寂的一切時，卻愉悅的唱起了歌。饒是如此，慕娃凱並不在意族人們的離去，成了被拋棄的頭目。像是終於沒了枷鎖在身，一人獨自快樂著。

　　以神話故事作為小說開頭。第二節時間軸來到當代，女大學生「我」騎著摩托車一邊回憶自己的童年，來到此部落，聽了這個神話故事，認識了「慕妮」奶奶（慕娃凱的後代），孫女繼承

17　同前註，頁69。

了前人的名字──慕娃凱。她剛到部落時部落正為慕娃凱的婚事商量，奶奶似乎也並不在意來提親的人，跳上女大生的摩托車隨著離去。而慕娃凱在平地未回部落，並且有個同性愛人哈克。

第三節以奶奶和女大學生（我）的視角穿插敘事，敘事著另一個關於部落青銅刀的的神話故事。慕娃凱也因奶奶的叫喚回了部落。此段的人稱使用較為混亂不順暢，能看見伊苞前期作品的生澀之處。

後敘述奶奶將一封信拿給女大學生，讓她讀信裡的內容，然而這封信是慕娃凱的同性愛人哈克寫給她的信：

> 身為一個頭目，在族人面前你是尊貴的，而我卻在這裡（案：而卻在我這裡）一次一次地因為愛而撕裂自己……你，是我唯一要飛去的地方。秀（案：慕娃凱），回來吧！再也不離開你了。真的。我再也不離開你了。[18]

「慕娃凱會回來的，奶奶」大學生如是說著。最後一節以第一人稱「我」書寫，在文字中表慕娃凱與大學生，兩人的對話交織在一段，亦是較為不易閱讀的敘述。

> 你問我是不是會一直躲在台北，我想，是撥雲見日的時候了，等我好了也應該是我回去的時候了。妳用大學生的頭腦思考，我的祖先慕娃凱是不是也同樣愛著女人。

---

18 同前註，頁77。

　　不用大學生的頭腦我就可以告訴你，我想是的。[19]

　　當代的慕娃凱繼承了其祖先的名諱與頭目之位。整篇故事中她族裔與頭目身份幾乎在敘事中隱而不見。她稱大學生為「山地人」，離開部落在都市台北生活時，讓人稱她「秀秀」。哈客在信中說慕娃凱在族人中是尊貴的，在愛情中因為他是破碎的，呼喚著慕娃凱回台北。而當慕娃凱再一次在愛情中傷心時，她想「家」想她的部落了，她詢問大學生她的祖先慕娃凱是否也同樣愛著女人時，將畫面與神話再一次的連結。無法得知當代的慕娃凱是否會結婚生子，能看見的是，在尋找「自我身份」的過程中，她渴望得到連結。

　　2017年泰雅／布農族黃璽（Temu Suyan）以〈姊姊〉一文小說獲第一名。首度出現跨性別意象的作品。開篇以爸爸的喪禮親朋好友讚嘆爸爸生前是位英勇的獵人，尊重且遵循著傳統法則，總能因此免於被熊攻擊、大雨大水沖走甚至躲過因調皮被大人抓住等。

> 「哈勇真的很會打獵餒，他做陷阱放陷阱跟找獵物的技巧都是我們這一輩裡面最好的，而且重點是山裡面從哪裡到哪裡是誰的獵場他都知道，他好像都不會忘記那些老一輩教過他的事情。……」[20]

19　同前註，頁78。
20　黃璽（Temu Suyan），〈姊姊〉，《Kavaluwan 106年第八屆台灣原住民族文學獎得獎作品集》（台北：原住民族委員會，2017.12），頁37。

「他真的是一個很傳統的人，而且我覺得他可能有巫師
的體質，可以預知一些事情。」[21]

　　以弟弟為第一人稱的角度，平鋪直敘的敘述他所見所知的父
親與「姊姊」之間的事。文章中第三者的角色情緒平緩低調，未
有慷慨激昂的壯烈。文中的「姊姊」理直氣壯出走或回家，不需
要任何人的認同，他僅需要對自己負責即可，為文章主概念。

「我從小什麼事都做到最好，因為我不想讓你們覺得我
很糟糕，我現在也是這麼想的，如果他（案：爸爸）不
接受，也沒關係，那是他的選擇。但是我以後的生活，
該由我自己抉擇。」哥哥他放鬆了一些他的表情…[22]

　　弟弟從小聽著「哥哥」和媽媽的對話，看著他與爸爸衝突。
懵懂無知的小學生聽著哥哥和媽媽在病前的對話，經歷媽媽逝
世，哥哥上大學決定離家前和爸爸攤牌後的衝突，弟弟比令作為
這個家的一份子，始終是位小小的旁觀者。而哥哥對於自己的弟
弟，在話語間也無不傳達人為個體，只需對自己負責。

「你（案：弟弟比令）永遠不會像我。你只要自己做自
己就好了。」[23]
「……但是我現在也不後悔告訴你，因為你要不要接受

21　同前註，頁38。
22　同前註，頁41。
23　同前註。

是你的事。而我的人生也不用你來決定。」[24]

　　弟弟在成長的過程中，對哥哥與家裡的關係始終不太明白，從懵懂到困惑。開頭在爸爸的喪禮上，接到哥哥的電話後的反應，讓讀者以為他長大後不能接納甚至認為哥哥放棄做一名「泰雅」，不應當回來。成為「泰雅」，是爸爸的期待也似乎是理所應當的。不過在做泰雅與做自己之間父親與哥哥始終不在同一思考線上。父親認為出生即是已成為泰雅，也必須以此為目標學習；哥哥也並非不情願成為泰雅，而是認為不是他不願意，是爸爸先不承認「她」本身的存在，不接受她的存在也就是不認同他。

　　「不是我不要，是你自己不要的。」哥哥說這話的時候背對著我們，我這才看到原來他已經背好背包，手上拿著一個被撕開的牛皮紙袋，上面寫了什麼「學」的。
　　「你就不能好好當個泰雅人嗎？還要我求你嗎？」老爸的眉頭皺得很緊，像是想把怒氣給鎖好以免做出會讓他後悔的事情……
　　「所以我說，你還是不懂，你還是搞不懂，今天是你把我生成這樣的，你不接受，我有什麼辦法？」……接著他就離開了，留下還沒長大的我。[25]

---

24 黃璽（Temu Suyan），〈姊姊〉，頁43。
25 同前註。

　　哥哥曾在作者高中時著女裝和弟弟表明性傾向，當弟弟問哥哥是否為同性戀時，哥哥以「正確來說」來回應自己是「跨性別者」，到結局都沒和讀者說明是否喜歡同性，在此也傳達了一個概念：跨性別並不等同於喜歡同性，在電影「阿莉芙」中的正哲便是如此，白天是奉公守法的公務員，晚上是夜店的變裝皇后，他和安琪過著異性戀的婚姻生活。

　　主角和哥哥再見面就是爸爸喪禮了。主角和爸爸或哥哥都缺乏溝通，因此對於哥哥的離家與不聯絡並不諒解，甚至假設哥哥回家只是為了財產。

> 「他沒有東西給你，他說他不想要你回來看他。他也不認你這個兒子。」我竟然有意想不到的鎮定語氣。
> 「是說活著的時候。」哥哥淡淡的繼續說：「我想這幾年你應該也沒有好好跟他說話吧？他在家裡就是現在這個樣子。」[26]
> 「我實在不想跟你說這麼多。你的想法就是那麼自私，只想到自己，你忘了我們的嘎嘎（案：祖靈）嗎？」
> 「我想當一個正常、完整的人，而不是破碎被壓抑的動物。先能做一個真正的人，才能更心甘情願地遵守規範不是嗎？你只想拿嘎嘎來壓我？我看老爸也只挑他想教你的教你吧。」[27]

26　同前註，頁49。
27　同前註，頁50。

　　弟弟認為哥哥對這個家對自己的嘎嘎不負責任，哥哥認為他的選擇就是對自己負責，人先要能為自己負責，才能對他人負起責任。全篇從一開始到爸爸的喪禮上，哥哥始終如一地堅持自己的想法，也是貫徹到底。弟弟無法反駁也似乎沒有立論點。

　　全篇最引人入勝，讓讀者心中懸著的疑問，也是畫龍點睛之處，便是哥哥留在冰櫃前守夜，隔天一雙冰手和細碎紋路，剩不到一公分的口紅。留給讀者念想，到底哥哥用口紅做了什麼事。是幫爸爸在嘴上塗上了口紅，還是在皮膚上畫上了什麼。「我終於開心了」[28]「我已經拿回他欠我的了。昨天晚上我在冷凍櫃裡幫他做一個選擇。我們扯平了。」[29]

　　弟弟本不理解哥哥做了什麼在說什麼，但當他看到像血一樣深且暗，切面不平整，像是人拿著這隻口紅憤怒地在什麼上面摩擦過的口紅時，那一瞬間他好像懂了什麼，好像懂了哥哥所理解的世界。[30]這段敘述，雖沒闡明弟弟釋懷理解的哥哥是什麼，或許是哥哥還在家時被爸爸強迫的過去，他以此來表示；又或者他他傳達了一種人人都有不同的性別傾向，他幫爸爸在最後表達了這樣的慾望。不過可以肯定的是題目名為〈姊姊〉對於哥哥的性別認同，他是接納的。兄弟倆的感情書寫細膩，從弟弟的角度看哥哥的認同路，哥哥全篇表達追求自我，不是他不認同自己，他非常認同自己，也不需要別人認同他才完整。最後用一支口紅詮

28　黃璽（Temu Suyan），〈姊姊〉，頁51。
29　同前註，頁52。
30　同前註。

釋他和爸爸的關係。他一直是他也是泰雅，只是和爸爸關係不
好，最後和解了如此罷了。

　　同年2017年泰雅／排灣族麗度兒‧瓦歷斯（Lidur Walis）
〈謊〉獲散文佳作。開頭以我離開部落始，中段又說我開始害怕
回去部落。從熟悉的地方離開，本該是不安的情緒，似乎在看到
女校中兩個女孩親密時一切都消散了，只剩下欽羨和嫉妒。也忍
不住想起離開部落前阿嬤的叮嚀：「他們說同性戀會傳染，你要
小心啊！」[31]在部落有個「那個吳家的女兒」指稱不正常的女人，
理著平頭穿著寬鬆的上衣短褲，和同年紀的男生玩在一起。部落
中的氛圍讓作者不敢回去，又繼續觀察著學校中女孩們的落落大
方。當我在學校中，看見兩個女孩親密時，心底只有美好的感
覺，她們是那般自然而無須遮掩，不會有人對她們指指點點。[32]

> 女孩在水中擺動著肢體，帶出蓬蓬水花，因為距離的關
> 係，看不清楚她的臉，眼前盡是不可思議的美好，那身
> 體像塊滑潤的巧克力，引人食慾。[33]

　　放假回到部落時，聽到阿公叫著自己：「yungay，回來
啦！」他很疑惑，為什麼女孩子和猴子都叫做yungay，小時候聽
說偷懶的人會變成猴子，是泰雅族的口傳故事。阿公說，女孩子

31　麗度兒‧瓦歷斯（Lidur Walis），〈謊〉，《Kavaluwan 106年第八屆台灣原住民
　　族文學獎得獎作品集》（台北：原住民族委員會，2017.12），頁213。
32　同前註。
33　同前註，頁212。

會偷懶，主角其實心裡更想問的是，難道只有女孩子會偷懶嗎。
將離開時，阿公提到畢業後就可以結婚了，主角表示還要讀大
學，不結婚。「哪有女孩子不結婚的。」這一段敘述主角回到部
落後感受到的困惑不解，面對此些事情，下一段便以「回到學
校，在部落冷藏了近月的身心漸漸活絡起來。」[34]為始。

> 我忽然意識到，只要側過頭，就能碰到他的臉頰、她的
> 唇，我想親吻她。可是，我不敢。我夢見我回家了。我
> 家位在部落上方，靠近一處大彎道，路邊還有很多草
> 叢，我看見一條蛇在路上爬行，蛇身上有漂亮的花紋，
> 黑得發亮的蛇皮混雜著青綠與灰白兩色，綿延不段的蛇
> 紋從眼前掠過，看不見蛇尾，蛇身挾著寒氣而來，鑽進
> 了我的後衣領。啊！我倏忽睜開雙眼。阿公說過夢見蛇
> 的含意，但我忘記了，夢裡出現蛇究竟是好是壞呢？我
> 只知道剛剛做了個噩夢。[35]

　　主角越來越少回部落，每回接到阿公阿嬤的電話後都會連連
做被追趕的惡夢。生長在部落的小孩到城市後受影響，回到部落
又是另一種傳統，在這之間衝擊著，迷惘害怕著。主角害怕回去
面對部落的不同文化，部落的孩子走出家透過學校生活，看見不
同的風景。文章中從離家前阿嬤的叮嚀，到朋友晶晶「我的女朋
友」和「學姊的女朋友」都提出一個疑問：難道真像阿嬤說的同

34　同前註，頁214、125。
35　同前註，頁215。

性戀也會傳染嗎？朋友晶晶從女朋友換成男朋友時，又帶出一個疑問：難道性向可以改嗎？

同性戀如果會傳染，主角卻害怕回部落，也不怕被「傳染」，或性向改變。首節敘述女孩在泳池中擺動的肢體，帶出水花與像滑潤巧克力般的身軀，不可思議的美好，末段熟悉的泳池場景，不同的女孩在同一泳池中悠遊，濕潤的身體、泥土般的顏色，依然讓主角想起滑潤的巧克力。不過這女孩說：不喜歡女生啊。結尾或許解答了難道同性戀會傳染之問。雖到最後作者未處理與部落之間的關係，也似乎沒有回應回家與否的掙扎。不過全篇回應主題〈謊〉，說明部落中對男性化打扮的女性，同性戀會傳染等說法都是無稽之談。

三、基督宗教牽制著原住民同志

基督宗教影響原住民族部落，廣為人知的原因係為荷蘭和西班牙在十五世紀大海航時期歐洲國家為尋求香料與傳教，以台灣作為據點開始。[36] 在這期間福建廣東各地渡黑水溝而來的移民，而後順著鄭成功佔領台灣等來的漢人，台灣島經歷政權不斷的更迭，日治時期的語言政策和而後漢文化的「漢化」，一直對部落

---

36 可參閱洪瑋其，〈兩種百步蛇－台灣原住民族文學中基督宗教的治癒與網絡〉（國立政治大學台灣文學研究所碩士論文，2018年），頁23-35，詳盡整理了基督宗教傳入部落與後續之影響。

有著深遠的影響。因此本章節探討基督宗教和漢文化如何影響部
落，羈絆與牽制著同志族群。

2004年伊苞・達德拉凡長篇散文《老鷹，再見》[37]可窺見女
同志的身影。一邊描繪排灣族老奶奶之間的情感，一邊聽著巫師
引過去「互相看著陰戶」而死的故事，再配上基督宗教的長輩說
他們是「撒旦」，來帶出敘事者的不平之氣，與不願聽的「道
理」。

> 巫師念一段古語，睜開眼睛，敘述它的意思：「有兩個
> 女孩，是好朋友，她們在大石頭上面玩耍，發現彼此的
> 陰戶，她們很好奇，非常好奇，兩個互相逗弄著彼此的
> 陰戶，後來死了。」「就這樣？」「就這樣。」[38]

其中兩位奶奶皆早年喪夫，和敘事者的奶奶彼此之間的情誼在相
處中濃厚真摯。年輕時彼此依靠著養育孩子，年長後依然每早一
同煮食，吃飯時聊著舊部落種種的奇靈異事。敘事者聽著兩位奶
奶聊著在年輕的時候，在同一塊石頭上接連小便。「我的朋友，
我的尿，有誰能贏過我的尿，它總是又直又長的在那石頭上溜滑
梯，然後很不捨得的滴落到地面呢。」「你何不乾脆說你的尿會
盪鞦韆呢，哈哈哈。」後面接著巫師的話：「就是那兩個好朋友
發現彼此的大石頭。」和神話故事。[39]

37　伊苞・達德拉凡，《老鷹，再見》（台北：大塊文化，2004.09）。
38　同前註，頁179。
39　同前註。

　　篤信基督教的老人說他們是撒旦,是頑劣的石頭,是讓人迷失的黑暗森林。對於過去的人的生活方式嗤之以鼻,認為是過著惡魔的生活,早上上山,半路上聽見鳥叫聲,就要折返回家,是種迷信。敘事者和兩位老人家說,他們毫不在意別人說些什麼,對神話故事說著:「她們在石頭上玩耍,看見彼此的陰戶,很快樂很快樂,然後死了。」彼此哈哈大笑。敘事者不明白老人家說的話,耳朵習慣聽道理,不明白老人家為什麼理所當然地說著這些,滿腔的憤怒離開。在爬西藏轉山的行途中,似是明白了生氣和憎恨來自恐懼。轉山之行讓敘述者明白人之渺小,在包容與被包容間,在生命輪轉間,體悟到生命的深刻。兜兜轉轉,身為排灣族人,身為女人,女人體內那股溫暖從肚腹、流經大腿緩緩流出至陰戶,月經他一直都在,而她接受了這一件美好的禮物。老人家們從來不說什麼道理,滿滿「很久很久以前……」的故事就是他們的道理。敘事者左腳右腳不管轉到哪兒,終會回家看巫師。身體與精神,骨與肉在敘述者身上本是撕裂與分離的,不明白為何生為原住民,身為排灣族人,對原始信仰、部落中的基督宗教間的拉扯牽制逃避困惑,但在轉山之行中,透過其他宗教,如西藏的藏傳佛教等信仰,理解何謂人,路在哪兒怎麼走。

　　太魯閣族程廷(Apyang imiq)2015年原住民族文學獎中,得獎作品〈tminum yaku・編織・我〉[40]中文章主角是hagay(同

40　後收入自出版作品程廷(Apyang imiq),《我長在打開的樹洞》(台北:九歌,2021.05)。

性戀），父母知情的一段文字中，透露出基督宗教在其中的牽
制。

> bubu（媽媽）和tama（爸爸）知道我喜歡的是男人了。
> bubu先是歇斯底里的咆哮說不可以，聲音淒厲又悠遠，
> 我下意識思考的不是不可以，是隔著我房間這個加蓋鐵
> 皮二樓外，隔壁的部落阿姨是不是聽到了，明天和好幾
> 個明天，全支亞干都會知道tama的兒子是hagay……[41]
> bubu開始流淚，tama則是雙手抱胸安靜地坐在一旁，我
> 不敢抬頭看他的眼睛……「聖經不允許，你不會和我們
> 一起進入應許之地。」那個我靈魂發白的炎夏午後只記
> 得bubu說的這句話，一個一個漢字堆疊成一個有底的
> 山窟，把我封起來，bubu和tama用聖水倒滿山窟，我會
> 溺死在裡面……[42]

　　主角晚上撫摸著payi（外祖母）留下的kabang（織布做成的
棉被）想著payi，對payi的思念和思想著外祖母坐在織布機前，
製作這色彩鮮豔的棉被時，想的是什麼，製作與傳統不同紋路花
色的棉被，utux（祖靈）會接納她嗎？還是utux也會跟媽媽一樣
用可怕的語氣說：「你沒辦法走過hakaw utux（靈橋）！」[43]前
一段敘述父母對於自己喜歡同性時的反應，無法接納並拿出聖經

41　程廷（Apyang imiq），〈tminum yaku‧編織‧我〉，《vaay 104年第六屆台灣原
　　住民族文學獎得獎作品集》（台北：原住民族委員會，2015.11），頁165、166。
42　同前註，頁166。
43　同前註，頁166。

告訴主角，因為聖經不允許，如此一來他便不能和自己的父母一同進入所謂的應許之地。聖水從頭澆灌著作者，似是要淹沒他終將沈溺於窟中。父母的不認同，讓他將情感寄託於過世的外祖母與她留下的織品。與傳統不同，美麗鮮豔紋路的織品，此處將傳統與現代對比，帶出難道外祖母織出如此美麗與過往不同的棉被，就不配走過靈橋嗎？

　　2017年泰雅／布農族黃璽（Temu Suyan）〈姊姊〉一文以爸爸的喪禮親朋好友讚嘆爸爸生前是位英勇的獵人，尊重且遵循著傳統法則。「我想大概他是我們這裡最可以過彩虹橋的人了吧？手上都是動物的血」「不要開玩笑，哈勇他想要去跟他老婆見面，才不想去走什麼彩虹橋。」[44] 遵循著傳統法則打獵、遵守流傳下來的禁忌，相信生靈和gaya（祖靈）的哈勇，在過去老婆生病時花費許多讓太太醫治癌症，並住在單人病房等。從第一人稱弟弟的敘述中親愛自己的妻子，在他過世後是走泰雅的彩虹橋，還是去那應許之地和妻子見面，不得而知。然而從這邊可看到上帝之路生老病死無不影響著部落。「他在還能說話的時候說一定要幫他辦一場基督教的喪禮，他才能和媽媽在一起。」「是嗎？他之後變得虔誠了？」「他說只有相信上帝才能到天堂跟媽媽相見。因為你走之後，他只能想念媽媽。」我看到哥哥微微地點頭。[45]

44　黃璽（Temu Suyan），〈姊姊〉，頁37。
45　同前註，頁49-50。

　　某天哥哥似和爸爸表明自己是性少數後，敘述者下課回家聽到兩人的衝突：「你最好不要給我回來，丟臉！丟我們家的臉！你怎麼面對你媽媽？」「你不要把媽媽拿出來說，她跟你不一樣！」「你不要亂講話，你媽她怎麼可能接受？她是信上帝的，怎麼可能接受？」[46] 爸爸無法接受與他人不同的哥哥，面對過往彼此心知不說，在媽媽過世後堅持自我的大兒子，爸爸憤怒也無力。然而哥哥在爸爸過世後回到部落，敘述者和哥哥說他忘了自己的嘎嘎，哥哥認為人要先完整自己才能心甘情願遵守規範，此處提及嘎嘎，前述爸爸又認為信上帝才能和自己的妻子見面，而信上帝的妻子是不可能接受大兒子的與眾不同的。在許多作品中皆可看見嘎嘎（祖靈）與基督教／天主教上帝同時影響著部落中的人，在部落中沒法將兩者分割開來看待，兩種「信仰」相互纏繞影響，在此若單看對「性少數」的態度，嘎嘎和上帝都成了不接受的代名詞。

　　2018年排灣族潘宗儒（paljaljim）刊載在八月〈幼獅文藝〉上的短篇散文〈在離家與返家之間成家〉[47]記錄了從小在台北長大的原住民，缺乏部落經驗，因著「浪漫」想找尋自己的部落自己的家，輾轉在各個部落探察，懷著對文化的熱情回鄉。排灣族的婚禮是學習文化，了解親族關係最好的場域。敘述者的伴侶不喜歡婚禮這場合，親戚朋友相聚在一起，彼此話家常，像是始終

46　同前註，頁43。
47　潘宗儒（paljaljim），〈在離家與返家之間成家〉，《幼獅文藝》776期（2018.08），
　　頁48-50

有人在對著他竊竊私語指指點點，家庭撕裂著自我。泰雅／布農
族黃璽（Temu Suyan）〈姊姊〉為首篇出現跨性別意象的作品。
敘述者弟弟，平鋪直敘的敘述他所見所感知道的父親與「姊姊」
之間的事。文中的「姊姊」理直氣壯出走或回家，不需要任何人
的認同，他僅需要對自己負責即可為文章想傳達的主概念。不管
離家還是返家都不存在他人的認同與否，他僅想做一個完整的自
己，他是泰雅也是她，最後以一支口紅表達與爸爸關係的和解。
泰雅／排灣族麗度兒・瓦歷斯（Lidur Walis）〈謊〉因為升學離
開從小生活的部落，從害怕離家到在女校中兩個女孩親密時一切
都消散了，只剩下欽羨和嫉妒。轉而害怕回部落，害怕回去面對
部落流傳著：「同性戀會傳染」這些話。主角在懵懂的過程中，
重新認識自己，文章最後和一位女孩告白了，但女孩表示她並不
喜歡女生做為結語，間接回應了同性戀會傳染之說。作者未著墨
太多與部落之間的關係，僅以部落間對性少數的說法來作為故事
的引導，兩相對照中作者在學校看見的種種關係。全篇回應主題
〈謊〉，說明部落中對男性化打扮的女性，同性戀會傳染等說法
是「謊」。伊苞・達德拉凡《老鷹，再見》描述排灣族老奶奶之
間的情感，一邊聽著巫師引過去「互相看著陰戶」而死的故事，
再配上基督宗教的長輩說他們是「撒旦」，來帶出敘事者的不平
之氣，與不願聽的「道理」。兩位老人家毫不在意別人說些什
麼，對神話故事說著：「她們在石頭上玩耍，看見彼此的陰戶，
很快樂很快樂，然後死了。」彼此哈哈大笑。敘事者不明白老人
家為什麼理所當然地說著這些，滿腔的憤怒離開。在爬西藏轉山

的行途中，似是明白了生氣和憎恨來自恐懼。轉山之行讓敘述者明白人之渺小，在包容與被包容間，在生命輪轉間，體悟到生命的深刻。身體與精神，骨與肉在敘述者身上本是撕裂與分離的，不明白為何生為原住民，身為排灣族人，對原始信仰、部落中的基督宗教間的拉扯牽制逃避困惑。但在轉山之行中，透過其他宗教，如西藏的藏傳佛教等信仰，理解何謂人、路在哪兒、怎麼走，才能在離家與返家間找到路。

四、結語

原住民族文學發展至今，出現不同類型的作品，內容大抵還是以控訴性質的報導文學、具歷史意識之書寫或對山海部落的描繪為主。八、九〇年代「典型的」（Typical）題材，[48] 以部落經驗、獵人狩獵或與父母家庭、祖父母輩耆老相處為主，文學獎大多也以此為創作方向，形成「泛原住民族的集體認同」。[49] 關於原住民族的碩博士論文多以男性作家為主，研究其歷史、部落文化等發展，女性作家作品之研究從部落經驗到性別研究為關懷，而女性作家的文學作品也多以尋找自我認同為主。作家巴代於文學獎評論中也認為文學獎之作品缺少女性與（少數）性別傾向之

48　林瑜馨，〈原住民族文學的非典型現象—以達德拉凡‧伊苞、董恕明以及阿綺骨為例〉（國立清華大學台灣文學研究所碩士論文，2014年），頁33。
49　王甫昌，《當代台灣社會的族群想像》（台北：群學，2003.12），頁114。

作品，也或許因此啟發他書寫《月津》。近年來原住民族文學獎之作品出現不同的文化形象─「原住民同志」，而出版作品也逐一出現，此象徵也回應了卑南族孫大川所提出的「山海」意義，不僅僅是空間的，亦是「人性的」。涵納了語言、生活經驗與歷史意義，在山海中原住民族追尋自我認同。

　　「身份認同」（identity）的概念自初始被提出，係以「共同的／集體的」意義為原則所建構的「泛族群的集體認同」，然而時自今日，各種立場與角度的「認同問題」羅列開展，也已然是現今多元的文化社會中，個人回應族群的一種方式，回應「我是誰」的姿態選擇。林瑜馨〈原住民族文學的非典型現象─以達德拉凡‧伊苞、董恕明以及阿綺骨為例〉此篇論文已提出不同於以往的女性作品，書寫生活點滴事的風格隨著生命經驗的不同，擺脫以往的既定印象。從過往原住民族主體的書寫，轉變為書寫關心的人事物或個人生命經驗。筆者藉著過往對原住民族與弱勢群體的關心，認為「原住民同志」在大面向上的雙重弱勢，且若從原住民族內部觀看時，「同志」群體在族群中的身份位置是如何展演，其經驗與過往原運世代、擁有部落經驗與母語的原住民有何不同。其文學作品如何創作，放在原住民族文學與同志文學作品中有何特殊之處。自身賦予的定位、對外回應的選擇等，都是形構認同之路之因。

　　因此在本文中看見不同文本中所呈現出的「原住民同志」的樣貌各不相同，於泛族群中是差異的存在，而他們本身又都是獨立的個體，呈現遍地開花的景緻。在文學作品中擁有原住民族身

份的同志，群體／族群身份對他們來說是引路的指導者，還是創傷的來源，如何解讀自身與群體的差異？此回應筆者認為應回到「我是誰」的概念來思索，在各篇文學作品中其本身擁有的族群身份，都能看出敘述的主角都在盡力「成為」什麼，而不是過往「我們該是如何」的單一與平面。

太魯閣族程廷（Apyang imiq）〈tminum yaku・編織・我〉和泰雅／布農族黃璽（Temu Suyan）〈姊姊〉中的性少數主角，不管離家還是返家都不存在他人的認同與否，他僅想做一個完整的自己。〈tminum yaku・編織・我〉的主角不急於訴諸情緒的呈現方式以緩步的方式返家，而〈姊姊〉中的主角雖使用較激烈的方式離家，然而他從不覺得自己不是泰雅，他是自己也是泰雅，只是需要和爸爸和解罷了，無關他她屬於什麼群體。且關於基督宗教與漢文化對部落的影響，在此些文本中多以對話的方式呈現，不認同的人（文中的父母等）以「你們不會被接納」「聖經不允許」表達不允許的態度，在其中未有本身因此宗教或嘎嘎（祖靈）因素而產生心靈的拉扯的狀態，顯示性少數主角本身並未有此些困擾，但帶出部落的現況。當各種身份認同在生命中產生意義時，社會加諸在我們身上的各種角色也越顯複雜，在其中選擇／認同扮演什麼角色，或許是希望在他人眼中是如何的形象，而最終其實僅只是要表達「自己」。此些關於我是誰的身份問題，在每個人的生命階段都是有可能遇見的問題，與其討論宿命論，在此些作品中都不約而同的表達個人小我的樣貌。本文中所分析之作家作品以「原住民同志」為開展，卻呈現多元的面

貌，皆有其特色。回到原住民族文學的脈絡中觀看，除突破過往歷史反抗性與泛族群性的追求與認同，亦在其書寫性少數的角色中展現思維的突破，與對其他群體（原住民族對同志）的關懷，是普世也是內在探索的。本文試圖以個體經驗，結合原住民族與對性少數的普通理解。然而此方法缺漏了原住民族官定十六族的各族差異，甚至是部落間的不同。因此若要更深的理解此些文本中人物性少數身份與部落的關係，針對各族群與部落進行研究，統整後深入理解文本中角色與各自部落的關係進行分析，應是較完善的研究方法。然而此本論文以原住民族文學作為標的，希冀透過文本分析能望見群體中的差異展現，透過一個共同群體（原住民族）的共同經驗，想像一個共同體中弱勢群體在其中的成長生活經驗。文學作品指認了族群多樣性的存在事實，此些聲音表述了群體中不同文化位置下的異聲，以文學作品作為平台彼此理解與對話，不只期望讓族群內部觀看，更能使不同族群的讀者看見，因此書寫即成了必要策略。

參考資料

王甫昌，《當代台灣社會的族群想像》（台北：群學，2003.12）。

伊苞‧達德拉凡，〈慕娃凱〉，《山海文化雙月刊》26期（2000.10），
頁68-78。

伊苞‧達德拉凡，《老鷹，再見》（台北：大塊文化，2004.09）。

吳紹文，〈階級、種族、性身分—從原住民同志之社會處境反思台灣同
志運動〉（台北：世新大學社會發展研究所碩士論文，
2003）。

亞威‧諾給赫（Yawi Yukex）（資料來源：https://www.facebook.com/
yawi.hakin/videos/vb.1578020560/10215955050940628/?type=
2&video_source=user_video_tab，檢索日期：2018.11.18）。

林文玲，〈部落「姊妹」做性別：交織在血親、姻親、地緣與生產勞動
之間〉，《台灣社會研究季刊》86期（2012.03），頁51-98。

林文玲，〈製作「原住民」：轉換中的技術載體，轉換中的文化身份〉，
《台灣人類學刊》11卷1期（2013.07.01），頁155-87。

林志興總編輯，林宜妙主編，《Vaay 104年第6屆臺灣原住民族文學獎
得獎作品》（新北市：原民會，2015.11）。

林瑜馨，〈原住民族文學的非典型現象—以達德拉凡‧伊苞、董恕明以
及阿綺骨為例〉（新竹：國立清華大學台灣文學研究所碩士
論文，2014）。

洪瑋其，〈兩種百步蛇—台灣原住民族文學中基督宗教的治癒與網絡〉
（台北：國立政治大學台灣文學研究所碩士論文，2018）。

孫大川，〈「山海文化雜誌社」台灣原住民文學影音數位典藏計畫〉報告計畫書，（執行單位：國立政治大學台灣文學研究所，執行期間：2009.08～2012.12）。

孫大川，〈序・山海世界〉，《山海文化雙月刊》創刊號（1993.11），頁4-5。

孫大川，《用文字釀酒 用筆來唱歌：99年台灣原住民族文學獎得獎作品集》（台北市：行政院原民會，2010.12）。

陳俊霖，〈多元流動的性／別位置與實踐——原住民「姊妹」社群初探〉（高雄：高雄醫學大學性別研究所碩士論文，2008）。

程廷（Apyang imiq），〈tminum yaku・編織・我〉，《vaay 104年第六屆台灣原住民族文學獎得獎作品集》（台北：原住民族委員會，2015.11），頁165-66。

程廷（Apyang imiq），《我長在打開的樹洞》（台北：九歌，2021.05）。

黃璽（Temu Suyan），〈姊姊〉，《Kavaluwan 106年第八屆台灣原住民族文學獎得獎作品集》（台北：原住民族委員會，2017），頁37-52。

董晨晧，〈「姊妹」在北排灣族長老教會處境之民族誌研究〉（國立高雄師範大學性別教育研究所碩士論文，2016）。

瑪達拉・達努巴克，〈找路・回家：不再「靠勢」的原住民同志教師〉（花蓮：國立東華大學課程設計與潛能開發學系博士論文，2014）。

瑪達拉・達努巴克，〈是原住民，也是同志：排灣男同志Dakanow的生命之歌〉（高雄：國立高雄師範大學性別教育研究所碩士論文，2003）。

潘宗儒（paljaljim），〈在離家與返家之間成家〉，《幼獅文藝》776
　　　期（2018年8月），頁48-50。

麗度兒・瓦歷斯（Lidur Walis），〈謊〉，《Kavaluwan 106年第八屆
　　　台灣原住民族文學獎得獎作品集》（台北：原住民族委員
　　　會，2017.12），頁212-215。

4

鄉土作為一種方法
—以《夕瀑雨》、《等路》以及《花甲男孩》為觀察對象

尹振光

摘　要

　　有關鄉土小說的研究在兩千年後越來越盛行，但是對於「鄉土」一詞卻始終沒有明確的定義。本文加入影響鄉土概念的外部對象來重新檢視鄉土的意義，並將鄉土視為一種方法。

　　鄉土小說的誕生一直受到特定外部對象影響，例如：日本統治時期的殖民經驗、冷戰時期的企業剝削。透過加入這些因素，本文將「鄉土」定義為作家調用地方元素來回應外部對象的一種思考方法。我進而主張全球化作為兩千年後鄉土小說的外部對象。小說中全球與地方之間的互動關係，可以視為兩千年後的鄉土小說對於全球化問題的反思與挑戰。

　　透過分析三部小說作品中的地方意義，我企圖證明鄉土作為一種方法對於全球化所提出的反省與挑戰。首先是陳柏言的《夕瀑雨》。陳柏言以多重的地方敘事展現出全球化下不同的實在觀之間彼此角力。正是在這樣的角力之中，呈現了對於「真實」意義的反思。第二個部份是洪明道的《等路》。對於全球化的問題，洪明道以更全面的方式進行批判。他首先呈現了全球化下的

風險和機會，從而凸顯全球化的複雜性。接著再通過解釋小說標題的隱喻以及提供開放式結局，對這些機會表示懷疑。洪明道描繪了全球化的全貌，同時對其保持警惕。最後是楊富閔的《花甲男孩》。我認為在楊富閔筆下，地方建構的重點並不是在地元素，而是人。在這樣的作法之下，讓全球化下的地方建構不再只是符號的操弄，而是複雜情感的展現。

　　透過分析這三個章節，我要論證的是兩千年後的鄉土不僅只是一種作品的共同特徵，同時也是重新思考全球化的方法。

關鍵字：後鄉土、新鄉土、全球化、方法、地方

一、前言

　　在字母會的雜誌訪談中，童偉格談到自己對於鄉土小說的看法。童偉格認為鄉土文學是三零年代的創作者們與日本政府在同化運動中的協商策略。當時的創作者們無法直接地抵抗殖民政權的壓制，於是透過一部分的讓步來保留自己對於本土文化的追求。然而，到了現在，鄉土文學變成是一個非常慵懶的討論方式；也就是說，鄉土文學被定型之後，總是被以類似的方式分析，類型內部的文本差異也被扁平化。

> 它沒有任何深度，就是一個認領的概念。一個人認領苗栗銅鑼，一個人認領北海岸。以這樣的方式，方便他在詮釋上，比較可以總體把他們全部籠罩在一起，去描述一個好像若有似無的寫作共同徵兆。[1]

童偉格對於兩千年後鄉土論述的質疑歸結於最後兩點，一個是論述總追在創作之後，已經失去了解釋效力；另一個是鄉土文學的範疇過於龐大，任何說法都能自圓其說。這個質疑凸顯了兩千年後鄉土論述因為失去外部的抵抗對象，所以只能透過後來的文本分析不斷擴張自身，變成沒有範疇的定義。

　　童偉格的質疑揭開了兩千年後鄉土在分類上包山包海的問題。在有關兩千年後的鄉土研究中，「鄉土」的範疇與內容至今

1　李映昕紀錄，莊瑞琳專訪童偉格，〈寫作：背向現實的防線，開始起跑〉，《字母 LETTER：童偉格專輯》（台北：衛城出版，2018.05），頁89。

仍在無限擴張。研究越來越傾向以一種不證自明的「鄉土」概念為基礎，來對所有的新作品進行分類。本文試圖要提出一種更加積極的研究視角，重新審視兩千年後的鄉土論述。我的目的在於，透過分析三部作品：陳柏言的《夕瀑雨》、洪明道的《等路》、楊富閔的《花甲男孩》，我企圖要證明，現下小說中調用地方元素的方式提供了重新思考當今議題的新路徑。由此，我除了挖掘「鄉土」在現今擁有的功能，並且也希望將鄉土從一個本質的研究——「鄉土是什麼？」——轉化成一種方法的探討——「鄉土能做什麼？」。

　　為界定本文中的「鄉土」意義，我將先重新檢視鄉土概念的流變，釐清鄉土一詞在現今的意義。

二、何謂鄉土

　　在兩千年後的鄉土論述中，鄉土的定義繁複，全台灣的土地都能夠被放入這個概念中，這使得鄉土小說的範疇難以界定。因此，我在這個小節主要回顧新鄉土論述[2]中的鄉土定義，在考察其中問題之後，提出本文對於鄉土的界定。我首先著重在重新分析范銘如在兩千年初提出的後鄉土論述。接著，由於該論述中的

2　兩千年後的鄉土論述曾出現新鄉土、輕鄉土與後鄉土多種名稱，此處延續童偉格專訪以新鄉土論述為名，後續除非有特殊脈絡，不然都以「後鄉土論述」稱呼在范銘如之後受到其論述影響的相關論述。

　　鄉土文學定義引用自王拓在七零年代提出的概念，所以我接續藉由回顧七零年代以來的鄉土論述、重新檢視「後鄉土」概念的發展脈絡，凸顯鄉土一詞在兩千年後的問題。

　　在1970年代的鄉土文學論戰中，鄉土的概念在各種權力關係的角力下呈現出繁複的面貌；可以說鄉土文學論戰的複雜動態並不僅能以現代主義與寫實主義、或是官方與民間意識形態等二元概念便可掌握。1970年代，台灣的國際地位動盪，致使社會瀰漫著一股政治上的不安感以及對於國民政府的不信任感。作家們對於西方開始感到焦慮，不論是現代主義的荒廢與虛無或是西方資本概念進駐導致的壓迫。1977年鄉土文學論戰正是起因於作家們不滿現代主義的興盛，所以主張回歸鄉土書寫和強調寫實，因而與官方的中華民族意識形態產生摩擦。雖然鄉土陣營的矛頭都朝向官方意識形態與現代主義美學，在內部仍發展出不同的鄉土路線。除了王拓強調現實主義文學的意涵之外，葉石濤與陳映真兩者也基於不同的立場，各自描述彼此的鄉土。葉石濤主張以台灣為主體的鄉土視野，而陳映真則以中華民族為主體，關懷鄉土中的階級問題。在這裡，無論是王拓的現實主義文學、葉石濤的台灣鄉土、陳映真的階級意識，都呈現出「鄉土」在不同意識形態調用下多元且變動的特色。

　　後來，1970年代的鄉土文學論戰在不同意識形態的角力下，使得鄉土概念從對西方的焦慮轉而成為與國族論述的糾纏。在經過王拓、陳映真與葉石濤各自的表述之後，彭歌與余光中作為官方意識形態的擁護者，強烈抨擊陳映真與王拓含有左翼思想的鄉

土論述。使得原本的文學論戰變質成為思想審查。[3] 在這裡，左翼關懷、中華意識、台灣主體與鄉土文學之間彼此糾纏，最後導致了在1980年代後，鄉土文學的概念與國族修辭緊密地綁在一起。王德威正是意識到了這個問題，才繼而提出了「問題化鄉土」的觀點。王德威宣稱當時鄉土與三項話題綁在一起：鄉土與國家的對應、現實主義與現代主義的頡頏、文學創作與文學歷史的關係。其中針對鄉土與國家之間的對應，王德威認為，藉由問題化（problematize）國族論述的鄉土，把鄉土文學從國族論述中解放，才能落實在局部化與區域化的課題。[4]

　　或許是為了使得鄉土文學脫離國族修辭的綁架，研究者們對於鄉土的分析視角逐漸脫離作家的政治傾向以及關懷，而更注重描述與歸納文本的特徵。所以大部分的研究者主要是根據「題材」來分析1990年後的鄉土小說。又以范銘如的後鄉土論述為起始，正式與1970年代的鄉土小說劃分出差異。在〈後鄉土小說初探〉[5] 中，范銘如觀察到九零年代中期之後以鄉土為題材的小說數量劇增，並將這樣的現象歸因於文化政策的轉變與後學思潮的影響。在文化政策轉變的部分，范銘如認為一方面，在文化的本土化與在地化風氣日漸高漲下，政府積極推動社區總體營造，透

3　陳芳明，〈歷史的歧見與回歸的歧路——鄉土文學的意義與反思〉，《後殖民台灣》（台北：麥田，2002.04），頁103。

4　王德威，〈國族論述與鄉土修辭〉，《如何現代，怎樣文學？》（台北：麥田，2007.09），頁164。

5　范銘如，〈後鄉土小說初探〉，《台灣文學學報》11期（2007.12），頁21-50。後收入《文學地理：台灣小說的空間閱讀》（台北：麥田，2008.09）。

過地方文史工作者組織起來的團隊，建置了地方文史知識、凝聚了地區意識；另一方面，地方文學獎的盛行則進一步塑造了地方的再現與想像。

除了地方文化政策的興盛之外，范銘如宣稱後學思潮的引介也不容忽視。後學思潮引介之初導致了1980到1990年代初期密集的小說技巧實驗風氣；然而，在經過一連串的美學實驗之後，美學技藝很快就面臨了耗盡的狀況。范銘如認為新一輩的作家承襲了後學思潮下的文學技巧，卻因為都市的題材了無新意而轉向書寫鄉土。結合前述文化政策的影響下，造就了千禧年大量鄉土題材小說盛行的情況。

范銘如稱呼這些以鄉土題材為主的小說為「後鄉土小說」，與1970年代的鄉土文學區隔。范銘如認為這類後鄉土文學是「綜合台灣內部政治社會文化生態結構性調整、外受全球化思潮滲透衝擊的台灣鄉土再想像產物」。[6]以「後」字強調：時間順序的先後、對原鄉土文學內涵的繼承與擴充、後結構思潮的影響。此外，「後鄉土作家筆下的鄉土是藝術自覺性下想像、構思的素材與空間」。[7]范銘如依此論述為基底劃定範疇，進一步歸納出這類作家文本的四大特色：寫實性的模糊、地方性的加強、多元族群與生態論述。

范銘如的論述提供了確切的背景成因以及有系統的定義框

6　范銘如，〈後鄉土小說初探〉，《文學地理：台灣小說的空間閱讀》，頁252。
7　同前註，頁253。

架；可是，我認為卻也正是這個論述導致鄉土一詞的範疇在後來被無限延伸與擴張。根本原因在於，范銘如援引王拓的鄉土定義，卻忽略了他對該定義的質疑。在范銘如從創作技巧與議題切入後學對於後鄉土小說的影響之前，她區分了後鄉土小說與鄉土小說的差異，對她來說七零年代的鄉土文學創作：「最基本的概念定義就是以寫實主義形式，『以鄉村為背景，以鄉村人物的生活為主要描寫對象，並且在語言文字上運用許多方言的作品』」。[8] 而後鄉土小說在創作上，「使用的語言、描述的背景和對象雖然與前期的類同，批判性、寫實主義的色彩卻淡化許多」。[9] 也就是說，范銘如不僅分出了鄉土小說與後鄉土的小說的差異；相對地，她也定義了兩者相同的地方：語言、背景與對象。

然而，對於范銘如所劃定的相同點，王拓認為那樣的定義是誤把「鄉村文學」定義成鄉土文學，忽視了1970年代的鄉土文學：

> 實質上是相對於那些盲目模仿和抄襲西洋文學、脫離台灣的社會現實，而又把文學標舉的高高在上的『西化文學』而言的，在這種意義下，把『鄉土文學』理解為『鄉村文學』雖然不能說完全沒有道理（他的道理本節上文已略作說明），但是，卻很容易引起一些觀念上的

---

8 同前註，頁261。
9 同前註，頁262。

混淆以及感情上的誤解和誤導。[10]

所以，正是由於范銘如的定義忽略了鄉土文學應當存有的抵抗對象，致使所有的書寫土地與鄉村風貌的文學創作都可以被列入後鄉土的範疇之中。

范銘如的研究觀察仍然相當重要，她推論的後鄉土小說成因以及外部影響因素都毫無疑問是正確的。因此，我試圖在本論文中，在范銘如的基礎上，融合王拓的概念修正鄉土的定義。王拓事實上認為1970年代的鄉土文學同時具有兩個重要特徵：一個是作品本身的題材含有「空間」或是「土地」元素、另一個則是強調作家的創作動機是對於外在環境的回饋。這樣的作法看似又將鄉土文學回溯到1970年代的鄉土定義，但是我認為，王德威提出的「問題化」鄉土，正是要質問不同時期作家在調用鄉土時的社會意義。所以，要脫離的是以1970年代為基準的鄉土想像，重新思考後鄉土在現代的關懷與啟發。

總結來說，本文將「鄉土」定義為一種思考邏輯，意指作家調用「地方」[11]元素來回應特定時期來自外部的衝擊。在這樣的定義下，透過分析作家各種調用地方的方式，與外部對象之間的

---

10 王拓，〈是「現實主義」文學，不是「鄉土文學」〉，《回望現實·凝視人間：鄉土文學論戰四十年選集（修訂版）》（台北：聯合文學出版社，2019.03），頁127。

11 地方的定義在此借用的是Tim Cresswell在《地方：記憶、想像與認同》中的定義。Tim Cresswell援引了阿格紐（John Agnew）的說法，認為有關於地方最直接與常見的定義就是一有意義的區位。Tim Cresswell著，王志弘，徐苔玲譯，〈導論：定義地方〉，《地方：記憶、想像與認同》，（台北：群學，2006.02），頁14。

關係,「鄉土」將從一種文類的特徵,轉變成具有積極意義的回應方法。

　　至於這套回應方法與現下社會之間的關係,我將在下一個小節以「全球化」為主題,說明鄉土作為一種回應全球化的方法為何必要以及如何可能。

三、「全球化」對於鄉土的重要性

　　透過考察後鄉土論述的鄉土概念,我提出鄉土轉變為一種「方法」的可能性。鄉土作為一種回應問題的方式,對於今日的社會議題自然也可提供洞見。今日的社會背景與1970、1990年代都有很大的差異,要以何種方式重新檢視鄉土小說中的地方性則是本節關注的重點。因此,我意圖凸顯出前行研究者在分析後鄉土、新鄉土小說之時,就已經注意到全球化的問題。希望由此呈現出全球化作為兩千年後鄉土的外部對象,是不可否認的事實。

(一) 影響鄉土的外部對象

　　要審視鄉土的概念,從來不能忽視影響其意義的外部對象。雖然在後鄉土論述中,影響鄉土的外部對象並不是范銘如的論述重點,但是後鄉土論述對於後繼研究者的影響廣泛;所以,必須重新思考外部對象對於後鄉土論述的重要性。

　　現行研究中，林巾力在《「鄉土」的尋索：台灣文場域中的「鄉土」論述研究》[12]對於鄉土發展脈絡的細緻爬梳提供了鄉土研究的新視角。所以，我試圖從林巾力針對鄉土論述與外部環境關係的整理，論證「鄉土」論述與其外部對象之間的緊密關係。

　　林巾力的《「鄉土」的尋索：台灣文場域中的「鄉土」論述研究》宣稱文學的現代性正是鄉土形成的必要條件；也就是說，現代化進程作為不同時期台灣的外部對象，是鄉土論述生成的重要條件。由這個觀點出發，林巾力從內、外兩種視角來描繪不同時期鄉土論述生成的樣貌。一方面從鄉土論述的內部分析論述者與作家們對於鄉土定義的爭論，另一方面則從鄉土論述的外部檢視鄉土概念在現代性意義下的形塑過程。透過這兩個視角，林巾力整理出鄉土概念的歷史流變。

　　林巾力認為1920年代鄉土論述肇因於殖民環境下台灣人對於自我定位的焦慮感，因此必須藉由挖掘在地元素來形成區隔於日本的文化特殊性。1930年代鄉土文學的誕生肇因於1920年代新、舊文學論戰，以及其後所衍生的台灣話文論爭；也就是說，當時黃石輝提出鄉土文學的概念是向古典文學以及推崇以中國白話文創作新文學的知識分子而非與「日本」對話。[13]儘管黃石輝一開始是強調鄉土文學對於「生存的土地」的關懷，這似乎與鄉村或田園景緻相關，但是隨著爭論的進行，鄉土作為文化邊陲、

12　林巾力，《「鄉土」的尋索：台灣文場域中的「鄉土」論述研究》（台南：成功大學台灣文學系博士學位論文，2009）。
13　林巾力，《「鄉土」的尋索：台灣文場域中的「鄉土」論述研究》，頁84。

與國家中心之外的地方之意也愈見清楚。[14]在論爭的後期，1933
年，鄉土作為台灣「文化特殊性」的象徵，基本上已經在知識分
子的論述中佔有一席之地。總結來說，在1920年代，文學的現代
化進程使得台灣文學圈發現了「鄉土」作為一種文學現代化的方
法。而後，殖民焦慮作為一種來自外部的壓力，「鄉土」蘊含台
灣文化特殊性的特色也被作家用以消極地抵抗日本殖民政策下同
化與壓迫。儘管後來日本政府推動皇民化運動，使得鄉土文學的
討論逐漸消音；然而，鄉土作為凝聚台灣民族意識的論述平台，
已然有了雛形。

　　1950與1960年代則作為過渡期，此時含有左翼思想的鄉土論
述被政府的文藝政策以及現代主義美學的強勢進駐所掩蓋；然
而，即使在這樣的背景下，以鄉土為題材的創作依然持續生產，
也成為了1970年代鄉土論述發展的基礎。

　　到了1970年代，由於國際政治氛圍的動盪，作家們開始透過
鄉土反思歐美文化、資本帶來的影響，因此鄉土論述再一次成為
了熱議的焦點；也就是說，國際上不安定的氣氛以及文學圈中對
西方美學的不滿匯流，成為了作家們訴諸鄉土的外部對象。林巾
力將鄉土風潮引發的動向區分為台灣鄉土文學史的建構、鄉土文
學的創作與書寫以及推動回歸風潮的媒體。[15]台灣鄉土文學史的
建構是由於民族遭逢困境而誕生，[16]可以說在這個面向上，鄉土

14　同前註，頁91。
15　同前註，頁285。
16　同前註，頁287。

的關懷不僅是個人觀察的書寫，而有著集體意識再現的意涵。鄉土文學的書寫則專注於資本主義的衝擊與社會不公的揭發。[17]在這個部分，鄉土的熱潮正是受到西方資本進駐的壓力下產生的反彈。而媒體對於鄉土的關注更是促使了共同體的凝聚。上述三種因素都呈現出「鄉土」作為一種面臨外在衝擊——基本上是西方的資本進駐與美學影響——的手法，並且都進一步地凝聚、建構了共同體的連結。

雖然林巾力著重於論述而較少分析文本，但是卻指出了社會環境對於「鄉土」概念的重要影響。在這裡，鄉土從來不是單純的存在，而是需要被描繪與凸顯的客體。也就是說，鄉土的意義建立在對於外部環境的回應，甚至，鄉土是為了回應來自外部對象的衝擊而誕生。

（二） 全球化作為一種外部對象

既然鄉土與其外部對象之間的關係不能被忽視，本文則將重點鎖定在後鄉土文本與其外部對象的互動。我認為，在有關後鄉土作品的前行研究中，全球化對於鄉土的影響甚鉅，顯然是不能忽略的重要元素。學位論文中，有兩篇以全球化為主題來分析新世代鄉土書寫的論文。

何京津的《從「鄉土」到「在地」—論90年代以降新世代鄉

---

17 同前註，頁289。

土小說》[18] 就直接以全球化的框架來分析新世代郷土小說。何京
津將1970年代的郷土批判性視為郷土創作的重要精神；因此，他
質疑童偉格抽離性的郷土意象無法回應全球化作為資本主義商品
化與同質化所帶來的危機。然而，不同於何京津的觀察，我認為
全球化並非只是資本的擴張與文化的同質化，而是將世界關係變
得更加緊密的一種狀態。姑且不論文化這個概念在界定上的困
難，單純地以文化的同質化來批判全球化就扁平化了全球化複雜
的影響層面。

　　楊幸蓉的《全球化下的郷土書寫——以王聰威《複島》、
《濱線女兒》為論述中心》[19] 則具體地指出了全球化對於郷土的
重要性。透過林巾力的論述，[20] 楊幸蓉發現郷土概念的形塑受到
兩個很重要的因素影響：一方面是創作者依循不同的立場對郷土
進行的詮釋；另一方面，則是外部世界文化脈絡的變動對郷土的
衝擊。因此，她認為全球化是目前影響現行郷土脈絡的重要因
素。所以，她以王聰威的兩部小說為例子，呈現出在地文化與全
球化文化之間的交互混雜，由此反省與回應文化同質化論述。楊
幸蓉的論文展現了將全球化定位為現下郷土的外部對象是可行
的，也提供了本文在思考路徑上的參照。可惜的是，我認為文化

18　何京津，《從「郷土」到「在地」—論90年代以降新世代郷土小說》（台南：國立
　　成功大學台灣文學研究所碩士論文，2011）。
19　楊幸蓉，《全球化下的郷土書寫——以王聰威《複島》、《濱線女兒》為論述中
　　心》（台中：國立中興大學台灣文學與跨國文化碩士論文，2019）。
20　林巾力，《「郷土」的尋索：台灣文場域中的「郷土」論述研究》（台南：成功大
　　學台灣文學系學位論文，2009）。

同質化這個概念本身存有疑慮,導致這個議題一直以來都備受爭議。[21] 不過此論文的思考與提問仍舊相當重要,因此我繼續深入他的核心命題,也就是全球化下的鄉土可以提供的啟發。

不同於前述兩篇學位論文以文化同質化為核心問題,審視鄉土與全球化的關係,邱貴芬在〈尋找「台灣性」:全球化時代鄉土想像的基進政治意義〉[22] 中,則指出了全球化與地方特殊性的共構特徵。儘管從「台灣性」的國族論題出發,邱貴芬仍然指出了「全球化」與「在地化」對於現在台灣性的想像至關重要。她認為,在全球化衝擊下,一方面導致資訊網絡的擴張使得區域性或弱勢族群擁有更多建構認同的管道;另一方面,區域性的地方特色成為了提升國際市場競爭力的要素。因此,全球化非但不是

---

21 文化同質化之所以成為一個問題在於這個概念指涉的並不是一個中立的現象,而是強勢文化對於弱勢文化的侵占與壓迫。針對這個議題,湯林森在《文化帝國主義》以四個面向分析文化帝國主義的論述背景,並且提出這個論述的最大問題在於文化傳播的實質內涵很難被界定。以電視媒介為例子,媒介的文化侵略通常呈現在兩種面向:第一、某種文化媒介支配了另一種文化的媒介表現。第二、經由大眾媒介中介的文化,已經擴散到全球。然而,所謂的文化並不能被簡單地化約成媒介的表現與傳遞。也就是說,文化的形成有過多的面向,包括複雜日常活動,一個社群的文化並不會只因為「看電視」而被歐美文化給消滅。總而言之,我認為關於全球化到底是造成相似性(similarity)還是同質化(homogeneous)的爭議,就如同Frank J. Lechner, John Boli在 *Globalization: The Reader* 中提出的想法。他們提出三個理由,強調雖然在全球化的過程中確實造成有些事物變得更相近,然而這並不代表世界會趨向同質化。第一、就算是全球性的準則與模式都會因為在地狀況有不同的詮釋。第二、過多的相似性也會激起(特殊性的)反動。第三、文化與政治的差異性已經成為了全球文化的一部分了。在前述的論述之下,我認為直接將全球化的流通性等同於文化同質化的宣稱仍然需要更仔細的分析。

22 邱貴芬,〈尋找「台灣性」:全球化時代鄉土想像的基進政治意義〉,《中外文學》32卷4期(2003.09),頁45-65。

文化的同質化，反而強化了地方的建構。

在另一篇文章〈在地性論述的發展與全球空間：鄉土文學論戰三十年〉，[23] 邱貴芬則點出了全球化帶來的改變是當代鄉土論述必須考量的重點。邱貴芬認為台灣的鄉土論述因為承繼七零年代以來的「文化帝國主義批判」視角，導致了「向內鑽研」遠大於向外學習的文化格局。如此一來，受到侷限的鄉土視角無法回應離散移民、資訊網絡快速流通甚至環境保育等全球性議題。邱貴芬藉由揭示全球化對鄉土，質疑過往的與國族意識接合的鄉土論述，呈現出全球化對於現下鄉土有著不可忽視的影響。

在這幾篇文章中，全球化顯然已經是鄉土這一概念無法忽視的外部對象。

四、全球化的定義及其與鄉土的辯證關係

後鄉土論述除了低估外部對象的影響，也顯露出全球化對於當代鄉土的重要性。重新挖掘與探索鄉土與全球化之間的關係便成為完整鄉土論述的重要任務。為達此目的，我首先會解釋全球化的定義；接續，我會以三位作家的作品說明如何以鄉土作為一種方法，以三條路徑重新檢視鄉土與全球化的辯證關係。

---

23 邱貴芬，〈在地性論述的發展與全球空間：鄉土文學論戰三十年〉，《思想》6期（2007.09），頁87-103。

（一） 全球化的意義

　　雖然全球化的面向涵蓋廣泛，包括：政治、經濟、生態、信仰……等；但是，眾多分歧的論述都表示，全球化作為一個歷史事實，其定義是指，在全球意識的興起下，不同社群（community）之間的關係以全球的規模變得更加緊密。[24] 雖然在全球化影響之下，鄉土的意義受到了劇烈的改變。然而，全球化作為一種現象，其背後的成因卻涉及複雜的權力結構組成；因此，全球化與鄉土的辯證，必須安置在各種全球化論述的脈絡之中。

　　首先，全球化儘管在理論上作為自由流通與多元開放的現象，為過往的經濟問題提供了解決的手段，但是，在實務上卻變

24　現今指涉的「全球化」主要被當成一種1980年代開始的趨勢。湯瑪斯・佛德曼（Thomas L. Friedman）在《了解全球化》認為，冷戰時期的國際關系趨向「分裂」；相較之下，全球化則為一種「整合」的趨勢。在 *Globalization: The Reader* 的 "General introduction" 中，編者 Frank J. Lechner, John Boli 則以兩種方式來概述全球化的現象：第一個是人們可以透過更多不同的方式變得緊密了，甚至可以跨越比以往更遙遠的距離。第二個定義是指資本主義在全球擴張的情形，因此全球化又可被稱為「新自由主義」。兩個方式都強調了全球關係變得更加的緊密。赫爾德、麥可魯（David Held、Anthony McGrew）的《全球化與反全球化》則將全球化定義為人群的流動與社會互動更加快速與深入的狀況。除此之外，近來也越來越多論者認為全球化是一直都存在的現象，而1980年代之後的狀況則屬於一種新型態的全球化。傑佛瑞・薩克斯（Jeffrey D. Sachs）就在《全球化的過去與未來：從舊石器時代到數位時代，地理、技術與制度如何改寫人類萬年的歷史》中，依照人類社群關係改變的關鍵時間點，將全球化分類成七個時代。與本論文最接近的就是以兩千年開始的數位時代。傑佛瑞・薩克斯認為科技的進步與資訊的流通在兩千年有了顯著的影響。全球化影響的層面多元，但是不可否認的是，其核心概念確實就是強調社群之間的連結與流動。

成另一種壓迫的形式。史迪格里茲（Joseph E. Stiglitz）在《全
球化的許諾與失落》概述了全球化的利弊。全球性機構作為推動
全球化的最重要組織，不僅整合了各個經濟弱勢的國家，更在知
識與技術上提供援助，例如：聯合各國掃蕩地雷、為菲律賓提供
就業機會、防堵愛滋病傳染。儘管全球化提供了不少的益處，卻
也帶來麻煩：

> 貶抑全球化的人經常忽略它好的一面，但倡言全球化的
> 人態度則更為偏頗，他們認為全球化（通常指接受美式
> 資本主義）就是進步，開發中國要追求成長或有效解決
> 貧窮問題，就必須接受全球化。但對不少身處開發中世
> 界的人而言，全球化並未帶來原先承諾的經濟利
> 益。[25]

史迪格里茲認為，正是全球化導致了貧富差距急遽擴大；除此之
外，這種將世界緊密地連結在一起的特質，也使得金融體系無法
確保穩定。主導國際經濟發展的跨國組織世界銀行以及IMF雖然
主要服務對象是開發中國家，但是領頭的機構主管卻來自工業大
國。這使得以自由市場理念主導的華盛頓共識成為了IMF主要推
動的核心原則。但是，並不是所有國家都適合自由開放市場。一
些以農業為主的貧困國家難以與歐美大國的產品競爭，最後反而
使得國家經濟更加嚴峻。也就是說，史迪格里茲的觀點認為，全

25　史迪格里茲（Joseph E. Stiglitz）著，李明譯，《全球化的許諾與失落》（台北：大
　　塊，2002.09月），頁24。

球緊密連結所造成的知識與技術交換確實帶來了好處，但是在狹
義的經濟層面上，國際金融組織所秉持的指導原則卻是為禍的主
因。

　　除了史迪格里茲，大衛・哈維（David Harvey）也以對「新
自由主義」的批判質疑全球化現象。[26] 他以「新自由主義」指稱
全球化下資本自由流動的現象，並認為新自由主義就是資本主義
在1970年代進行資本積累的新方式。[27] 大衛・哈維認為，雖然新
自由主義在理論上強調促進經濟發展、改善人們的生活，但是在
實務上卻成為了一部分資產階級壟斷資本的方法。新自由主義是
為了因應前代破產的福利國家經濟政策而被提出，因為經濟學家
相信資本的自由流通可以拯救陷入困境的經濟情勢。但是，當各
國實踐新自由主義之後，缺少控管的自由市場成為了強勢企業壓
榨中下階級的手段。跨國企業可以剝削的對象甚至延伸到了海外
市場。大衛・哈維因此宣稱，新自由主義所推動的這種自由流通

26　大衛・哈維（David Harvey）著，王志弘譯，《新自由主義化的空間：邁向不均地
　　理發展理論》（台北：群學，2008.12）。

27　大衛・哈維所提出的概念雖然相當重要；但是，許多的研究都指出新自由主義與全
　　球化在概念上是否等同仍值得商榷。例如：在《新自由資本主義的興衰成敗》中，
　　大衛・M. 科茲（David M. Kotz）認為全球化是當代資本主義的重要特徵。並將全
　　球化定義為，因為在商品、資本等自由流動的幅度增加下，產生的一種比起過往更
　　具全球一體特徵的生產和分銷鏈。即便是在這樣的定義下，大衛・M. 科茲也認為
　　全球化無法全然解釋新自由主義中的幾個主要特徵：發達的金融化過程以及隨之興
　　起的投機型金融機構、甚至是越來越大量的資產泡沫相繼出現的現象。因此，我在
　　本文傾向主張全球化是一種現象與狀況，儘管全球化起初確實是因為新自由主義思
　　潮的興盛而誕生；然而，兩者之間在概念上依舊有所差異。大衛・M. 科茲，《新
　　自由資本主義的興衰成敗》（北京：中國人民大學出版社，2020.08）。

只是不平等地理發展的新形態。

此外，要檢視鄉土與全球化之間辯證關係，就不能忽略歷史上既有的權力落差。從日本殖民到冷戰時期，台灣的國際地位總是屈居於附屬的地位。國際間的權力不均等在全球化的狀況下並沒有改變。金寶瑜在《全球化與資本主義危機》[28]就提供了實際的例子。台灣因為在冷戰時期接受美援，所以有能力透過出口導向政策來提升經濟水平；然而，當市場轉向自由發展之後，台灣始終作為加工國家，在國際市場上提供勞動力來組裝電子產品。電子產業的開發技術卻依舊被先進國家掌握。最後，在技術門檻提高的狀況下，台灣失去了競爭力，導致產業沒落。在這個例子，掌握技術的先進國家與作為產品加工的國家之間的不平等關係，呈現出了台灣與歐美之間的關係與冷戰時期似乎相差無幾。也就是說，全球化最被詬病的缺陷就在於其承繼了過往不平等的權力關係。因此，許多研究都提出了鄉土對全球化的抵抗與批判。

本文正是在這樣的前提之上，重新檢視以地方特色為主題的小說在全球化現象中所能提供的反思。我認為全球化作為一種現象，並非帶來迫害與不平等的主因。全球化的流通不僅僅是新自由主義壓榨地方的手段，同時也提供地方用以對抗新自由主義的途徑。我企圖從三種不同的層面，來探討鄉土如何作為一種方法，在全球化的狀況下反思既有的權力結構。

---

28 金寶瑜，《全球化與資本主義危機》，（台北：巨流，2006.09）。

　　此外，如同蕭阿勤所述，鄉土對作家而言是一種「實踐的範疇」，其意義不一定等同於研究者們所定義的「分析的範疇」。[29] 我不欲透過證明作家的主動動機來分析「鄉土」與全球化之間的互動關係。相反地，我選擇透過文本分析的方式，呈現出小說中提供了不同的思路，用以回應全球化對地方造成的影響。

（二）全球化與鄉土的辯證關係

　　在聯合文學第434期的主題中，將陳柏言與洪明道指稱為「二十位最受期待的青壯世代小說家」之一，在採訪的篇名上也都以「鄉里」、「鄉土」為主題。[30] 同一時間，文訊第422期中，也另外選出了1970後具代表性的台灣作家作品。楊富閔也同時被范銘如與詹閔旭分別劃分為後鄉土小說以及鄉土書寫。[31] 這三位作家在創作上都以土地、地方為主軸，並且都被認定為具代表性的創作者。本文以這三位小說家為主要分析對象，不僅僅是因為他們在研究與評論中被視為是具有代表性的創作者，同時也

---

29 蕭阿勤，〈評簡義明〈「鄉土」作為一種文學史的理解的視角—八、九零年代台灣文學性質的商議〉〉，《台灣文學史書寫國際學術研討會論文集》第二集（2008.06），頁403-405。

30 郝妮爾撰文採訪陳柏言，〈從鄉里行至溫州街〉，《聯合文學》434期（2020.12）、董柏廷撰文採訪洪明道，〈鄉土召我以故事〉，《聯合文學》434期（2020.12）。

31 范銘如，〈向大師取經，向大眾學習—二十一世紀小說20年〉，《文訊》422期（2020.12）、詹閔旭，〈過去的20年，與未來的20年—小說複審觀察〉，《文訊》422期（2020.12）。

是因為他們的作品也反映了現今全球化下的地方問題。

1.　全球化下的世界觀與陳柏言《夕瀑雨》的非寫實書寫

　　陳柏言近期的創作從一開始書寫故鄉土地轉向到其他地域的
歷史再現，但是他的主題仍舊是關懷這個時代的土地與記憶。
「而我想寫的，是我們這個時代的流離失所」。[32] 從鄉里的虛構
故事到溫州街的記憶再現，陳柏言以鄉土所實踐的正是對自我的
意義以及文學世界的探求。

　　重要的是，陳柏言在《夕瀑雨》的鄉土書寫有意識地在拿捏
虛構與寫實之間的倫理問題。他一方面試圖從虛構甚至是魔幻的
角度重新建構地方的時候，卻也同時如同季季的稱讚，以寫實的
筆法來再現地方。[33]

　　因此，本段落首先解釋全球化下的寫實意義如何轉變，再分
析《夕瀑雨》中那些被遺忘的角落以及封閉的地域。我企圖要呈
現的是，陳柏言用非寫實的方式轉化並再現這些地方，以多重的
地方敘事，挑戰與重思全球化下的傳統世界觀。

　　在全球化造成事物快速流通的狀況下，四處可見跨國的連鎖
商店或是主打異國特色的餐廳。因此，人們對於地方的想像已經
不再是封閉的文化場域，而是流動且多元混雜的。

32　郝妮爾撰文採訪陳柏言，〈從鄉里行至溫州街〉，《聯合文學》434期，頁57。
33　季季，〈遇見陳柏言－序《夕瀑雨》〉，《夕瀑雨》（台北：木馬文化，2017.01）。

　　阿君‧阿帕度萊（Arjun Appadurai）在〈全球族群景觀：初論跨國人類學的一些問題〉[34]的觀點解釋了寫實主義在全球化下的問題。民族誌在過往的框架中，是透過預設西方經驗的權威性，並且依照此經驗建立的模型。但是在全球化的影響下國土的邊界消解，「人類科學的許多真理，如今早已為這些新現象所駁斥或變得模糊不清了。其中一個真理即空間、穩定性和文化在生產是環環相扣的。」[35]所以，阿君‧阿帕度萊認為民族誌的書寫不能再預設文化的封閉性，妄想以寫實的方式來記錄異地奇觀。相反地，人類學者應該要具備對地方歷史的敏感度，並保持開放的態度。也就是說，全球化下的人們對世界的想像不再是過往疆界分明的區塊，而成為了複雜交織的網絡。在這樣的狀況下，眾多不同的實在觀（realism）[36]彼此角力甚至互相滲透。例如：人們對於一個地方的理解不僅僅透過個體的生活經驗，大眾傳媒也了參與了地方意義的再現與建構。因此，阿君‧阿帕度萊才會認為傳統針對特定區域為觀察對象的民族誌，企圖透過「客觀的寫實」視角僅行觀察，會忽略一個地方想像背後的複雜建構。

　　要打破寫實的框架，則必須透過引入被傳統寫實主義排除的想像方式，開啟人們感知世界的能力。阿君‧阿帕度萊以魔幻寫

34　阿君‧阿帕度萊（Arjun Appadurai），〈全球族群景觀：初論跨國人類學的一些問題〉《消失的現代性：全球化的文化向度》（台北：群學，2009.11），頁69-91。
35　同前註，頁70。
36　阿君‧阿帕度萊論述中的實在觀（realism）並不僅僅只是一種文學創作上的手段，而是廣義地指涉各種再現世界的觀點與方式。

實為例子，提供了除了寫實主義之外的世界觀：「其趣味不單是
文類上的，還在於呈現【／表象】世界在某些寓居其中的人們眼
裡是什麼樣子。」[37] 魔幻寫實的意義因此不僅僅只是一種文學技
法的展現與實驗，而是一種想像世界的方式。正是在全球化的文
化高度交流下，各種不同對世界的想像混雜在一起；所以，他才
認為現代民族誌書寫比起直接描述特殊性，觀察特殊性建構的過
程更加重要。阿君·阿帕度萊對於現代民族誌書寫的反思正是透
過引入其他的世界觀，來反思傳統寫實主義在全球化下的侷限。

　　阿君·阿帕度萊提示的是，傳統寫實主義以西方科學的思考
預設為基礎，預設經驗的均質性以及可比較性；但是，全球化的
流通性卻打破了這種預設與世界觀，呈現出世界複雜的差異與
可能性。在這樣的脈絡下，陳柏言以非寫實書寫所再現的被遺忘
的角落以及封閉的地域，恰好提供一種反省「真實」的方法。

　　在《夕瀑雨》中，陳柏言擅長透過並置多元的敘事挑戰既存
的、穩定的「寫實」論述，將新的意義賦予那些被認為是荒涼與
落後的地方。在現代社會中，儘管因為全球化的影響使得許多城
市與鄉鎮高度發展，仍然有許多小鎮處於社會的邊緣。陳柏言透
過個體對地方的記憶，把那些被遺忘或遺棄的邊緣小鎮，從荒涼
的樣貌轉換，進而展現其他的可能性。在這裡，多元敘事並不是
在創作技巧上的各種實驗，而是要挑戰真實的唯一性，呈現地方

37　阿君·阿帕度萊，〈全球族群景觀：初論跨國人類學的一些問題〉，《消失的現代
　　性：全球化的文化向度》，頁82。

的建構性。

　　以〈屋頂上〉[38]為例子，主角對於過往老家的記憶總是受到現在住處周遭的元素干擾。〈屋頂上〉描述主角在接到父親來電問候之後，不斷地在現在的生活空間中看見離鄉之前與父親在一起的回憶。兩個不同時空的記憶與感知交疊，使得主角對於記憶產生懷疑。陳柏言藉此揭露了主流想像之外的可能性，重新定義現實中殘破不堪的地方。

　　主角在老家的習慣與現在的行為相似，暗示了兩地生活之間的連結。在故事開頭，父親的提問召喚了主角一連串交疊的回憶。主角被父親詢問是否要在保生大帝生日那天回家，他想回覆卻發現自己其實並不記得保生大帝的生日日期。這並不表示主角完全遺忘了過去與故鄉，只是呈現出今昔之間確實存在差異。不過這個差異並不等於斷裂。因為主角仍然把自己出門會背誦口訣清點物品的習慣連結上在老家確認房屋設備的行為。這表示他現下的行徑，與在老家的擔憂是相同的。這裡明顯呈現出主角在城市的生活也呼應著在老家的記憶，兩地的記憶與習慣交疊，卻也不同。

　　正是因為今昔之間在行為與感知的層面上雖然有所交疊，但是由於場景截然不同干擾了主角的思緒，進而引發了懷疑。因此，主角擺盪在兩個歧異的世界觀中：父親的轉述與自身的記憶。

38　陳柏言，〈屋頂上〉，《夕瀑雨》。

> 他記得手機最後一次接起，父親除了宣布颱風已從南邊
> 登陸，老家後面瘋狗浪轟隆擊岸，還在掛電話前告訴
> 他，屋頂上的木瓜樹已被狂風拔斷。[39]

三個父子之間的記憶衝突強化了主角的懷疑。第一是父親口中的老家災情慘重，主角的住處卻是無風無雨。接著是，隔壁的國小會在每日早晨的掃地時間準時地放送音樂，導致主角夢見自己小時候掃地的樣子，醒來後卻又感到不合理：「南方怎麼會有楓樹？他記得有啊？他一直懷疑夢裡是否有顏色，或者根本沒有夢，只是近乎空無的顏色。」[40]最後是手機鈴聲的一首〈Last Order〉，主角想起自己與父親在過往某一次逛夜市的經驗。父親看見撈魚失敗數次的他，便笑著秀了一手，輕鬆地撈起了魚。但是，隨即「他想起那是父親作弊，他刻意遺忘而已。」[41]

　　這種他／我之間的分歧也呈現在主角對於信仰的認識。信仰作為故鄉與認同的隱喻，在故事中的矛盾也產生了巨大的張力。主角故鄉的村庄信奉保生大帝，但是他某次卻意外發現：

> 他們村莊香火最鼎盛的廟宇是保安宮，拜的是保生大帝
> 啊？他記得歷史課本寫的：「保生大帝是泉州人的守護
> 神……。」陳家村人若是開漳聖王的後裔，豈非全拜了
> 敵人的神（那些百年前即命定為敵人的神與人）？[42]

39　同前註，頁20。
40　同前註，頁22。
41　陳柏言，〈屋頂上〉，《夕瀑雨》，頁26。
42　同前註，頁25。

在這裡，對立的信仰交疊，暗喻區域分明的村莊之間互相交融與和解。正是在這樣的擺盪之中，呈現出地方的交織。

　　一連串在此地（城市）的生活與在他方（故鄉）的回憶反覆重合辯證，成為主角反思現實的契機。最後，老家屋頂的場景成為主角質疑的重點。主角自問「為什麼要相信父親的話？說不定颱風根本沒來，木瓜樹仍好好的活著。」[43] 在主角的想像中，屋頂上的場景不再如父親描述的破敗樣貌，反而轉化成主角心中保生大帝與開漳聖王同時被安置的地方。被遺棄地方的意義同時被這兩種不同的「真實」再現，不再只是破敗的場景，反而呈現出交融與和解的可能性。

　　除了被遺忘的角落之外，現代社會中的地方消逝速度極快，似乎成為了無法避免的問題。然而，陳柏言的非寫實書寫指出了地方的構成性，正好為「地方消逝」的問題提出不一樣的詮釋方式。因為，在他的筆下，地方的消失之所以成為問題，是由於人們仍堅持相信某種封閉的地方想像。《夕瀑雨》透過呈現出各種不同的地方想像，讓脫離封閉的地方想像成為可能。

　　〈奔海〉[44] 中就呈現了地方想像的改變，從傳統的繼承觀念解放，轉化成交織的複雜網路。〈奔海〉描述著主角鄭俊言因為接到父親的報喪電話，開始正面自己人生中丟失的東西。鄭俊言不斷地在回憶中尋找自己丟失的物件，以及不能丟失的原因，並

43　同前註，頁28。
44　陳柏言，〈奔海〉，《夕瀑雨》。

且也敘述自己一次次想要逃離的心態。最後，在祖母的喪禮上，當他發現所有的事物都彼此關聯後，終於釋懷，不再感到缺乏。

故事開頭便強調，對主角鄭俊言最重要的是從家中長輩繼承的物件。然而，他在小時候卻曾經刻意丟掉了祖母的鑰匙。鑰匙的不見暗喻了地方的消逝，是傳承的斷裂。這件事情成為了鄭俊言心中的缺憾。我挑選〈奔海〉中四個重要的場景，其中解釋了鄭俊言的創傷起源、以及面對創傷的迂迴過程，到最後，他成功透過轉化地方的消逝來撫平初始的創傷。

在鄭俊言接到父親的報喪電話後，他想起了童年時的港邊，那是他對於地方消逝的創傷起點。小時候的鄭俊言在這裡調皮地把祖母的鑰匙丟入了高雄港中。鑰匙不見了，直到祖母過世了，仍舊沒找回來。旗津港也已從鄭俊言幼年惡作劇的背景變成了陌生的地圖標示。

> 人們不是都說，遺忘才代表死亡嗎？鄭俊言並沒有忘記。他的每一個動作、細節仍凝縮著海的光影——但是記憶裡的種種，早已不再標註他的名字。丟失了的，全是祖母給予的吧？她給他港，給他鑰匙，給他整片海，卻一次收了回去。父親會怎麼指責呢——或者，父親也一直在丟失物件，而不自知？[45]

所謂童年的旗津港隨著祖母的逝去從鄭俊言的生活中消失。這裡並不是說旗津港真的被祖母全部帶走；而是對鄭俊言來說，旗津

45　同前註，頁68-69。

港隨著時間的流逝已經變成了陌生的樣子。在這裡，祖母的逝去不僅代表旗津港完全的消失，也代表鄭俊言不可能把鑰匙還給祖母，所以他心中的缺憾將成為永恆的創傷。

在初始的創傷之後，鄭俊言躲在高中時的游泳池找到安置自己的方式。游泳池裡有個不會游泳所以希望腳上長蹼的管理員，阿美姨。為了躲避她的追趕，鄭俊言總會潛入泳池底部。在泳池待著的感覺，啟發了鄭俊言對生命的反思：「像是個徹底消失的人啊。會不會某次潛入鳳山高中游泳池，一部分的自己就永遠蜷居在那裏了？」[46]永遠待在泳池裡面的鄭俊言「像是個徹底消失的人」，他找到了一個屬於自己的世界。

然而，就算是高中也是不斷地面對時間的衝擊而遭逢改變。第三個重要的場景就是鳳山高中前的蔣公銅像。鄭俊言守護蔣公銅像的理由，說明了他想像地方記憶的方式。記憶的組成並不是依賴個別物件蘊含的價值，而是在特定時刻中，所有事物的複雜耦合。也就是說，鄭俊言並非真的捍衛歷史價值，而是在捍衛他的高中記憶。因為他的高中記憶必須包含蔣公銅像、載滿高中生的八八公車、賣果汁的歐巴桑……等等複雜的人事物，缺一不可。也正是在這樣缺一不可的想像之下，使得無法歸還鑰匙這件事情無解。

祖母的葬禮則是整篇故事最重要的場景，因為鄭俊言在這裡將跳脫前述的地方想像，選擇以一種超越現實的方式來再現地

46　同前註，頁61。

方。在祖母的葬禮上，鄭俊言看見祖母的手鍊佈滿綠苔，化為船
的鎖鏈。同一時間，阿美姊也出席葬禮，哀悼祖母的過世。阿美
姊與祖母的同時出場，象徵著高中游泳池與兒時港邊的交會。消
失與即將消失的地方在此重疊，成為了小說的高潮。因為兩者的
重疊顯現了不同地方的交織與共生。地方不再是統一的整體，而
是化為碎片散落在各處，與其他地方記憶盤根錯節。既然地方是
碎片，就沒有消失的問題，因為可以在其他地方找到細小的痕
跡。當鄭俊言跑向海邊，旗津的風沙並不僅複製了過去祖母的體
驗，甚至疊合了眾多對島的嚮往。因此，鄭俊言的腳甚至長出了
蹼，因為那都是「為了抵達而奮力完成的演化。」[47]陳柏言透過
這樣誇張而超越現實的情節，把地方的意義從整體的想像與傳承
解放出來。地方記憶在現代可以是一種碎片的、網狀的形式與其
他的物件相互構築。甚至與超越生物的界線。

2. 全球化的多重論述與洪明道《等路》的批判意識

洪明道的創作致力於地方人物的觀察與關懷，他擅長形塑人
物的內外形象，並試圖再現與挖掘各種不同時期的地方樣貌。
《等路》的特色則常被敘述為創作者總與角色之間保持一定距離
的作品。無論是董柏廷在《聯合文學》的訪談，[48]或是朱宥勳在

---

47 同前註，頁78。
48 董柏廷撰文採訪洪明道，〈鄉土召我以故事〉，《聯合文學》434期，頁55。

《等路》中所撰寫的〈序〉[49]中,都強調洪明道細膩的筆法與其情感的節制。但是,在節制之中,卻又對於其筆下的角色投注關懷與祝福。

本文選擇《等路》的主因正是因為這兩個特色之間的張力。洪明道一方面要保持超然的立場,另一方面其實又晦澀地傳達他對角色的祝福。我認為,正是在這樣的張力中,呈現了另一種對於既有權力結構的批判途徑。

全球化最大的問題在於其實在既有的不均等權力關係下,推動資本的自由流動。但是,正如詹姆斯‧克里弗德(James Clifford)在《復返:21世紀成為原住民》提及,全球化並不僅僅只是資本主義的實踐結果:

> 「全球化」並不是(或不單純是)「資本主義的世界體系」。他當然是資本主義性質,但又多於此。「全球化」就我們所知是一個關於開展中多連結的世界,但卻無法充分表述之。他是一個「過繁複」(excess)的象徵。[50]

全球化雖然在起初作為新自由主義在剝削弱勢的過程中產生的現象,現在的影響卻已經遠超過資本自由流通的面向了。詹姆斯‧

---

49 朱宥勳,〈推薦序-路就這麼走了過來〉,《等路》(台北:九歌,2018),頁5-7。
50 詹姆斯‧克里弗德(James Clifford),《復返:21世紀成為原住民》,(台北:桂冠,2017.04)。

克里弗德提出的論述，就指出現代族裔社群可以在全球化的條件下，進行更有效的結盟與維持文化的存續。

也就是說，全球化的流通性一方面是強勢文化（西方或是資本企業）侵占弱勢文化（他者）的管道；另一方面，卻也提供了弱勢他者之間互相串連，並質疑強勢文化的機會。因此，對地方人物來說，全球化同時擁有兩種面向，既是剝削者，也給與了反抗的機會。例如：瑪西（Doreen Massey）就認為，地方本來擁有進步與連結的面向，如果僅僅以資本的框架來想像全球的流動與連結，反而使得地方變成一種對於全球流通的反動概念。[51]

鄉土文學中的批判性針對的是權力不均等的關係。洪明道《等路》中的鄉土，則展現出了在不被資本主義收編的前提下，利用全球化下的條件，持續進行對新自由主義的批判。在《等路》中，洪明道更全面地呈現了全球化的影響，並透過隱晦的方式，表達自己的批判立場。首先，他透過小說的題名，隱喻了全球化下的機會所隱藏的風險。第二，他採取開放式的結局，再提出全球化給予人們的機會中所隱藏的風險。因此，洪明道的創作並非透過刻劃角色的苦難來批判資本主義的剝削。他的批判意識在於，在呈現全球化所提供的機會之餘，也對這些機會抱持懷疑的、保留的態度。

洪明道的小說指出了地方人物在不均衡發展與資本進駐的危

---

51 Tim Cresswell著，王志弘, 徐苔玲譯，〈解讀「全球地方感」〉，《地方：記憶、想像與認同》，（台北：群學，2006.02），頁109。

機中，事實上也透過全球化的緊密連結找尋一種安置自身的方式。然而，重要的是，洪明道呈現批判意識的第一種方式，便是先以地方元素作為小說的題名。接著，在解釋這一地方元素的隱喻之時，對於前述的自我安置提出質疑。

以〈等鷺〉[52]為例子，該篇小說以環境保育與道路開發的衝突為主題，描述敘事者為了完成論文返回老家，卻恰好遇見地方人物在環境保育與道路開發的議題上產生的衝突。洪明道在這篇故事中沒有直接地批判經濟發展失衡的問題；相對地，他藉由一個在衝突之外的敘事者，展現出了兩種面對全球化的不同方式：保衛棲地與加入全球化的流通途徑。因此，我首先分析保衛生態的堅勇伯、支持開發的村民這兩種不同立場的角色與黑面琵鷺之間的關係，展現出兩種面對全球化的方式。接著，透過分析敘事者的立場，我認為〈等鷺〉在並陳全球化的優缺點之外，也呈現出了洪明道自身的關懷。最後，我認為小說題名〈等鷺〉與「等路」之間的諧音雙關正是洪明道用隱喻的方式呈現出的批判路徑。

首先是堅守黑面琵鷺棲地的堅勇伯，對他而言，黑面琵鷺是他脫離過往的創傷的關鍵元素，所以他是以個人的角度反抗全球化的資本收編。透過審視堅勇伯的過往，對他而言，黑面琵鷺是生命中的精神依靠。敘事者的阿爸曾經提及堅勇伯的過往。堅勇伯沒有認真經營上一輩留下的田產，反而熱衷參與地方選舉，結

52　洪明道，〈等鷺〉，《等路》。

果失敗落選。最後,堅勇伯在太太過世後也沒有轉向從事其他工作,開始去追黑面琵鷺。對堅勇伯來說,他的人生目標在此刻就從選舉轉換到拍攝黑面琵鷺上。所以「最好的照片,至少是對堅勇伯來說最好的,是那種把自己的精神放到裡面的照片。」[53] 選舉失敗又喪偶的堅勇伯只能透過拍攝黑面琵鷺來確立自己的存在。因此,道路開發破壞的不僅僅是地方生態,也代表破壞了堅勇伯的精神寄託。這也是為什麼道路開發的消息確定之後,堅勇伯會呆坐在屋子裏面,彷彿失去靈魂。

不同於被全球化元素撐起的堅勇伯,地方村民面對的是全球化造成區域發展不均衡的問題。所以,對支持開發的村民而言,黑面琵鷺是阻礙小鎮發展的元素。居民們就是希望透過加入全球化的流通性,來解決不平等的資源分配。村民們認為小鎮經濟因為青年人口外移也遭受挫敗,只有透過土地開發與建設才能使小鎮再次復甦。「村民們想要一條路,期待什麼樣的車開過來。車潮帶來人潮,人潮帶來錢潮。」[54] 所以對於他們來說,黑面琵鷺跟那些企圖阻礙道路開發的外地人才會危急小鎮的存續。道路開發會議的結尾,議員透過媽祖婆的指示,確立了道路開發的事實。城鄉落差導致的人口外移顯現了全球化下不均衡的地理發展問題。村民們為了解決這個問題,才會支持道路開發,希望加入全球化的移動路徑,消弭城鄉的落差。

---

53 洪明道,〈等鷺〉,《等路》,頁118。
54 同前註,頁128。

　　雖然透過這兩種角色與黑面琵鷺的關係，凸顯出〈等鷺〉以不同角度描述了全球化對地方人物的影響。但是最重要的是，洪明道並沒有描寫特定立場的人物心聲，反而是透過一個外來的敘事者來觀察這兩種不同的立場。這個敘事者不同於前述兩者，他並沒有涉入衝突，只是為了論文研究而恰好目睹了整個衝突的過程。所以不同於堅勇伯與居民，敘事者原本關心的是黑面琵鷺遷徙的行為，因此他並沒有明顯地表態支持任何一方。洪明道僅是透過敘事者的視角，表現了故事裡面的堅勇伯對於加入全球化的反抗；另一方面，村民們卻因為全球化導致的不平等地域發展，急欲透過道路開發來消彌城鄉落差。洪明道不濫情地描寫角色的悲傷與苦難，反而透過呈現出全球化更加複雜的向度。

　　然而，重要的是，在結尾的時候，敘事者揭露了小說題名「等路」的意思，隱晦地指出了洪明道的立場。敘事者收到了來自堅勇伯贈送的照片，那是敘事者之前幫堅勇伯拍的照片：「他送給了我那張照片，說當作是等路。我回去問阿爸等路是什麼？阿爸說那是祝福的意思。」[55] 在那張照片中，敘事者拍下堅勇伯的身影；所以，那並不只是堅勇伯對於敘事者的祝福，也是敘事者對堅勇伯的關懷。洪明道展現了在全球化的多重角力之下，他以祝福的角度，關懷那些被犧牲的弱勢。

　　除了題目的隱喻之外，洪明道也常以開放式結局收尾，使得

55　同前註，頁130。

故事雖然沒有濃厚的批判與教育性質，仍暗示了某種危機。也就是說，透過這樣的方法，洪明道同樣呈現出全球化雖然能夠協助角色步入新的生活型態，但是卻也隱含著無法測量的風險。

〈虱目魚栽〉[56]描述主角阿弘哥因為認識來自中國的外籍新娘小翠，多年的情感創傷才得以治癒。〈虱目魚栽〉描述了萬益叔在經營漁業的同時，也在擔心著自己兒子阿弘哥的感情發展。阿弘哥則因為小時候的創傷，遲遲不願意再與人相戀。卻在遇到了來自中國的外籍新娘小翠後，才再次敞開心房。然而，故事的結尾，阿弘哥坐上飛機前往進行跨國婚姻。但是，洪明道卻沒有寫出他是否透過跨國婚姻獲得幸福快樂，反而是一個開放式結局。洪明道如此呈現出全球化作為一種契機，背後所隱含著無可知的風險。因此，我將分析故事中兩條受到全球化影響的主線：萬益叔的養殖漁業與阿弘哥的戀情。我要論證的是這兩者與全球化之間的互動關係雖然呈現出全球化對於地方人物的助益，但是開放式結局卻又為這樣的機會抱持著批判與質疑。

魚塭的經營作為故事中相當重要的主軸，包含兩個重要的元素，一是萬益叔與來好嬸的日常生活，另一個則是於其他縣市的互動。這兩個元素呈現了地方元素與外在連結的必要性。首先，萬益叔跟來好嬸的日常展現了人與地方的交融。在故事的開頭，氣象的變化牽動萬益叔的心情，這就表明了他的工作是看天吃

56　洪明道，〈虱目魚栽〉，《等路》。

飯。他的妻子，來好嬸的日常習慣也與土地連結，她去廟宇的路途展現出了魚塭狹小的道路以及當地信仰的重要性。兩人的生活都與土地緊緊連結，尤其是萬益叔剉腳皮的段落，更是生動表現了他與地方生態混雜一起的畫面：

> 萬益叔在板凳上用剪刀剉腳皮，水泥地上鋪了一層薄薄
> 的地毯，像一地的鱈魚香絲。一些麻雀誤以為是稻穀，
> 飛到屋簷下啄食。他的腳下孕育著一個興旺的生態系，
> 那是他和水相連的證據。[57]

除了老夫妻的生活，養殖漁業的經營與維持，也不能忽視與外地的聯繫。交通網絡是現代地方產業的重要課題。在故事中，因為受到寒流影響，如果不及時連絡其他老闆抓走魚塭的魚，魚全部凍死，萬益叔就會血本無歸。因此，來好嬸才會被迫要打給屏東、高雄甚至是學甲的老闆來抓魚。很明顯地，養殖漁業要能夠持續生存並不能只是自產自銷，而是要跨縣市合作。全球化的交通發達可說是致使這種合作得以可能的重要原因，魚塭的經營呈現出地方向外連結的重要性。

阿弘哥的戀情暗喻了全球化與在地之間的互動關係。作為故事的另一個主軸，阿弘哥的戀情在家鄉的魚塭和海堤之間的二元對立中開展。在地的魚塭是他創傷的源頭；相對地，海堤則給予他慰藉。阿弘哥的情感閉塞源自於幼年時期的一件事情。從小認

57　同前註，頁95。

識的女同學來到魚塭找他，卻因為道路狹小而在魚塭附近被車撞死。家鄉的魚塭成為了阿弘哥初戀的葬身之地。從此之後，「他就再也沒有感情了。」[58] 原本想要跳魚塭殉情的阿弘哥在與阿兄學習釣魚之後有了活下來的動力，但是他也已經將情感從魚塭轉移到了釣魚的海堤。也就是說，代表家鄉的魚塭已經成為了他心中創傷具象化的空間，這也是為什麼就算萬益叔替他物色、配對了許多人，對他來說也沒有意義。這導致了阿弘哥年過三十卻仍保持單身，也鮮少有人看見他前往村里的私娼寮。為了解決阿弘哥的單身問題，萬益叔在聽聞了隔壁的跛腳仔娶了一個外籍新娘，便也有了替阿弘哥安排的打算。同一時間，阿弘哥也因為遇見外籍新娘小翠而產生了轉變。如果早逝的女同學對應的是地方的魚塭，那跨海而來的小翠就是釣魚的海堤。所以與村子裡其他的女生截然不同，只有小翠才能給予阿弘哥心中所渴望的情感。

　　萬益叔的養殖漁業與阿弘哥的戀情都展現出地方向外連結的必要性。在這樣的狀況下，〈虱目魚栽〉中的開放式結局則為全球化的好壞保留了批判的空間。在故事結尾，阿弘哥搭上飛機進行跨國婚配，但是卻沒有寫出最後他是否遇見了理想的戀情。這個開放式的收尾呈現出全球化不必然作為一種通往幸福快樂的途徑。洪明道真正要呈現的是，全球化的活絡網路確實提供了改變的契機，但是這樣的契機背後卻仍隱含著難以預測的風險。

58　洪明道，〈虱目魚栽〉，《等路》，頁105。

3. 全球化的商品化邏輯與楊富閔《花甲男孩》的地方意義

楊富閔曾在訪談中提及從寫《花甲男孩》到參與後續電視劇製作的這段過程中，自己對於寫作的想法：

> 亦即不論寫的是小說或散文，我覺得我都是在尋找一種說故事的方式，同時也在觀察故事在當代社會、媒介其出現與傳播的型態。也許我的寫作是透過自身的生命經驗──說「我」的故事──去回應當代的時空情境；換言之，去想像與開發一種足以顯示當代性的文體，是我努力的目標。[59]

在楊富閔的自述中，他表示了自己的創作從自我出發，來去探究當代的時空情境。明顯地，楊富閔相當注重「人」在當代社會中的位置與意義，並由此去思考文學再現的可能性。

另一方面，楊富閔的創作也運用了大量的地方元素。在《建構與流變》中，張俐璇就提出楊富閔的林榮三文學獎得獎作品〈逼逼〉巧妙地結合了地方的傳統、現代流行與科技文化。此外，張俐璇也透過東年的評語指出了這種結合的隱憂。東年認為，楊富閔「聰明地組織一些台灣的元素」，並在情節推進的過

---

59 鍾秩維文字整理，〈「故」事「新」編 ── 楊富閔訪談〉，（來源：https://medium.com/fairbank-center/%E6%95%85-%E4%BA%8B-%E6%96%B0-%E7%B7%A8-%E6%A5%8A%E5%AF%8C%E9%96%94%E8%A8%AA%E8%AB%87-acc4c637d1bb，檢索日期：2021.07.26）。

程中一連串地展示出來，卻沒有真正地觀察台灣人的生活實貌。[60]

　　《花甲男孩》在本文中的重要性就在前述兩種調用地方的張力中凸顯出來。楊富閔將人與地方元素結合；因此，在《花甲男孩》中的地方意義，不只是不同地方元素的組成，例如：風景名勝、文化傳統。更重要的是人與人之間的關係與位置。這樣的做法正好提供一種不同的思考路徑來重新檢視全球化下商品化的地方建構。

　　在全球化的影響下，地方的意義已然發生劇變。首先，地方的特殊性與全球化的普遍性產生了複雜的共構關係。面對這個問題，可以透過大衛・哈維（David Harvey）的論述來理解，他正是從壟斷地租的視角來分析全球化下的地方特殊性：

> 獨特性與特殊性對「特殊品質」的定義都很要緊，但是可交易性的要求，意味了沒有任何物品可以那麼獨特或特別，完全超出了金錢計算。[61]

也就是說，大衛・哈維認為，地方的特殊性與全球化的普遍性可以被理解為一種內存於資本主義中的矛盾：事物的價值源自於其不可被取代的獨特性；然而，交易本身卻將事物轉化為可以被衡量與交換的商品。而地租因為本身就是「私人擁有者對地球某個

60　張俐璇，《建構與流變》（台北：秀威資訊，2016.02），頁數392。
61　大衛・哈維（David Harvey）著，王志弘譯，〈地租的藝術〉《資本的空間：批判地理學芻論》（台北：群學，2010.05），頁576。

部分的壟斷力量」；[62] 所以，地方的特殊性可以被理解為資本家
為了掌握資本或是提升資本價值所建構出來的「商品」。在這
裡，全球化的意義在於，由於運輸的發達排除了過往地租得以壟
斷的地理條件，迫使資本家找尋新的方式來建構特殊性論述：
「文化」。[63]

　　除了全球化的影響之外，台灣社會內部也有自己複雜的問
題。九零年代之後的台灣社會，亟欲建立國族主體的焦慮對於地
方意義的影響並不小於資本主義。因此，地方的意義在全球化下
的土地商品化以及國族主體建構焦慮的張力中開展，最終淪落為
符號的展演。一方面，在土地商品化的狀況下，標註土地的特色
只是為了販售商品，地方的特色變為廣告文宣銷售詞彙。另一方
面，透過地方文學獎建構國族主體的手段逐漸飽和，作品中的地
方也一樣成為了片面的符號、風景的標示。也就是說，兩種對地
方截然不同的推力卻導致了類似的結果：作品透過不斷地展現地
方的特色建構地方單純書寫土地無法來建構地方感。正是在這樣
的脈絡下，楊富閔的創作才顯得特別。雖然楊富閔的創作因為運
用了許多知名的在地元素，常被當成台南地方書寫的代表，似乎
屬於本土意識高漲下的產物。但是，他的小說事實上卻不僅僅只
是挪用地方的元素與符號，而是轉向強調人的存在作為地方建構
的核心。楊富閔的作法正是透過轉換了地方意義，解決了因為受

62　同前註，頁574。
63　同前註，頁581。

到全球化影響被符號化甚至商品化的地方想像。

楊富閔筆下的地方完全呈現不同的樣子：既是一種人對土地的空間記憶，同時也牽涉人際網絡的建立與連結。楊富閔經由角色尋求自我安置、認同的過程，展示了地方在人的移動中不斷地消逝與重建。在這裡，地方不再是一個固定的空間或是一個片面的符號，更是一種人與人之間的羈絆。

在〈暝哪會這麼長〉[64]中的地方就不只是單純的地景符號，還包含了主角們建立的人際連帶。〈暝〉描述了小孫子與阿嬤在大內老家，等待與召喚姊姊回家的故事。其中，有三個「地方」具有特殊的意義，原因並非其空間獨特的物理性質，而是因為蘊含了角色之間的情感與關係，分別是姊姊居住的城市、祖孫生活的大內以及網際網路。在第一個地方，姊姊由於戀情離開大內，於是城市可說是姊姊愛情的寄託之地。第二個地方大內則是祖孫生活的地方，充滿阿嬤照顧兩人成長的歷史記憶。最後一個地方就是網路，既是姊姊與網友相識的場所，部落格也是姐弟交流的途徑。在這三個地方，地方的意義並不受制於固定的土地空間，而包含了情感的連結。

以〈暝〉故事中的三個地方為例子，真正建構地方「特殊性」的，是人際連帶之間的情感與記憶。所以，姊姊的離家並不是離開了地方，而是因為姊姊與網友在城市建構了自己的地方；

---

64 楊富閔，〈暝哪會這麼長〉，《花甲男孩》（台北：九歌，2017.05）。以下簡稱〈暝〉。

也因此，唯有姊姊失去了戀人，在城市依附的地方消失，她才有返回大內家鄉的可能。人與人之間的連帶關係便成為了現代地方不可忽視的元素。

除了書寫人與人之間的連帶關係之外，楊富閔另一個重建地方的意義的方式，便是強調個體的生命經驗對地方的意義。

要建立一個新的地方想像，不可能忽視既存的地方記憶；因此，角色處理過往記憶的方式成為了建構地方意義不可忽視的重點課題。〈聽不到〉[65]正是以「性事障礙」隱喻了過往地方意義對現在的干涉，由此呈現出只有告別過往的地方意義才能夠建立新的地方意義。〈聽〉描述了主角大頭在阿公過世之後，帶著女友小離回鄉一起幫忙料理後事的過程。大頭正是在這個過程中，告別了過往的地方，才能與小離共組未來。〈聽〉中的地方因此不僅僅指涉善化的地景與文化，更包含了主角大頭對阿公的回憶。在故事中雖然沒有明確指出，但是大頭以前被阿公玩弄性器的回憶，與他和現行女朋友小離之間的性事障礙存在隱晦的連結。所以，主角大頭回鄉送葬解決性事障礙的過程，也正是他重新建立地方意義的過程。

在故事開頭，大頭暗示了自己的性事障礙，並表現出自己與他人之間連結的斷裂。大頭在返鄉途中便暗示了自己在性事上的障礙：「記得趕赴善化的省道上，永康新市路段旁，緊鄰著縱貫

---

65 楊富閔，〈聽不到〉，《花甲男孩》（台北：九歌，2017.05）。以下簡稱〈聽〉。

鐵路,每掃過一列,我全身便抖動一次,求救眼神像過去每個夜晚對著小離說:『我不會,對不起、我不會。』」[66]而大頭回到家,與親戚的生硬對答、對喪事疏離的態度,顯現大頭與他人無法建立連結。儘管小離是大頭在城市的依靠,但是小離卻無法進入大頭的世界,只能當個旁觀者與聆聽者。

這種疏離的狀態直到大頭牽著小離遊走善化三合院叢林的過程出現轉機。原本大頭回憶起自己的性器被阿公玩弄的過往,在這裡,加上與小離之間的性事障礙,顯示了大頭仍舊困在過往的回憶之中。但是當他在故鄉街道遊蕩的時候,卻發現熟悉的鄰居已然逝去與改變。這讓大頭體會到過往的地方意義已逐漸消逝。在火葬阿公之後,過往的地方意義更被徹底抹除。在大頭認清了過往地方意義的消逝之後,性事的障礙消除了,小離也成為了大頭新的故鄉、另一個家:「我直直走了出去,電話被小離接走,守喪如此家常,他是專屬於我與阿公、無血緣無地緣關係的孫媳婦,我的女朋友,我決定與他,重建一座安心的故鄉。」[67]也就是說,連帶感的轉移與重新建立必須要先面對過往的事物,才有往前的可能。

---

66 楊富閔,〈聽不到〉,《花甲男孩》,頁77。
67 同前註,頁94。

五、結語

　　我分別透過分析三個作家調用地方元素的方式來處理全球化下的三種問題。重要的是，我的目的並不是在於推敲作家心中的意圖；相反地，我是要透過展示這樣一種分析方式，呈現出兩千年後的鄉土作為一種方法，可以被以更積極的視角運用。

　　此外，在章節的推進中，鄉土作為一種方法的意義也不僅僅只是一種公式化的手段。陳柏言調用地方元素來反思全球化下的真實、洪明道運用地方隱喻作為全球化下的複雜批判意識，最後是楊富閔轉化地方意義，為全球化下的地方提供不同的觀看視角。鄉土作為一種方法從提供一種不同的觀看視角，到後續的章節甚至展現了自我更新的能力。

　　最後，我仍要提出本文有所不足之處。首先是全球化概念本身的高度複雜性涵蓋了太過廣泛的議題；因此，本文所選擇的三個議題仍然不足以全然說明全球化對地方的影響與衝擊。例如：全球化對於信仰與民俗的影響、都市中所具有的全球化與地方意義。這些都是未來仍然可以繼續深入的問題。除此之外，本文大多著重對於論述的分析與重整，卻沒有提供足夠的第一手資料與文獻論證全球化對於地方的影響。儘管具有不少的局限與問題，我仍然希望本文能夠作為一個敲門磚，提供一個新方向，重新檢視兩千年後鄉土小說的相關研究。

參考資料

一、作家作品

楊富閔，《花甲男孩》（台北：九歌，2017）。

陳柏言，《夕瀑雨》（台北：木馬文化，2017）。

洪明道，《等路》（台北：九歌，2018）。

二、專著

（一）中文專著

王拓，〈是「現實主義」文學，不是「鄉土文學」〉，《回望現實・凝
　　視人間：鄉土文學論戰四十年選集（修訂版）》（台北：聯
　　合文學出版社，2019.03）。

王德威，〈國族論述與鄉土修辭〉，《如何現代，怎樣文學？》（台
　　北：麥田，2007.09）。

朱宥勳，〈推薦序－路就這麼走了過來〉，《等路》（台北：九歌，
　　2018.11），頁5-7。

季季，〈遇見陳柏言－序《夕瀑雨》〉，《夕瀑雨》（台北：木馬文
　　化，2017.01）。

金寶瑜，《全球化與資本主義危機》（台北：巨流，2006.09）。

范銘如，《文學地理：台灣小說的空間閱讀》（台北：麥田，2008.09）。

陳芳明，〈歷史的歧見與回歸的歧路——鄉土文學的意義與反思〉，《後殖民台灣》（台北：麥田，2002.04）。

張俐璇，《建構與流變》（台北：秀威資訊，2016.02）。

（二）翻譯專著

大衛・哈維（David Harvey）著，王志弘譯，〈地租的藝術〉《資本的空間：批判地理學芻論》（台北：群學，2010.05）。

大衛・M. 科茲（David M. Kotz），《新自由資本主義的興衰成敗》（北京：中國人民大學出版社，2020.08）。

大衛・哈維（David Harvey）著，王志弘譯，《新自由主義化的空間：邁向不均地理發展理論》（台北：群學，2008.12）。

史迪格里茲（Joseph E. Stiglitz）著，李明譯，《全球化的許諾與失落》（台北：大塊，2002.09）。

阿君・阿帕度萊（Arjun Appadurai）《消失的現代性：全球化的文化向度》（台北：群學，2009.11）。

湯林森，（John Tomlinson）著，馮建三譯，《文化帝國主義》（台北：時報文化出版，1994.05）。

湯瑪斯・佛德曼（Thomas L. Friedman）著，蔡繼光、李振昌、霍達文譯，《了解全球化》（台北：聯經，2000.06）。

傑佛瑞・薩克斯（Jeffrey D. Sachs）著，《全球化的過去與未來：從舊石器時代到數位時代，地理、技術與制度如何改寫人類萬年的歷史》（台北：大塊，2020.10）

詹姆斯・克里弗德（James Clifford），《復返：21世紀成為原住民》，（台北：桂冠，2017.04）。

赫爾德、麥可魯（David Held，Anthony McGrew）著，《全球化與反
　　　全球化》（新北：弘智，2005.03）。
Tim Cresswell著，王志弘、徐苔玲譯，《地方：記憶、想像與認同》，
　　　（台北：群學，2006.02）。

（三）外文專著

Boli, John, and Frank J. Lechner, eds. The Globalization Reader. 6th ed.
　　　Oxford: Wiley, 2020.
Steger, M. B. Globalization: A Very Short Introduction 5th. Oxford: Oxford
　　　University Press, 2020.

三、論文

（一）期刊論文

邱貴芬，〈尋找「台灣性」：全球化時代鄉土想像的基進政治意義〉，
　　　《中外文學》32卷4期（2003.09），頁45－65。
邱貴芬，〈在地性論述的發展與全球空間：鄉土文學論戰三十年〉，
　　　《思想》6期（2007.09），頁87－103。
范銘如，〈後鄉土小說初探〉，《台灣文學學報》11期（2007.12），
　　　頁21-49。

（二）學位論文

何京津，《從「鄉土」到「在地」─論90年代以降新世代鄉土小說》
　　　（台南：國立成功大學台灣文學研究所碩士論文，2011）。

林巾力，《「鄉土」的尋索：台灣文場域中的「鄉土」論述研究》（台南：成功大學台灣文學系學位論文，2009）。

楊幸蓉，《全球化下的鄉土書寫──以王聰威《複島》、《濱線女兒》為論述中心》（台中：國立中興大學台灣文學與跨國文化碩士論文，2019）。

（三）研討會論文

蕭阿勤，〈評簡義明〈「鄉土」作為一種文學史的理解的視角──八、九零年代台灣文學性質的商議〉〉，《台灣文學史書寫國際學術研討會論文集》第二集（2008.06），頁403-405。

四、 雜誌文章

李映昕紀錄，莊瑞琳專訪童偉格，〈寫作：背向現實的防線，開始起跑〉，《字母LETTER：童偉格專輯》（台北：衛城出版，2018.05），頁89。

郝妮爾撰文採訪陳柏言，〈從鄉里行至溫州街〉，《聯合文學》434期（2020.12），頁57。

董柏廷撰文採訪洪明道，〈鄉土召我以故事〉，《聯合文學》434期（2020.12），頁55。

范銘如，〈向大師取經，向大眾學習──二十一世紀小說20年〉，《文訊》422期（2020.12）

詹閔旭，〈過去的20年，與未來的20年──小說複審觀察〉，《文訊》422期（2020.12）。

五、電子媒體

鍾秩維文字整理，〈「故」事「新」編 — 楊富閔訪談〉，（來源：
　　https://medium.com/fairbank-center/%E6%95%85-%E4%BA%8B-
　　%E6%96%B0%E7%B7%A8%E6%A5%8A%E5%AF%8C%E9%9
　　6%94%E8%A8%AA%E8%AB%87-acc4c637d1bb，檢索日期：
　　2021.07.26）。

5

乙未戰役遲塚麗水《大和武士》與西川滿《台灣縱貫鐵道》的對讀研究[*]

鍾志正

摘　要

在日本與台灣之間，由於侵略者與被侵略者的敵我立場不同，因而有關乙未戰爭的記憶及感受大異其趣，再現的文學作品各具不同色彩。本論文以《台灣縱貫鐵道》和《大和武士》兩本日文乙未戰爭小說為研究材料，其中《大和武士》成書於1895年，戰爭結束的同一年；《台灣縱貫鐵道》成書於1944年，日本二戰投降前一年，兩本小說正好在日據50年的前端和末端。具有世代比較的意義。

本論文結構第一節為前言；第二節介紹作者遲塚麗水；第三節介紹《大和武士》命名、主題、事件與內容概要；第四節為《大和武士》與《台灣縱貫鐵道》對讀研究；第五節結論。本論

* 本文係由筆者發表於第十七屆全國臺灣文學研究生學術研討會之論文，再據以大幅度增修完成，不論內容章節與論述角度都有相當程度的增訂與差異。參見：鍾志正，〈日文小說《大和武士》如何再現1895乙未戰爭〉，《躍界╳臺灣╳文學：全國臺灣文學研究生學術研討會論文集第17屆》（台南市：國立臺灣文學館，2021.02），頁269-296。

文貢獻有三：第一，是介紹《大和武士》出土，析論書中日本人的台灣觀及乙未戰爭觀；第二、透過細讀、析論兩本小說的差異，繼而分析兩世代日本人觀點差異性及意涵。第三，從敵人眼中看到大清軍隊滯留半年擔任保境安民任務的角色。這一條對於「清軍徘徊不忍離去」的看法，是前行研究所少見的觀點。

關鍵字：永清政府、領台正當性、森鷗外、島田謹二、國姓爺、福澤諭吉

一、前言

　　本論文研究《大和武士》、《台灣縱貫鐵道》兩本日文乙未戰爭小說，經由細讀、分析、比較，探討明治、昭和兩世代日本人的乙未戰役觀與台灣觀。

　　本研究的原始動機是私人理由，筆者想為義勇軍平反、恢復名譽。義勇軍被日本人蔑稱為「土匪」，本文證明義勇軍是一支由「永清政府」[1]列冊、裝備、官餉、統一指揮的軍隊。乃是堂堂正正舉槍架砲與敵人對陣而死的軍人，並不是土匪。其次動機才是延伸為知彼知己的國防研究。

　　本論文研究目的有三：第一是介紹《大和武士》出土；[2]第二、研究敵人日本的心態、動機；第三、證明台灣抗日義勇軍是正規軍、並不是土匪。本論文想問的是：一、日本為何發動乙未戰爭？其內外部因素為何？二、日本人對乙未戰爭的戰爭觀以及對於台灣島、台灣人看法如何？三、另外，本論文要問，駐台清軍及大清官員的處境心境及如何應變？前兩點，台灣處於中日國境烽火線上，中日大戰必定牽動台灣。因此，台灣務必充分了解日本的意圖與動向，隨時防範敵人再犯。第三點，期望透過檢視

1　乙未割台，台灣軍民成立自主政府抗日，年號永清。本論文稱之為永清政府，以避開不同聯想和議論。

2　根據《大和武士》序文所記載：「明治28年11月新嘗祭後三天古道照顏盧南軒麗水生遲塚金太郎謹識。」新嘗祭乃是11月23日，推算出第三天是11月26日完成。乙未戰爭台灣軍戰敗的第八天。遲塚麗水，《大和武士》（東京：春陽堂，1896.01）。

　　小說，了解清軍滯留徘徊不忍離去的實況及原因。筆者卻從日方責備的言語中，看到清軍將領徘徊再徘徊，總在城破同時才離境，本文想探究其原因及作法。若是刻意滯留以保境安民，或能稍稍消解乙未割台的百年遺憾。

　　例如，從《台灣縱貫鐵道》看到大溪余清勝總兵向日方提出「快來交接」的要求。充分顯露清軍將領在史無前例可循的情況下，尋求「無縫接軌保境安民」的構思和努力。這是前行研究中少有的視點；小說內容有可能虛構，但我們從史實上看到，從新竹城以南清軍軍政首長都在日軍進城的同時，從另一個城門離城，完成無縫交接。痛定思痛，台灣人民在悲情悲痛之餘，務必感念為了保境安民犧牲的清軍、義勇軍戰士。

　　本論文透過細讀兩本小說與文獻探討進行研究。第一本遲塚麗水撰著的《大和武士》，成書於1895年11月26日，乙未戰爭結束之後8天，[3] 是時事小說。第二本是西川滿的《台灣縱貫鐵道》，成書於1944年12月，距離乙未戰爭48年。兩本小說相距48年，各代表明治、昭和兩時代的觀點。期望透過細讀、對讀，析論兩世代作家的台灣觀、乙未戰役觀之異同及意涵。

　　以下是有關兩本小說及兩位作者的文獻探討。首先，是西川滿及《台灣縱貫鐵道》的前行研究，以下三篇論文與本研究最有關連。第一篇，陳藻香博士論文（1995）鉅細靡遺收集的西川滿

3　首任臺灣總督樺山資紀於1895年11月18日向京都大本營報告：「全島悉予平定」。乙未戰爭結束。

生平、著作等資料，乃是西川滿研究奠基之作。[4]本論文與之意見相左的是，陳藻香認為《臺灣縱貫鐵道》少見血淋淋場面，是因為西川滿的宗教信仰仁愛心情之故。筆者認為主要是徵兵考量，假若小說描述台灣軍民與日本皇軍激戰往事，不利於徵兵現實顧慮，無關仁愛。

　　第二篇，朱惠足比較台灣視角與日本視角的不同：將《台灣縱貫鐵道》與《秋信》對讀研究，著眼於《台灣縱貫鐵道》呈現的日本帝國主義、殖民主義、國族主義，及以《秋信》呈現老秀才的大清帝國認同與接受被殖民的棄民之間的認同滾動。其中以「語文」、「文化符碼」、「認同」、「時空變遷」當作比對的分項，詮釋日本在台灣的殖民統治的演進。[5]

　　第三篇，邱雅芳強調該小說宣傳殖民現代化。「西川滿的歷史與小說雙軌書寫策略，明顯是一種殖民權力的延伸與膨脹。在台灣開發與殖民現代性的視線下，西川滿的書寫脈絡蘊含了複雜的帝國想像。」[6]邱文析論《台灣縱貫鐵道》是從二戰期間日本帝國擴張的角度看乙未戰爭；其觀點與本論文相似觀點，認為西川滿乃是昭和世代觀點而與遲塚麗水的明治世代觀點形成有意義的差異性。

4　陳藻香，《西川滿研究——台灣文學史の視座から》（台北：台灣大學出版中心，2017.12），頁343。
5　朱惠足，〈帝國主義、國族主義、「現代」的移植與翻譯：西川滿《台灣縱貫鐵道》與朱點人《秋信》〉，《中外文學》33卷11期（2005.04），頁111-140。
6　邱雅芳，〈向南延伸的帝國軌跡——西川滿從〈龍脈記〉到《台灣縱貫鐵道》的台灣開拓史書寫〉，臺灣文學研究》7期（2009.06.），頁77。

　　其次，關於遲塚麗水研究。總共有四篇論文及《明治文學全集》刊載的研究。其中兩篇已經完成作家論的資料收集工作。作品論方面，三篇研究遊記、描景紀行文及漢詩文的竹枝詞，三篇研究遲塚麗水在言文一致運動中，曾經自行進行使用語體文寫作的因應之道（有重複）。

　　第一篇，1955年，長谷川清子整理遲塚麗水生平資料以及作品列表，奠定作家研究的基礎工作。該論文的遲塚麗水生平、作品資料皆已經收入《明治文學全集》的麗水年譜之中。[7]第二篇，2003年，北川扶生子敘寫遲塚麗水的漢文脈美文，指出遲塚麗水成名作《不二の高根》的文章中，描述日出的手法是：「使用漢文系的詞彙和文體，往往增加手勢，盡可能詳細地描述眼前看到的景象」。[8]是為相當精準的評語。

　　第三篇，2012年，Matthew Mewhinney認為遲塚麗水一生避談政治，比較屬意描繪景色的竹枝詞。[9]本論文有三項要點，其一探討遲塚的漢詩竹枝詞的風格模仿及韻味。其二、闡釋紀行文《不二の高根》的和文、漢文協調的和諧優美。其三，說明麗水的名與號的意義。遲塚的本名金太郎，循著陰陽五行之說的「土

7　除了長谷川文中提及的當時家人動向、故居、墳墓所在地等等私人隱私資料之外，其餘資料大部分列入《明治文學全集》之中。

8　北川扶生子，〈明治の紀行文──遲塚麗水『不二の高根』を中心に〉，《鳥取大学教育地域科学部紀要教育 人文科学》4卷2號（2003.01），頁645-55。

9　Matthew Mewhinney，〈「金生麗水」──遲塚麗水の文章に漢詩文の韻が響く〉《繡》第4號（2012.03）。Matthew Mewhinney，加州大學聖巴巴拉分校教授，精通英、中、日文。他的博士論文是〈文人心靈的抒情形式：夏目漱石〉。

生金、金生水」原則，取名號「麗水」。

第四篇，2014年熊谷昭宏的博士論文。其中的第四章討論遲塚麗水在「言文一致運動」的努力。[10]熊谷認為遲塚曾經嘗試語體文創作，但是成就有限。以攀登御岳的四篇遊記為例，其中三篇文語體、一篇語體文。語體文的〈御岳の一夜〉乃是從文語體的〈入蘇日記〉翻譯而成。遲塚麗水將本身的文言作品翻譯成語體文，由此論證遲塚努力趕上時代。

最後是《明治文學全集》的機構評論效應及排名問題，遲塚麗水在《明治文學全集》之中，排名在100-200之間。[11]《明治文學全集》共計100冊，共收錄約200名作家的作品。塚麗水被收錄《根岸派文學集26》裡，[12]刊載了50頁，約佔這本書的10%強；遲塚麗水也列名《明治紀行文学集》，刊出遲塚麗水的個人生平及作品簡介、評論、作家年譜，以及《不二の高根》、《飛驒越日記》、《秋の京都》等作品共30頁。佔全部《明治紀行文

---

10 熊谷昭宏，〈明治後期における紀行文の「進步」とジャンルの自立性：小島烏水の理論と実践を中心に〉（京都：同志社大学博士學位論文，2014年），第四章：〈遲塚麗水的文體置換技——同一次登山的四篇紀行文之文體置換〉。

11 《明治文學全集》大約區分為個人或數個人一本專輯以及集體成冊兩種收錄方式。前者約一百人，後者也大約一百人，總共收錄兩百位明治時代的名作家。遲塚麗水屬於後者。因此推測，排名在100-200之間。

12 根據《根岸派文學集》刊載，「根岸派」乃是指「明治二十年代以饗庭篁村、森田思軒為中心，一群住在東京下谷根岸地區的文人的稱呼，主要成員為：篁村、思軒、須藤南翠、宮崎三味、高橋太華、幸堂得知、幸田露伴、岡倉覺三、川崎千虎等人，這些文人以灑脫旅行、詩酒爭逐之遊樂為主，在文學史上不是什麼特殊的文學派別，而是介於江戶文學的殘留的戲作者們和明治新文學之間過渡性存在。其機關誌命名為《狂言綺語》。

學集》404頁中的7%。筆者歸納出遲塚麗水在《全集》中有下列
特點：

1. 《明治文學全集》收錄200位作家。因此，可以說遲塚麗水是
   明治時代200名內作家。
2. 遲塚最擅長漢文調的紀行文學，被列入《明治紀行文学集》。
   屬「根岸派」派別。
3. 遲塚也寫少年文學、戰爭文學、歷史文學等作品，作品未被收
   入《明治少年文學集》、《明治戰爭文學集》、《明治歷史文
   學集》，但是，出現在各該文集的評論中，足見遲塚在各該文
   類領域也佔有一席之地，但不是主要地位。

　　從以上文獻探討可知，遲塚麗水是明治時期有名的漢文脈文
人，擅長書寫漢文調美文的紀行文，同時他也擅長書寫描繪各地
風景的竹枝詞漢詩。

　　關於《大和武士》的前行研究。嚴格說，只有島田謹二教授
單一人研究過《大和武士》，以及另外二位學者回應島田謹二。
島田謹二評論重點在「僅此一本」、「三角湧35士全歿」、「吳
得福刺殺案」他說：

> 征臺戰役步入尾聲，亦即該年11月近衛師團凱旋回京之
> 後，出現了以征臺戰役為主題的單行本戰爭小說。作品
> 名為《大和武士》（春陽堂出版，菊版一四六頁）。內
> 容梗概如下。故事從敘述一個臺灣人鄭蘭芳開始。蘭芳
> 家住紫竹溪，為鄭成功第十代後裔。此人被近衛師櫻井
> 特務軍曹所帶領的部隊所俘虜，並被護送到山根旅

（團）長處。不久被釋放。然而蘭芳乃匪首道士吳得福的同夥人，決心抵抗皇軍，並圖行刺旅（團）長。事敗逃逸，櫻井們前進大姑陷（今大溪）途中與吳匪等狹路相逢，皇軍們不幸全體陣亡。吳匪們之後在臺北府大稻埕一隅被捕，匪首自殺，蘭芳等人則被處斬於東門的刑場。這個故事乃以該年7月13日，引起日本全體國民血脈賁張的，近衛運糧隊三十餘勇士在三角湧（今三峽）力戰殉國的事件為經，再以8月末謀刺高官未果，而於9月9日被處決的大安庄土匪們的陰謀為緯，巧妙編織而成的應時小說。作者遲塚麗水，在此作之前已發表過《新佐世姬》、《歸省》等佳作，又是幸田露伴的友人，在當時被視為一流的文學家。這些小說的特色在於他那經過漢詩漢文之鍛鍊而成的優美文字，以及華麗而深得幻想之妙的結構。而《大和武士》也不例外。然而，無論是對於臺灣風物的描寫，或將士心聲的剖析，乃至匪徒行動的敘述，都顯得過於類型化、理想化、虛構化，許多地方都讓今日的讀者頗為不滿。而且像山根信成、櫻井茂夫等，均實有其人；而姑且不提吳得福，像鄭氏的十世孫蘭芳，根本是還活著的順民，現在住在臺南府呢。拿他當模特兒，未免有些過份。事實上，像是在征臺戰役中有重要貢獻的如森鷗外，就把本作看成「趕流行的小說」，並且批評本作「脈絡、條理都不分明」，真是一針見血之論。只不過，若論全篇穿插著征臺戰役的單行本小說，從過去到如今，也只僅此一本，別無分號，因此也還值得一讀罷了。

關於征臺之役，皇軍於戰事中奮勇用命的功勳，想像中

　　自必為當時內地的小說家所大量引之為題材吧？然而究
其實際，卻少得可憐，不由令人大感驚訝。或許當時和
今日的軍事思想非常不同，對於「總力戰」尚未有所自
覺而有以致之的吧。[13]

　　以上，引用了整篇島田謹二的評論全文，乃是因為這是唯一
對《大和武士》的評論，特別重要。島田驚訝居然「只有一部乙
未戰爭小說」，這一點或許是促使西川滿撰寫《台灣縱貫鐵道》
的起因之一。另外兩位學者簡短評論過《大和武士》，基本上是
看了島田謹二的評論而做的回應。河原功（2014）說，小說中的
殺子歃血、無頭屍跪行三步兩件事情令人「難以置信」。[14]邱雅
芳提及「島田謹二所探討的文本，包括……遲塚麗水的戰爭小說
《大和武士》」。但是無評論。[15]

　　從以上文獻可以知道，這是析論明治時期乙未戰爭觀唯一一
本小說。以下將遲塚麗水從《史記》、《漢書》吸取養分，書寫
《大和武士》的歷史語境，從而瞭解明治文人深層學養的影響。
與西川滿法國文學學養大異其趣。

13　島田謹二，〈領台役に取材せる戰爭文學〉，《文藝台灣》1卷6號（1941年9月20
　　日），頁54-58。翻譯轉引自黃英哲主編，《日治時期臺灣文藝評論集（雜誌
　　篇）‧第二冊》（台南市：國立臺灣文學館籌備處，2006年10月）。頁202-207。
14　中島利郎、河源功、下村作次郎，《台灣現代文學史》（東京：研文出版社，
　　2014.05），頁356。
15　邱雅芳，〈向南延伸的帝國軌跡〉，頁89注43：「島田謹二所探討的文本，包括總
　　督府陸軍局郵便部長土居香國的漢詩、遲塚麗水的戰爭小說《大和武士》、總督府
　　陸軍局軍醫部長森林太郎（森鷗外）的《能久親王事蹟》、柳川春葉的短篇小説、
　　德富蘆花的處女作《不如歸》等作品。」

二、深厚漢文脈學養的遲塚麗水

遲塚麗水（1867-1942），本名遲塚金太郎，日本靜岡縣沼
津市人，有著高深漢文學養。是明治、大正時期著名的紀行文
家、小說家、新聞記者。其父遲塚保是舊幕府將軍的近臣。明治
維新後，抑鬱早逝。遲塚麗水1882年與幸田露伴一起進入「迎曦
塾」，師事菊地松軒（1806-1886），[16] 學習《漢書》、《史
記》。1885年麗水考上小學教師，1886年，轉任通信省的職
員。1890年轉入《郵便報知新聞社》。1894年前往甲午戰爭平
壤擔任隨軍記者，同年歸國後任職《都新聞社》。1942年去世，
享壽77歲。

遲塚麗水被歸入「根岸文學派」的一員。該社群持「寄情於
山水旅遊、詩酒競逐」的文學人生觀，是一群介於江戶時代與明
治時代之間，新舊交替世代的作家群。他們傾向於寫實主義，模
仿江戶時代「雅俗折衷體」的寫作文體，富江戶時代情調，頗受
大眾歡迎。

遲塚麗水的作品偏向大眾文學。包括紀行文學、歷史小說、
戰爭小說，以及少年文學等類型的作品。遲塚麗水擅長漢文調的
美文，感性且高雅。善於汲取中國古典文學之精粹，涵養他的日
文作品。然而，生不逢時，西風東漸，在日文的言文一致運動之

16　菊地松軒（1806-1886）漢學者。名駿助號松軒、千里。昌平黌（幕府漢學最高學
　　府）教官、內務省法務省編纂。之後開設漢学塾「迎曦塾」。

後，[17]他的漢文脈學養失去文化優勢。他的作品簡列如下：

1. 紀行文學：最著名的是1893年刊出的《不二の高根》。[18]描述登上富士山觀日出的景象。除了展現漢字豐碩細緻的顏色光彩千煥萬變之外，還託言天帝下令破土植下東瀛第一高山，傲視日出處之國。充滿美麗山河優秀民族的國族建構意涵。他一生寫了多達百篇紀行文，例如：《日本名勝記》上卷、下卷。他的紀行文除了美文之外，更重要的是，將風景名勝與國族認同結合，敘寫「美哉日出處之國」的論調，符合當時日本帝國擴張所需要的日本自豪感和優越感。另外還有遊覽中國的遊記：1915年《山東遍路》、1926年《新入蜀記》。[19]

2. 報導文學：遲塚麗水1894年奉派前往韓國戰場採訪。6至8月之間，發表《韓山風雲路》、《韓山風雲四則》、《陣中雜記》、《陣中日記》等多篇，將韓國戰場以文士的視角向日本國內讀者傳播，這些戰場經歷對於《大和武士》書中的乙未戰場描述助益很大。

3. 麗水的歷史小說有：1894年的《菅丞相》、《瑕夷大王》、《半月城》；1896年的《大和武士》；1908年的《乳屋の

---

17 日本的「言文一致」運動。

18 「不二の高根」的意思是「第一高峰」。日文中「不二」「富士」「不思議」都可以唸成fu-ji-i，一語雙關。

19 小島晉治監修，《大正中國見聞錄集成》（東京：ゆまに書房，1999年）。1925年，遲塚麗水由萬縣乘船進入四川旅遊10餘日寫下遊記《新入蜀記》。遲塚麗水入蜀之時，正值楊森開始統一四川的戰爭。

娘》等等。關於遲塚的歷史小說，哪一本才是其代表作？柳田泉認為，雖然一般人評價《半月城》為其代表作，但是柳田泉則認為《瑕夷大王》比較優秀。[20]

遲塚麗水關注新舊武士道的傳承與遞變。他接受舊式武士的涵養，了解武士道精深真諦。因而寫下具有崇尚舊武士道精神的作品《菅丞相》。此外，他也曾經參加朝鮮戰爭的實戰經歷，深刻體會新式戰場中所展現的現代武士道精神，例如《陣中日記》、《激戰中的平壤》等。也因此，遲塚麗水將《史記》與《軍事物語》以及《國姓爺合戰》、《國姓爺後日合戰》，融匯成為其戰爭文學學養的一部份；遲塚麗水的《大和武士》，以戰地記者的視點、抓住最有代表性的台北府城、三角湧兩件事件，宣揚乙未戰爭中的中國俠義精神及日本武士道精神。

三、寫實昇揚的乙未戰役小說：《大和武士》

戰爭文學不只是對某一場戰爭的簡單的寫實「模仿」而已，還應該有超越文本，尋覓更廣泛、深厚的意蘊。遲塚麗水藉《大

---

20 「遲塚麗水の歷史小説には「蝦夷大王」（明治二十五年）、「半月城」（同二十七年）その他がある，大抵の評家は「半月城」を代表作とするが，私はむしろ「蝦夷大王」の方が優れた歷史小説であると思ふ」。見：柳田泉，〈歷史小説研究〉，柳田泉，〈歷史小説研究〉，收入稲垣達郎編，《明治歷史文学集（一）》（東京：筑摩書房，1976.02），頁404。

和武士》論證現代化日本皇軍就是「大和武士」之外，[21] 我們也
可以從敵對的日本作家眼中看到英勇戰死的台灣祖先、看到忍辱
投降保護人民的地方士紳，也看到徘徊不忍離去的大清官將。
（前行研究很少涉及大清官將的心態和作為，將在後文詳述）。
以下是有關《大和武士》的作品論。

（一）《大和武士》的背景及命名

　　基本上，這是一本大眾小說，而且是倉促完成的時事小說。
主要滿足民眾對新領土的好奇和滿足民眾高漲的國家主義熱潮。
由於匆促寫出的作品，缺點不少，遲塚麗水未親臨台灣戰場，全
憑報端報導閉門造車。他對台灣缺乏認識，小說中只有少數台灣
元素，例如芭蕉、竹林、茅屋等。地理知識也缺乏，小說中只有
大安庄、基隆、桃仔澗、三角湧等少數幾個地名，沒有相對位置
的方向與距離描述；也沒有地方民情、台灣民俗、語言等現實的
情狀。但是，由於是明治年間唯一的乙未戰爭小說，極具世代代
表性；以及遲塚當記者的社會洞察力、反映在《大和武士》寫
作，可以顯現出當時日本基層庶民所關注議題。所以，《大和武
士》成為乙未戰爭爭小說研究的第一號重要作品。

21　國家機器（state apparatus）是一個政治術語。其含義是，統治階級必須建立一整套
　　法律、制度、執行機構。軍隊、警察、法庭、監獄等都是國家機器的重要組成部
　　分。軍隊是比較特殊的。因為它不僅是統治階級對被統治階級實行專政的工具之
　　一，它還是統治階級對外擴張、維護國家領土和主權完整的工具。也就是說，軍隊
　　具有對內對外兩個職能。

關於《大和武士》的命名，「大和武士」就是「日本天皇的武士」。新舊武士的遞變程序是：1868年啟動明治維新，也進行軍隊現代化、國家化。1871年制定戶籍法，施行廢刀令等，[22] 廢除武士身分的特權。1882年明治天皇頒布《軍人敕諭》，要求軍人誓死效忠天皇，軍人武德就是「新武士道精神」。因此，能遵守《軍人敕語》訓示的日本皇軍就是日本帝國的「大和武士」。[23] 1895年當時，尚有逃避兵役的現象，《大和武士》部分內容特別強調武士道愛惜名譽的傳統精神。遲塚是飽讀漢文的戰地記者，他藉著讚揚乙未戰場的台灣俠士精神來映襯日軍發揮武士道精神的亮點。而寫出有主題、有亮點、有昇華的戰爭文學作品，而不僅僅是大眾小說。以下是從作品中提檢出來的主題以及文學亮點。

（二） 《大和武士》的三大主題

本論文的目的在了解敵人的看法，故而雖然不同意《大和武士》論調，還是寫下來。

1. 領有台灣的正當性

《大和武士》以「依約行事」為正當性來源。認為樺山資紀

22　1870年廢刀令禁止庶民帶刀；1871年實行「散髮脫刀令」；1876年實施徵兵制更加強制實行廢刀；內容為除了軍人、警察外，其他人士禁止帶刀。

23　吳春宜，《武士與武士道初探》（台北：五南圖書出版公司，2013.11），頁139。

與李經芳簽約接收之後，台灣已經是日本領土，台灣民眾的抗日
行動都是違法的。《大和武士》，數次提到「偽共和國」以及「不
服統治的土匪」。在日本政府這種惡法亦法的說法，還不如福澤
諭吉直接了當地說：「百卷萬國公法，不如數門火砲」。《大和
武士》又加上虛構的十世孫鄭蘭芳，引出國姓爺鄭成功一半日本
血統，暗指日本人曾經經營過台灣，以增加其領台正當性。

2. 提倡日本軍隊國家化

現代皇軍乃是遵照明治天皇《軍人敕諭》建軍，是信仰天皇
中心主義的軍人。亦即傳統武士若是遵照《軍人敕諭》的訓示進
行天皇中心主義心靈轉變，就可以成為現代大和武士。[24] 遲塚麗
水藉小說闡釋日本皇軍應該抱持「大和心」、「大和魂」：效忠
天皇報效國家。因此，在《大和武士》的筆下，將三角湧戰役中
35位戰鬥至死的軍人，描述成盡忠職守的國家的士兵，而不是替
某一位藩主作戰而死的武士。

3. 讚揚台灣刺客、詆毀民主國

在《大和武士》裡面的台灣觀，存在著一面讚揚一面詆毀的
矛盾現象。《大和武士》對於冒死潛入台北城中的刺客們，給予

---

24 吳春宜，《武士與武士道初探》（台北：五南出版社，2013.11），頁133-46。

崇高敬意與讚賞，尊為俠義之士。但是對於台灣民主國，則汙衊為「偽共和國」。語帶譏諷說道：「偽共和國只是唐景崧的三天晴天富貴而已。」[25]而且詆毀台灣抗日軍：「所謂義民乃是有如鼠賊的白徒，猶且懷抱對於丟棄自己的大清皇帝的忠義。」[26]又稱呼劉永福為「半死的老骨頭」。[27]基本上，《大和武士》蔑視台灣軍民的必敗抗日行為、愚蠢的，然而卻極度尊崇他們的忠烈情操。

（三）《大和武士》故事概要

《大和武士》以乙未戰役戰場上，台灣、日本雙方軍人的英勇表現為主題。敘寫發生在北台灣的兩件抗日大事：其一是殲滅35名日軍的「三角湧戰役」，另一事件是發生在台北城內的「吳道士謀刺總督案」。《大和武士》的重要性是，小說通過人物的言行展示出台灣抗日志士和日本軍人處在戰爭中，面臨的價值取向與個人生死抉擇的問題。從而折射出台灣人俠義精神與日本軍人展現的新武士道精神。本書的台灣志士與日本軍人的表現，正如作者遲塚麗水在序言所描述的「一樣勇烈、兩種豪情」，熠熠

---

25 原文是：「偽共和國は天晴れ好事の唐景崧が三日の榮耀」。遲塚麗水，《大和武士》，頁42。

26 白徒：未經訓練的兵卒；臨時徵集的壯丁（遲塚麗水，《大和武士》，頁43）。這種言論，比起之後日本官方使用的「土匪」還是客氣得多。

27 遲塚麗水，《大和武士》，頁124。同上，基本上，遲塚麗水蔑視台灣抗日軍民，但是不像日本官方污名化稱為土匪。

相輝映。接著介紹小說故事梗概。

　　《大和武士》是一本145頁的中篇小說，分成五卷。第一卷〈台民抗日、皇軍壓境〉。[28] 時間在1895年6月中旬，地點是日本軍隊已經佔領的台北城內和城郊。台灣軍民強力抵抗日本軍，皇軍勢如破竹。小說主人公鄭蘭芳乃是鄭成功十世裔孫，帶領病弱的妻子和女兒逃難，途中遭遇日軍巡邏隊被捕，被帶往面見駐紮在大安庄關帝廟的山根將軍。鄭蘭芳為求自保，自報鄭成功家門並且呈上祖傳的日本名刀「五郎正宗」，[29] 證明自己是鄭成功的後代。之後，受到山根將軍糖果招待並當場釋放。獲釋後，鄭蘭芳伺機謀刺山根少將不成。

　　第二卷〈吳道士殺子祭神，歃血為盟齊心抗日〉。過幾天，場景設定在大安庄吳得福道士家中。吳道士設立祭壇，殺死五歲的親生兒子祭拜天地神明，與同志歃血為盟，宣誓刺殺敵酋。鄭蘭芳是十名刺客成員之一。祭拜後，鄭蘭芳的妻子自殺，宣稱是為了免除丈夫後顧之憂而就死。

　　第三卷〈吳道士聚眾三角湧殲滅倭兵〉。場景在新北市三角湧（今日的三峽），時間是1895年7月13日清晨。吳得福道士配合三角湧抗日義勇軍，共同圍擊停泊在三角湧的隆恩埔河岸的日

28　小說原書各卷只有一到五卷號，無標題。是筆者依照內容加上標題。

29　遲塚麗水，《大和武士》，頁37-39。相州「五郎正宗」乃是日本第一的名刀，極為名貴。以作風豪華著稱。 鎌倉名工匠正宗的代表作，只有貴族才可能擁有。鄭蘭芳出示名刀，確實足以證明其貴族後裔的身分。在台灣，除了鄭延平一家之外，少有其他人擁有此刀的可能性。

軍運糧船隊，奇襲成功。護送的39名日軍，除了四名銜命突圍報信者之外，其餘35名全軍覆沒，或戰死或自殺或是互相擊殺而死無一投降，展現出大和武士的榮譽精神。

第四卷〈刺殺總督失敗：台灣俠士壯烈成仁〉。場景在台北城內。吳得福等刺客們，潛入台北城內，準備刺殺日本總督樺山資紀。可惜，隊員王鳳在酒館喝酒的時候暴露身分，招致集體被捕入獄。被捕後，吳得福在獄中撞柱自殺而死，[30] 其餘八人在東門城外斬首，展現出台灣男兒的壯烈。第五卷〈終〉。主人公鄭蘭芳問斬後，孤女鄭幽蘭逃走，有人看到她在當採茶女自由生活。

如上述，《大和武士》敘寫兩則事件：第一則，7月份台灣義勇軍剿滅日本皇軍35名的「三角湧事件」。另一則是9月份「吳道士刺殺日本總督失敗自殺」事件。兩則事件中，無論日本軍士或是台灣義軍都勇敢壯烈面對死亡，令人敬佩景仰。而遲塚麗水選擇這兩件事件當素材有其深意，關聯著日本領台的正當性及日後在台灣的發展性。他虛構了主人公鄭蘭芳。鄭蘭芳有日本血統是國姓爺十世裔孫卻參與狙殺35位日軍也參加刺殺事件。這項矛盾，一方面鋪墊日本領有台灣的正當性，一方面肯定台灣義勇軍保鄉衛土的抗日行動還算合理，替往後放棄追究抗日罪行先作鋪陳。

虛構鄭成功十世裔孫鄭蘭芳當主人公，乃是互文《國性爺合戰》；刺殺事件則是互文《史記》的荊軻故事。

30　實際情況，十人都是在東門外問斬。小說作者改為吳得福撞柱自殺。

（四）《大和武士》互文《史記》、《國性爺合戰》

　　本文結合作家生平研究與《大和武士》文本分析，認為在一
個整體觀看視角下，遲塚麗水生平的幕末王孫經驗和明治年間文
學書寫中反覆描摹的「漢文脈」、「武士道」精神內核有緊密的
關係。

　　《大和武士》的創作理念來自日本武士道和《史記》、《國
性爺合戰》等三大部分。分述如下：

1.　《大和武士》裡面，置換變形的《史記》故事

　　《大和武士》內容有著《史記》俠義美學的置換變形投影。
凸顯遲塚漢文深厚學養。例如以下三項目：其一、1895年竟然發
生吳道士殺親子歃血為盟、刺殺日本總督的案件，[31] 遲塚麗水驚
艷，將殺子事件寫入《大和武士》的第二卷。[32] 其二、自殺以壯
行。〈荊軻傳〉記載有兩件自殺事件以壯荊軻刺秦之行。一是田

31　遲塚麗水自小精讀《史記》《漢書》，深諳儒家思想，熟知中國俠義精神。1894年
　　寫了《菅丞相》，闡揚武士道精神，在《菅丞相》書中，他揉合了中國俠義精神和
　　日本武士道重然諾忠的精神，創造了為報恩而獻上自己親生兒子替換恩公兒子就死
　　的故事。與《趙氏孤兒》的意境、意脈、意象相連。
32　其實，趙氏孤兒的故事早已流傳其他國家，法國名作家伏爾泰以《趙氏孤兒》為藍
　　本，改編成五幕劇《中國孤兒》在法國巴黎公演，是最廣為人知的案例。

光自殺，避免荊軻刺秦的計畫機密外洩。[33]二是樊於期將軍自殺當伴手禮，以成全荊軻取信秦王。遲塚麗水也在《大和武士》（頁62），安插了一段鄭蘭芳的病妻香菊自殺，以免除丈夫後顧之憂的故事。其三、遲塚透過將「荊軻撞柱自殺」置入，讓吳道士在獄中撞柱自殺，將吳道士刺日酋與〈刺客列傳〉中荊軻的「俠義文化」相連接。就這樣，寫成《大和武士》第四卷。

2. 《大和武士》與《國性爺合戰》[34]之互文

《大和武士》循著《國性爺後日合戰》的脈絡餘緒，敘述鄭成功第十代裔孫鄭蘭芳參加乙未戰爭的故事。以鄭蘭芳為主人公的意義在於，藉著有一半日本血統的鄭成功曾經領有台灣。增加日本人接管台灣的正當性。

3. 《大和武士》刻劃《軍事物語》現代化的變動軌跡

《大和武士》中以類似軍事物語的手法描繪三角湧之役。該戰役35位日本兵被義勇軍突襲，在櫻田軍曹帶領下的奮戰。最後

---

33 見《史記・荊軻傳》：田光曰：「吾聞之，長者為行，不使人疑之。今太子告光曰：『所言者，國之大事也，原先生勿洩』，是太子疑光也。夫為行而使人疑之，非節俠也。」欲自殺以激荊卿，曰：「原足下急過太子，言光已死，明不言也。」因遂自刎而死。

34 在江戶時代，日文中的「國姓爺」常會寫成「國性爺」。

突圍失敗後,也是領導者呼喊「各位我先走一步囉」。勇敢領先
自殺,然後描寫各個兵士一一或開槍自殺、或刎頸自殺、互相刺
殺。簡言之,落入軍紀物語的俗套,正如森鷗外評論的。[35] 然
而,正是俗套又修正;《大和武士》走軍事物語的套路,又做相
當程度的變化手法,成為嶄新的戰爭文學手法,因而我們才能按
圖索驥,檢查比較作者修正哪一些手法、保留哪一些手法,從而
經由比較而展現當時的思潮變化的滾動痕跡。

四、《大和武士》和《台灣縱貫鐵道》對讀比較

《大和武士》只有146頁,《台灣縱貫鐵道》有400多頁;
《大和武士》只寫北台灣6月中旬及8月底兩事件,《台灣縱貫鐵
道》比較寬廣;涉及5月底到11月中旬直到征服全島全島。但是
最重要的是,整個日據時代50年只有這兩本乙未戰爭小說,增加
其可研究性。

(一)作者不同世代、不同的闡釋方式

二人養成教育不同,遲塚麗水,1967年出生,幕末第二代,

---

35 參照本論文第七頁。島田謹二評論:森鷗外,就把本作看成「趕流行的小說」,並
　　且批評本作「脈絡、條理都不分明」。

德川武士之長子，還接受傳統武士的國學養成教育，因此《大和武士》充滿傳統武士道氛圍，讚頌武德，甚至連帶地稱讚台灣人勇烈如《史記》裡的俠客烈士。而西川滿，1908年出生，幕後第三代，會津藩武士的長孫，養尊處優地生活在二戰期間，無戰地經驗。西川滿早稻田大學法文系畢業，崇尚西洋文學美學。因此，《台灣縱貫鐵道》讚美現代化、頌揚能久親王綏靖台灣的開拓功勞，更有企圖塑造能久親王為善頌善禱的鎮守神祇。較少描述慘酷的戰爭場面，也少談軍人武德相關議題。

兩部小說的時代任務不同，《大和武士》處在帝國擴張初期，宣揚軍隊國家化是重點，將武士道精神融入皇軍的軍人武德，是這本小說的重要目的之一。《台灣縱貫鐵道》則是在日本帝國擴張末期撰寫，有兩大目的：一是徵募台灣人當兵，希望台灣人知圖報，為天皇效死。第二是較為私人的目的，滿足其父西川純替故主能久親王增恢復名譽。在〈後記〉裡西川滿父子情深地回想西川純對故主能久親王的忠誠，滿溢武士道精神的遺緒。

再者，從書名《大和武士》我們就意會到這本小說可能與強調日本的武士道精神有關，《大和武士》四個字，作者將現代化的日本皇軍定義成「大和國的武士」，或者是「日本國的武士」；更深的軍事哲學層面就是指，皇軍的武德精神「大和魂」就是武士道精神。同樣的，從《台灣縱貫鐵道》書名，就可以意會到跟「殖民現代化」有關。《台灣縱貫鐵道》的主旨是宣傳日本造成台灣現代化，台灣人要感恩戴德志願參加日本軍為天皇效忠、效死。

（二）小說處理兩大事件比較

兩本小說對於兩大事件的說法南轅北轍，各有主張各有鋪陳衍繹。《大和武士》對敵我雙方都給予高度肯定。他說：「一樣的感情、兩樣勇烈表現」，「其愚行可笑，其志可愛（可敬）」。《台灣縱貫鐵道》則將抗日軍貶為土匪，將台灣人貶為望風披靡的投降者。

1. 殺子抗日的道士──吳得福事件[36]

兩本小說都依照其書寫目的、書寫的脈絡，各自虛構了一位主人公放置進入吳得福的故事中。《大和武士》建構的主人公鄭蘭芳是鄭成功十世孫，秉承忠義家風，在家國巨變之際，效法荊軻刺殺日本總督，失敗被殺求仁得仁，完全正面陳述。《大和武士》裡吳得福是英雄。遲塚以將近50頁的篇幅描述吳道士的殺子抗日故事，給予視同荊軻高度的讚揚。但是，《台灣縱貫鐵道》把吳得福寫成綁匪，寫成了擄人勒索綁架案件。肉票是外商女兒卡蜜拉梭爾甫。很明顯將這樁歷史真正存在的刺殺總督案件模糊化、汙名化，要掩飾1895戰役中台灣人堅強抗日的史實。

---

36 陳文添，〈殺子抗日的道士──吳得福〉，《臺灣文獻》別冊第19冊（2014.12），頁11-21。

2. 大嵙崁事件中，取捨抗日、降日材料

兩本書中分別書寫了大嵙崁事件中的兩條不同故事，《大和武士》寫三角湧義軍殲滅35名日本運船隊的抗日故事，《台灣縱貫鐵道》描寫總兵余清勝清軍投降的故事。兩本書各憑主旨需求，選擇大嵙崁事件降日故事或抗日故事。

（1）《大和武士》寫義勇軍殲滅日軍

《大和武士》選擇了抗日軍殲滅35名日本將士，此為遲塚麗水用意在描述日軍以寡敵眾的勇敢與善戰，以及戰敗集體自殺以維護武士榮譽的堅貞。1895年7月13日凌晨4點三角湧（新北市三峽區）地方人士組成的義勇軍與日軍作戰：在隆恩埔，義軍從兩岸襲擊日軍運糧船隊，殲滅日軍三十五人，僅餘四名負傷泅水逃匿。

（2）《台灣縱貫鐵道》寫清軍投降

雖然遲塚麗水成功地描繪出日本軍人的勇猛壯烈也描繪出現代軍人展現大和魂雖敗猶榮的集體自殺場面，但是不可否認的，日軍戰敗、台日衝突事件，並不符合二戰末期要求台民參軍的需求。因此《台灣縱貫鐵道》有意平衡報導，雖然寫了35名勇士壯烈作戰，更重要的，重點放在書寫余清勝總兵求降的經過，佐證日方侵台的正當性。

《台灣縱貫鐵道》重點放在將總兵余清勝請求交接以及大溪義勇軍反對投降與清軍嚴重內鬨（頁141-161）。因而更加確定

「領台戰役是一場剿滅台灣土匪、安定地方的戰役」。從而減少台日衝突的印象。藉此符合當時要求徵召台灣人民入伍日本皇軍的戰爭需要。

（三）剖析兩本小說的觀點，反照台灣人的觀點

本論文檢視兩本小說的三大觀點：

1. 有螻蟻偷生台灣人、也有殺身成仁台灣人

兩本小說各執人性正負兩極端：更難能可貴的乃是從敵人日本人的眼中折射出，主戰、主降兩群台灣人。主戰者如何在強硬地迎風當強木，主降者當望風披靡的牆頭草。強木折了成了英雄，追隨者隨之犧牲；牆頭草望風而倒成了狗熊，但是全庄人民存活下來了。《大和武士》把台灣抗日軍當作是一個像《史記》記載的俠義團體。書寫吳道士弒親祭血、謀刺總督的新聞事件，將台灣人寫成遊俠人物。但是在《台灣縱貫鐵道》書中，則將抗日軍描寫成打家劫舍，擾亂治安的「土匪」。

2. 《大和武士》看到流血抗日的台灣軍民，《台灣縱貫鐵道》看到流淚投降的台灣仕紳。

《大和武士》描述兩大抗日事件，第一件是發生在三角湧，

台灣義勇軍殲滅三十五位日軍事件。第二件是發生在台北城內，抗日志士謀刺日本總督失敗，全體問斬事件；小說同時讚頌兩事件中的死難軍人，稱讚日本軍人死得像武士，也稱讚台灣刺客死得像俠士，宛若荊軻。

從《台灣縱貫鐵道》日本人鄙視的眼中，我們反而看到，為百姓請命的仕紳們在簌簌慄慄恐懼中投降獻禮，其所呈現的勇敢和大愛，與求死刺客的殺身成仁實是難分軒輊。其實，戰場上殺身成仁求死固然難、但忍辱求生也難。這兩本小說各執一端，描述乙未戰爭中正反兩面的人性扭曲或人性昇華：《大和武士》描寫台灣志士堅決求死、慷慨激昂赴死的勇烈；《台灣縱貫鐵道》描寫台灣仕紳冒死求見日軍，輸誠投降只為保全黎民百姓活命，其大愛之情更見難得；想求生就會心生畏懼，需要更強的決心與愛心。從兩本小說，我們看到台灣人兵分正反兩路，一抗日、一降日，二者都應有深刻的血淚意涵。

3. 對乙未戰爭觀點：日清戰爭延續與日本國內剿土匪

(1) 《大和武士》視乙未戰爭為中日國際戰爭的延續，《台灣縱貫鐵道》寫成日本國內的征剿土匪戰爭。

1895年11月寫《大和武士》的時候，日本國內還把台灣當作是敵人中國的一部分。《大和武士》稱呼民主國為「偽共和國政府」，認為所謂民主國抗日軍根本就是清軍的代理人戰爭。可是，在二戰期間書寫的《台灣縱貫鐵道》的立場宣傳內台一家，

只能將乙未戰爭設定為國內征剿土匪的國內的戰爭。必須弭平台
日戰爭痕跡，刻意將乙未戰爭的66場大小戰役，簡化、淡化。
除了三角湧35士被殲滅的那一場戰役描寫之外，其餘65場戰役
一筆帶過。例如，最大的彰化城攻防戰，居然只有輕描淡寫短短
數行。反而將重點放在能久親王訪問鹿港辜家的歡宴、豪華排
場。

《台灣縱貫鐵道》強調投降的台灣，改寫抗日史：1.將吳得
福集團刺殺總督事件改為吳得福綁票外商女兒、恐嚇取財的刑事
案件。2.將乙未戰爭中日本軍隊殘暴行為，改寫成秋毫不犯、簞
壺以迎王師的優良軍紀形象。3.《台灣縱貫鐵道》著墨於讚許台
灣士紳人民投降。列舉阿婆開城門、辜顯榮投降、霧峰林家獻禮
物等等投降表現。

綜合上述，兩本小說的乙未戰場描述，《大和武士》只寫小
戰役。但是在概念上，將之視為一場國際戰爭。而《台灣縱貫鐵
道》則將乙未戰爭視為日本國內戰爭。

**（2）《大和武士》描寫殘暴的日軍，《台灣縱貫鐵道》的日軍是仁
義之師**

根據日本軍方紀錄，乙未戰爭期間，日軍採取大軍鎮壓的手

段，殺光反抗者、燒光反抗者藏匿屋舍、搶光反抗者物質。[37]《大和武士》如實反映了軍方記載。例如《大和武士》頁123：「大姑陷、三角湧的四方十里內的村里，通放火燒盡、無名屍骸充滿山野」。[38]又例如：在《大和武士》（頁11、12）小說中，描述一隊日本士兵進入台灣人的村莊，房屋的主人都逃跑了，留下幾隻雞。[39]士兵們將雞殺了吃了，還說：「到今年春天為止還是唐土之雞，今天列名日本雞了，此乃我忠於君王為君王犧牲得到的恩賜。在眨眼之間把雞殺了，很快變成為一隊士兵的午餐的鍋中肉。」不但盜竊民間物質，一點都不覺得羞恥，還自我解釋成因為忠於天皇而得到的神佛的恩賜。其侵略者高傲心態躍然紙上。

可是，《台灣縱貫鐵道》強調日軍軍紀嚴明，對民眾秋毫不犯，親王寧可吃番薯喝稻田水。例如：〈四十三、無米但有番薯〉，寫能久親王駐紮在大甲，後方補給來不及軍中缺糧，親王寧可吃番薯果腹也不擾民。士兵們也不擾民，天熱口渴直接取用田裡面的水飲用。「從街尾經過田間小路，走到田裡，水雖然混

---

37 潘思主編，《乙未資料彙編》（二）（台南：國立台灣歷史博物館，2018.12），頁16。記載著：日軍的家書中描寫戰場的殘酷，如10月20日的曾文溪之戰後，有如下描寫：戰後之慘狀，不論何時皆同，尤其此次因土匪之頑抗，致慘狀更甚。家屋悉成灰燼，田畝化為血，原野道路，屍積如山，屍首中但見半死者或慘遭砲火灼大半身軀者，又或身軀遭野犬啃食，四肢不全者。土堤之下並枕而亡之人家，遭棄路旁之不斷悲泣嬰孩等，宛如失去巢穴安居之螻蟻。……僅見倖存之老人，邊安撫哭泣之小孩邊於路上哀乞等等，慘不忍睹。渠等若無抗逆之心，則本應和戰勝國之臣民共享鼓腹之樂，而今卻自行招致如此慘悽。
38 原文：大沽陷、三角湧の四方十里の里ともいばず、皆な燒き拂はれて、名なしの人の骸は、野にも山にも充ち滿なり。筆者自行中文翻譯。
39 遲塚麗水，《大和武士》（東京：春陽堂，1896.01），頁11-12。

濁，從田與田之間水細細的流著，在水的落入口用水壺接住」。
（《台灣縱貫鐵道》，頁292）一副紀律嚴明軍隊模樣。

　　又例如，指使居民做工一定付錢給工資。在〈三十三、坊城
支隊〉，坊城少校給這些部落居民工資，部落居民起先硬是不肯
接受，顯然是想像不到還有工資，少校說：「日本軍絕對不是讓
善良的居民白白勞動，這是你們正當可收下的，不要客氣。」[40]

　　西川滿筆下日軍軍紀嚴明，符合當時檢閱規則標準。實際情
況如何呢？幸好日本軍隊有鉅細靡遺詳細記載的習慣，從1895年
軍中記錄簿記載：燒屋若干間、遺留屍體若干、擄獲武器旗幟若
干的紀事來看，日軍很殘暴。《大和武士》依實況描述，日軍燒
殺，強取物質毫無愧疚。《大和武士》並未受到軍事報導的規範
所制約，直言不爽。這一點跟《台灣縱貫鐵道》一副軍愛民民敬
軍的景緻反差很大。這也就是研究《大和武士》的亮點所在。

（四）小結

　　本節重點是比較兩本小說對台灣人及乙未戰爭的看法的差
異。《大和武士》談台灣人激烈反抗，談日軍的暴行。相對的，
《台灣縱貫鐵道》談台灣人馴服、懦弱；筆下日軍軍紀嚴明。兩
本小說對讀，讀出台灣抗日軍的悲壯護土、讀出台灣降日仕紳忍
辱護民，也讀出清軍力求保境安民。

40　西川滿著，黃玉燕譯，《台灣縱貫鐵道》（台北：柏室，2005年），頁233。

五、結論

《大和武士》、《台灣縱貫鐵道》兩本小說，反應兩位作者所處當時的社會歷史語境。本論文從而歸納出，明治時代、昭和時代兩作家對於台灣島、台灣人、以及乙未戰爭的觀點。

第一，日本覬覦台灣，緣自國防地理位置重要。鑑於台灣地緣政治重要性，日本人認為台灣島是其國防鎖鑰，所以處心積慮要奪取台灣，至今都還持此論調，認為台海鬩牆會危及日本安全。

第二，本研究的貢獻。其一，本研究從日本人憤恨的眼光中看到「且戰且走保境安民」的大清軍隊。以往研究者交相責罵大清疆臣戍將脫離戰場棄置人民。我們從兩本小說以及相關史料看到的是：清、日兩軍在戰陣前不見面無縫交接，清軍保境安民直到日軍入城。從新竹城開始，一直鎮守到日軍登上東門，大清軍政官員才從北門離去。依次，彰化城、嘉義城、台南城都如此，形成一面打一面交接的固定步驟。因此，台北城內無政府暴亂狀態未曾再在台灣各地重演。尤其是台南城的「無血入城」更可以見到劉永福守到最後一刻，維持秩序保境安民的功勞。從而，桃園以南，只有光榮戰死沙場的台灣勇士，沒有居家被亂軍暴民凌虐的百姓，保境安民，應該是大清帝國送給台灣人民免於兵災痛苦的臨別禮物。

證據呢？我們從兩本日文小說看到，日本作者一再攻訐責備駐台清軍該走不走、不守條約、不遵守清帝撤離聖旨等等，例

如，小說中也看到嘉義城破日軍進城，大清軍政首長才依序退場。這一觀點並不多見於中文乙未戰爭論述中。期望後續研究者進行駐台清軍撤守時的心態、行動準則的研究，若能找到清廷下令官員必須「現場不見面交接」的文獻更佳。

其二，本研究從日文小說中，看到英勇的台灣軍、也看到忍辱負重為庄民請命的地方仕紳。習慣上，抗日派研究者常常責備迎接日軍進城的仕紳懦弱、牆頭草。其實進入敵營是一件艱難危險任務，兵荒馬亂中闖入敵營，誰能保證人身安危？地方仕紳使者需要超高的仁民愛物決心與愛心，其勇氣與保境安民的用心不比操刀上馬的抗日派差多少。

其三，本文從日文小說中，看到日本人謀取台灣野心很難消失。小說中謀略長遠，引用中日混血兒鄭成功開墾台灣當作領有台灣的證明。加上福澤諭吉的台灣琉球是日本國防重鎮論，再加上2022年安倍晉三的「台海有事就是日本有事」的論調，實在很難相信日本對台灣沒有野心。希望本論文研究日本作家的視角，有助於了解日本謀台野心的前因後果。

第三，本研究研究的限制。本研究僅僅以此二部小說做研究，顯然不夠完備。小說原本就是虛構性很強的文類，其材料理當不應完全採信。光只以兩本虛構的文本，來檢測昭和時代、明治時代日本人對台灣觀念的異同，似乎稍嫌牽強。而且遲塚麗水西川滿都是舊德川幕府幕臣的第二代、第三代他兩的視角是否夠代表性?而筆者個人學識不足，未能以更詳盡可信的歷史證據來進行兩本小說的討論，限制了本論文的層次。

　　第四，未來研究重點。1.擴充研究材料文類的範圍。如旁及傳記：森鷗外的《能久親王事蹟》、《北白河宮能久親王》；旁及日記如：《籾山衣洲在臺日記》。旁及報導文學，以及報刊雜誌的報導。2.擴充不同國籍別的視角與反視。例如配合研究台灣作家、大陸作家的文學作品以及當時英美作家的報導文學作品。以求得多面向多層次的觀點與成品。3.擴充文學理論檢視比較乙未戰爭文學作品，會否有更深入的研究成果。例如新歷史主義或是文學社會學理論，4.加強研究駐台清軍的觀點及作法。尤其，本文提出「清軍在新竹以南的各城池都進行不見面交接，防止了亂軍暴民侵害百姓」，特別有意義。

參考資料

一、專書

中島利郎、河源功、下村作次郎，《台灣現代文學史》（東京：研文出
　　　版社，2014.05）

西川滿著，黃玉燕譯，《台灣縱貫鐵道》（台北：柏室，2005）。

吳春宜，《武士與武士道初探》（台北：五南出版社，2013.11）。

邱雅芳，《帝國浮夢：日治時期日人作家的南方想像》（新北：聯經，
　　　2017）。

陳藻香，《西川滿研究——台灣文學史の視座から》（台北：國立台灣
　　　大學出版中心，2017.12）。

筑摩書房編輯，《明治文學全集》（全100卷），（東京：筑摩書房，
　　　1965-1989）。

潘思主編，《乙未資料彙編》（二）（台南：國立台灣歷史博物館，
　　　2018.12）。

遲塚麗水，《大和武士》（東京：春陽堂，1896.01）。

二、學位論文

熊谷昭宏，〈明治後期における紀行文の「進歩」とジャンルの自立
　　　性：小島烏水の理論と実践を中心に〉（京都：同志社大学

博士學位論文，2014）。

三、 期刊、單篇論文

Matthew Mewhinney，〈「金生麗水」──遲塚麗水の文章に漢詩文の
　　　　韻が響く〉《繡》第4號（2012.03）。

王惠珍，〈植民地台湾における日本皇族の面影──西川滿の《台灣縱
　　　　貫鐵道》を例として〉，《日本學研究》（2011.05），頁81-93。

朱惠足，〈帝國主義、國族主義、「現代」的移植與翻譯：西川滿《台
　　　　灣縱貫鐵道》與朱點人《秋信》〉，《中外文學》33卷11期
　　　　（2005.04），頁111-140。

西川滿，〈歷史のある台灣〉刊載於《台灣日日新報》（1939.06.15），
　　　　第六版。

陳文添，〈殺子抗日的道士──吳得福〉，《臺灣文獻》別冊第19冊
　　　　（2014.12），頁11-21。

島田謹二，〈領臺役に取材せる戦争文学〉，《文藝臺灣》二卷六號
　　　　（1941.06），頁54-58。

北川扶生子，〈明治の紀行文──遲塚麗水『不二の高根』を中心
　　　　に〉，《鳥取大学教育地域科学部紀要 教育 人文科学》4卷2
　　　　號（2003.01），頁645-55。

柳田泉，〈歷史小說研究〉，收入稻垣達郎編，《明治歷史文學集
　　　　（一）》（東京：筑摩書房，1976.02）。

邱雅芳，〈向南延伸的帝國軌跡──西川滿從〈龍脈記〉到《台灣縱貫
　　　　鐵道》的台灣開拓史書寫〉，臺灣文學研究》7期（2009.06），
　　　　頁77-96。

邱雅芬，〈1894-1905年战争与日本文学〉，《學術研究》第3期
（2014.03），頁139-143。

6/

黃崇凱的「台灣轉折」
──論《文藝春秋》

曾瓊瑱

摘　要

　　本文將《文藝春秋》視為黃崇凱寫作的轉向，以「台灣轉折」稱之，探討小說中以七年級台灣人視角建構的台灣歷史，以及其在黃崇凱創作生涯中的定位。第一節由當代社會與國族認同問題開始，討論黃崇凱眼中的台灣「當下」：政治上的統／獨意識形態融入在生活中，密不可分；另一方面，討論小說家對當代文化產物的反思：文化產物如何深刻影響七年級一代人的文化養成，藉此寫出了七年級一代的歷史感。第二節討論台灣的「過去」，黃崇凱以新歷史小說的敘事手法重述台灣歷史議題，虛構特殊視角以建構不同面貌的歷史見證者，藉以解構官方大歷史。另一方面，以文學歷史人物黃靈芝、柯旗化，探究語言與歷史的關係，辯證語言的意義。第三節討論小說中關懷的台灣「未來」，在五十年後的後現代情境下，文學閱讀與電影欣賞有了全新的方式，衝擊了未來人類的生活。如此，文學還能繼續下去嗎？文學存在的意義是什麼？成為小說家的探問。筆者認為，《文藝春秋》關注台灣的過去、現在、未來，呈現出對台灣歷史

的高度關懷，可視為一部「史」的建構——七年級一代台灣人的
精神史、黃崇凱版本的文藝史。

關鍵詞：黃崇凱、七年級、新歷史小說、《文藝春秋》

一、前言

　　西元1981年、民國70年後出生，正值青壯年的七年級¹作家，現已成為文壇中最活躍的中堅份子，也是近來學術研究中頗受矚目的研究主題，更不乏研究者試圖理出所謂七年級作家的寫作共相。在這最簡易、最通俗的十年世代分法中，恰好於1981年、民國70年出生的作家黃崇凱被歸類為台灣社會的「七年級生」一員。黃崇凱的創作成績十分亮眼，從《靴子腿》到《文藝春秋》共出版五本小說，是第一位，也是唯一一位，²獲得中時開卷好書獎的七年級作家，更是2017年吳濁流文學獎正獎得主。2015年亦加入童偉格、駱以軍等作家的行列，參與近年來十分重要的「字母會寫作計畫」。2016年在《幼獅文藝》製作的「七領世代創作展」專題的七年級小說家票選，黃崇凱就獲得小說類票選最高票。³

　　2017年，黃崇凱出版最新小說《文藝春秋》，旋即引起熱烈的討論與迴響，更獲得吳濁流文學獎小說正獎，在台灣文學界受到高度關注。《文藝春秋》為黃崇凱出版的第五本小說，由十一

1　七年級是台灣社會習慣用語，指民國七十年到七十九年間出生的世代人稱。

2　中時開卷好書獎已於2016年停辦，因此黃崇凱是為第一位也是唯一一位獲獎的七年級作家。

3　《幼獅文藝》於2003年製作過「六出天下」專題，關注當時文壇的六年級作家。2016年4月號，再度製作「七領世代」，集結各界文學人如宇文正、蔡素芬、王聰威、李時雍、朱宥勳、黃崇凱、孫梓評、楊佳嫻等人進行投票，黃崇凱在小說類獲得最高票18票。《幼獅文藝》748期（2016.04），頁82。

篇短篇小說集結而成。駱以軍評論《文藝春秋》是「十一個尋找
作家的讀者的故事」，[4]張誦聖則稱「以另類姿態介入台灣文學
史書寫的姿態十分吸引人」、「儼然是傳統文學裡『外傳』或
『補遺』的寫法」。[5]身為台灣大學歷史研究所畢業、歷史系出
身的作家，黃崇凱在《文藝春秋》將其歷史專業發揮至淋漓盡
致；《文藝春秋》一書獲頒第四十九屆的吳濁流文學獎小說正獎
時，獲得評審評語：「作者以動人的文學姿態撿拾台灣歷史碎
片，紀實與虛構交錯，卻又曾曾逼近現實，書寫句法饒富趣
味。」[6]如果將《文藝春秋》視為黃崇凱的創作高峰，並不為
過。

　　筆者在回顧黃崇凱的出版的小說中，發現第五本小說《文藝
春秋》與前四本小說呈現出不太一樣的主題與寫作策略。《靴子
腿》及《比冥王星更遠的地方》、《壞掉的人》、《黃色小說》
主要人物為當代年輕男女，大多著重在描繪都會中的當代人之心
靈圖景。[7]《文藝春秋》的目光開始從當代人物身上移開，落在

4　駱以軍，〈哭笑不得的臺灣心靈史〉，《文藝春秋》附錄（新北市：衛城出版，
　　2017），頁316。
5　張誦聖，〈迂迴的文化傳遞〉，《文藝春秋》附錄（新北市：衛城出版，2017），
　　頁298。
6　出自《自由時報》副刊〈【藝文短訊】第四十九屆吳濁流文學獎揭曉〉2018.03.21
　　（來源：https://ent.ltn.com.tw/news/paper/1185648，檢索日期：2020.01.05）。
7　王國安試圖整理出黃崇凱等人的書寫共相，他認為黃崇凱的小說主要為描寫當代人
　　「寂寞」、「消失」與「崩壞」的心靈圖景，一種對世界「輕盈」的反抗姿態。詳
　　見王國安，〈臺灣「80後」小說初探——以黃崇凱、神小風、朱宥勳的小說為觀察
　　文本〉，《中國現代文學》第23期（2013.6），頁187-208。

台灣的歷史人物身上：〈三輩子〉、〈狄克森片語〉講述聶華苓與柯旗化所經歷的白色恐怖，〈如何像王禎和一樣活著〉、〈遲到的青年〉、〈夾竹桃〉分別談到台灣作家王禎和、黃靈芝與鍾理和；近代的〈你讀過《漢聲小百科》嗎？〉、〈宇宙連環圖〉、〈向前走〉充斥著復古歌曲、電影、文藝品、讀物，實則是七年級生一代人的心靈絮語。〈七又四分之一〉回望1980、1990年代的楊德昌，末篇〈寂寞的遊戲〉在則回顧作家袁哲生與黃崇凱自己。從當代人轉為對台灣歷史與台灣本土議題的頻頻回望，筆者將之視為黃崇凱的「台灣轉折」。

　　從各種不同的面向介入、描繪台灣，無論是當代社會現況或歷史，皆成為《文藝春秋》裡的「台灣議題」。筆者提出「台灣轉折」此一概念，用以形容筆者在《文藝春秋》裡所觀察到的黃崇凱創作階段之轉變——書寫題材明顯轉向關注台灣本土。提到「本土」二字，會直接聯想到台灣自1980年代以來興起且不斷演進的台灣本土化進程。台灣的本土化工程從「中國結與台灣結」的台灣意識論戰至台灣民族論的建構，直到今天都仍在持續不斷。筆者認為誕生於21世紀的《文藝春秋》中的「本土」，除了專注於深究「台灣」且與中華文化相抗衡，一方面更具有在全球化下，如何向世界展現台灣及台灣文學的焦慮徵狀：舉例來說，黃崇凱於2018年受邀參與「愛荷華寫作班」，與世界各地的文學作家交流，當身處位置拉高至「國際世界」裡，便使其對台灣文學的思考更加深入：台灣文學的傳統是什麼？台灣文學的特殊之

處？[8]以及台灣文學的世界座標位置。筆者認為，這樣的「本土」思考在《文藝春秋》一書便已體現。黃崇凱在充分認同自己是一位台灣人之後，開始依自己的興趣進行一連串對於台灣歷史的追索，並將它們編成故事一一寫下，以試圖反映「他所生存的複雜處境」，這個複雜的生存處境不僅僅來自對抗隨國民黨政府一起到來的中華文化、崛起壯大的中國統一威脅，更是做為世界文學中的一支的台灣文學如何生存的處境。因此「台灣轉折」一詞，筆者不但用以描述黃崇凱在生命歷程上的心境轉變，也用以描述《文藝春秋》一書與黃崇凱前四本小說相比之下題材的轉變；同時，也揭示本文將著重討論這些「台灣本土」——包含台灣歷史、台灣當代社會問題。

　　《文藝春秋》在小說形式上炫示多種小說技藝，普遍被認為是後現代小說。[9]不過重新檢視《文藝春秋》，黃崇凱在開頭的首篇小說就揭示了現在社會的青壯年「七年級生」在面對已經淡淡融入生活中的「中國／台灣」、「統／獨」議題，如何思考與自處。誠如若林正丈曾提出：「台灣民主化某種程度等於台灣化」，[10]「七年級生」這個世代被稱為學歷最高也最享受民主的

8　黃崇凱、莊瑞琳對談，〈小說家，歷史的隱藏攝影機：專訪〉，《春山文藝》，創刊號（2019.11），頁150。
9　紀大偉，〈視覺霸權時代的小說家反擊：評《文藝春秋》〉，2017.7.31（來源：OPEN BOOK閱讀誌，https://www.openbook.org.tw/article/p-661，檢索日期：2020.1.5）
10　自由時報專訪報導，〈若林正丈：日本不希望台灣轉變太快〉，2008.3.3（來源：自由時報，https://news.ltn.com.tw/news/politics/paper/192931，檢索日期：2020.1.5）。

時代。身為七年級生一員的黃崇凱，書寫生活在21世紀裡的高度民主自由社會的現代台灣人，他以自身經驗投射（例如黃崇凱本人喜愛作家瑞蒙・卡佛與袁哲生），描寫的是享受極致民主，意識極致「台灣」的一群，所感受到民主化即是台灣化的面向。不管是否有意識的，他們的「台灣化」都已與對岸中國共產黨及中國文化壁壘分明。黃崇凱自己就像是〈當我們談論瑞蒙・卡佛，我們談些什麼〉裡的敘述者，思索自己的「台灣化」過程。「台灣化」是發生在台灣這塊土地的歷史堆砌、積累、淘洗出的生活習慣與經驗，而當我們討論台灣歷史，無法迴避的便是必須直面它的殖民經驗。後殖民經驗體現在狹義的文學作品中，即形成所謂的「後殖民文學」。[11]

《文藝春秋》中黃崇凱企圖深入歷史洪流的每個碎石縫隙，關心它、放大它、補充它、書寫它。〈三輩子〉裡關於聶華苓與監視她的特務、〈如何像王禎和一樣活著〉裡直面全球資本主義下的變相帝國擴張與統獨議題、〈遲到的青年〉同時關照日本殖民與二戰後的國民黨殖民時期的跨語／失語、〈夾竹桃〉寓意著中國祖國／台灣原鄉的認同困難，〈狄克森片語〉則是寫出白色恐怖裡的受難者故事，都揭示出《文藝春秋》的後殖民性格。因此，《文藝春秋》體現了劉亮雅所述的「後現代與後殖民的並

11　蕭立君，《女性主義文學批評　後殖民主義》（經典解碼　文學作品讀法系列11）（台北市：文建會，2010），頁142。

置、角力與混雜」[12] 之狀況——構成《文藝春秋》的不僅是擁有
後現代的血肉,更擁有後殖民的骨幹。陳建忠認為,當後殖民與
後現代都強調「去中心」,但又「彼此合作或詰抗」,這些不同
立場的去中心書寫,其或合作,或詰抗的現象,正是新歷史小說
需要進一步探討的問題。筆者於是以陳建忠提出的「新歷史小
說」[13] 概念定義《文藝春秋》。

根據陳建忠的研究,1990年代以來的歷史小說發展,同樣可
以發現後殖民歷史小說與後現代歷史小說的類型存在,面對這樣
的情況,他提出「新歷史小說」此一術語:

> 「新歷史小說」一詞,則是筆者建議使用的術語,希望
> 能以「新歷史」的總名囊括臺灣以新歷史主義、後現代
> 主義或後殖民主義書寫立場的歷史敘事文本,並與解嚴
> 前的其他歷史敘事有所區隔。[14]

陳建忠指出,台灣解嚴後,人們對歷史解釋、歷史想像的多元化
傾向,進一步促使作家以歷史介入當代文化與政治論述裡。這種

---

12 劉亮雅,〈後現代與後殖民——論解嚴以來的臺灣小說〉,《後現代與後殖民:解
   嚴以來臺灣小說專論》(台北市:麥田出版,2006),頁39。
13 根據陳建忠的觀點,使用「新歷史小說」一詞而不是「新歷史主義小說」,乃是為
   了強調其「新」,且避免「主義」一詞局限了新歷史敘事的不同美學特質。援此,
   筆者亦在本文使用「新歷史小說」。詳見陳建忠,〈臺灣歷史小說研究芻議:關於
   研究史、認識論與方法論的反思〉,《記憶流域:臺灣歷史書寫與記憶政治》(新
   北市:南十字星文化工作室,2018.8),頁71。
14 陳建忠,〈臺灣歷史小說研究芻議:關於研究史、認識論與方法論的反思〉,《記
   憶流域:臺灣歷史書寫與記憶政治》(新北市:南十字星文化工作室,2018.8),
   頁38。

介入的過程，也體現新歷史主義強調「循環往復的過程」，一種「歷史事件」如何被轉化為「社會大眾的普遍共識」（亦即「意識形態」），以及這種「意識形態」又如何被轉化成「文學文本」。[15]

根據陳建忠的觀點，一九八〇年代興起於西方世界的「新歷史主義」，雖然台灣文學史尚未出現有共識的「新歷史（主義）」小說此一文類命名，但在某種一元歷史觀逐漸瓦解的時代裡，新歷史小說的出現，毋寧是必然的現象。新歷史主義做為文學類型時，特別關注於書寫歷史敘事問題的新歷史小說，體現出的是作家對歷史大敘述關於連續性與合理性的質疑，技巧上則傾向與後現代主義結合，易受到魔幻現實主義思潮等影響，因此部分新歷史小說也被逕稱為後現代歷史小說[16]：

> 無論稱之為新歷史小說或後現代歷史小說，解嚴後，以
> 解構大歷史、公歷史，而重構小歷史、私歷史，成為一
> 種新興的歷史小說寫作現象。[17]

筆者認為，以新歷史小說的分析角度去討論《文藝春秋》，有助於理解其針對殖民、國族、世代的解構與重構之工程，因此本章試圖由此角度閱讀《文藝春秋》，討論黃崇凱如何從文學介入歷

---

15 張雙英，〈「臺灣歷史書寫」析辨－從《記憶流域：臺灣歷史書寫與記憶政治》一書說起〉《書目季刊》52卷4期（2019.3），頁12。
16 同註14，頁59。
17 同前註，頁39。

史,透過書寫、回溯歷史,用種種細節去建構出他眼中台灣的
「現在、過去、未來」。第一節從當代社會與國族認同問題討論
開始,討論黃崇凱眼中的台灣「當下」,「統／獨」的意識形態
融入在生活中,密不可分。第二節討論台灣的「過去」,探討黃
崇凱如何重述台灣歷史議題,解構大歷史。第三節則著重於台灣
「未來」——在五十年後的後現代情境下,思考文學的意義。筆
者認為,《文藝春秋》關注台灣的過去、現在、未來,呈現出對
台灣歷史的高度關懷,可視為一部「史」的建構——七年級一代
台灣人的精神史、黃崇凱版本的文藝史。

二、「政治即生活‧生活即政治」:當代台灣社會　與國族認同

(一)「政治即生活‧生活即政治」

　　近年來「中國崛起」是一個熱門議題,僅與中國相隔130公
里的台灣絕對是「中國崛起」影響下的首衝之地。台灣位於東亞
地緣政治結構,與中國自古以來的複雜兩岸關係,長期依賴美國
的安全承諾。然而,隨著中國崛起,以及台灣經濟與中國發生愈
來愈深的依賴關係,使得台灣作為「事實獨立」的地位,日漸受到

侵蝕與挑戰。[18] 面對崛起的中國及其越來越強烈的「宗主國」姿態，並且從文化、經濟、政治、軍事等各層面急遽影響著台灣，用「政治即生活・生活即政治」形容當今台灣社會十分貼切。在台灣，直至2018年還有37%的台灣人覺得「我是中國人也是台灣人」，[19] 當然也已有過半民眾認為自己只是台灣人，不認為自己是中國人。筆者認為，這是21世紀少見的國族認同，以美國為例，我們應該無法想像一位美國人同時認為「我是英國人，也是美國人」，或強調「我只是美國人，我不是英國人」[20]——然而同時橫跨兩種國籍的國族認同的問題，卻存在於21世紀的當代台灣社會。〈當我們談論瑞蒙・卡佛時，我們談些什麼〉便是寫兩位典型台灣青年隨性的談天，也能從瑞蒙・卡佛談到台灣與中國大陸，其中包含在日常對話裡的政治話語。李有吉身為一位出身深綠本土教義派家庭、對台獨支持，竟和一位中國女人結婚，且在言談之中以「大陸」而非「中國」稱之，事實上十分貼近現代的台灣社會氛圍。在2014太陽花運動之前台灣青年普遍對政治不甚關心。〈當我們談論瑞蒙・卡佛時，我們談些什麼〉以瑞蒙・卡佛腔的書寫，描繪當代台灣日常生活裡的身分認同、統獨議題與國際關係，預示了當我們談論瑞蒙・卡佛或日常生活中的瑣

---

18 吳介民、廖美，〈占領，打破命定論〉，《照破：太陽花運動的振幅、縱深與視域》（左岸文化，2016.3.23），頁117。

19 引自政治大學選舉研究中心，〈臺灣民眾臺灣人／中國人認同趨勢分佈（1992年06月～2019年12月）〉研究，2020.2.14（來源：https://esc.nccu.edu.tw/course/news.php?Sn=166，檢索日期：2020.7.5）。

20 此為是社會普遍認知下的舉例，其中當然有例外。

事，我們也無可避免的在談著台灣議題。

　　〈當我們談論瑞蒙‧卡佛時，我們談些什麼〉試圖挖掘出當代台灣青壯年的「台灣人自覺」是如何慢慢在日常裡一點一滴建立起來的？以敘述者「我」為例，從前參與中國前女友的同學會，「我」在談話中會不自覺的加重捲舌音，「好像被認出是臺灣來的會很丟臉似的」、「絕不承認自己是臺灣人」（頁10），可以看見此一時期其台灣認同尚未被建立。不過，當「我」發現與中國前女友爭吵時，竟會上綱到「臺灣男人」與「中國女人」的國族問題，兩人是各自族群的代表；或是「我」在與中國前女友的友人聚會時，時常被迫成為「臺灣事物發言人」（頁18），「我」就無可避免的成為了「台灣人」。另一方面，李有吉與中國老婆小波即使才差兩歲，可以視為同一世代的人，彼此的成長經驗卻截然不同，源自於兩人被餵養的兩套完全不同的文化養分，「歷史記憶」的不同使國家認同的形成在最早就已經不同。〈當我們談論瑞蒙‧卡佛時，我們談些什麼〉就像瑞蒙‧卡佛的〈當我們談論愛情時我們在談論什麼〉一樣，四對夫妻對坐談話，隨意瞎扯生活，但誠如「政治即生活‧生活即政治」這句話，且套用在現今台灣社會更是貼切無比：聊保母能聊到本省人、外省人問題、中國與台灣權力關係的不對等，直到有人喊停「不想再聽臺灣近代史」（頁25）。〈當我們談論瑞蒙‧卡佛時，我們談些什麼〉全篇是對現代台灣人處境與心境的詮釋，國族認同與歷史隨興的存在於日常談話中，人們將之視為可以隨意岔開的話題，因此我們可以覺察，意識形態自然的融入在當代生

活中。一如〈當我們談論愛情時我們談些什麼〉的原名為〈新手〉──面對身分認同，台灣人都還是新手。

在〈如何像王禎和一樣活著〉將台灣與台灣文學放置在宇宙脈絡下討論，國族認同上綱到了星球認同，殖民議題即便在百年後的火星也一樣存在。筆者認為，雖然小說的情境設定為百年後的世界，但回溯台灣1960、1970年代的台灣作家，仍具有回顧歷史的意圖。〈如何像王禎和一樣活著〉的敘述者「我」是與阿公一起生活在西元2140年的火星的小孫子，當「我」講起阿公對「火星」的不認同感，似乎也隱喻「台灣現況」：「火星認同始終是麻煩事，像我阿公那輩人最老番顛，伊們來到火星卻老是在講地球哪裡好、呼吸比較自由，既然那麼愛地球，怎麼不留在家鄉」（頁60）阿公從地球移民火星，因而懷念「家鄉地球」，但在火星孫子則說：「我不是很能體會伊的心情。這裡就是我的家園，從小到大在這裡成長，沒覺得哪裡不方便。」（頁61）二段話暗喻著台灣與中國在不同世代的台灣人眼中的不同。1980年後出生的年輕人泛為「天然獨」，台灣就是他們的出生地、故鄉、成長所在，自然而然的認同台灣，與仍對對岸故鄉緬懷不已的老一輩人想法不同。當「我」對同學的感性疑問：「你沒離開家哪來鄉愁啊？」（頁65），老師出了研究王禎和作業的原因也呼之欲出：希望學生透過王禎和去思考地球和火星的關係，來瞭解從地球來的親人的鄉愁。

台灣的處境如同火星，中國就像地球。王禎和在《玫瑰玫瑰我愛你》中諷刺的敘述殖民地人的處境與心態，描述1960年代為

了滿足美軍「開查某」的需求盡心準備的老闆與在地性工作者
們，對照〈如何像王禎和一樣活著〉中百年後前往火星空港紅燈
區的礦工、貨運人員，他們應著地球開發商的聘雇，來到火星工
作，在火星的紅燈區進行性交易。火星／地球與台灣／中國的比
喻，以及在火星上講著閩南方言，就如同小說中「我」做王禎和
的報告需要「編寫伊五十年的人生，瞭解伊怎樣寫出那些作品，
又怎樣融合到生命。重點要呈現伊的精氣神」（頁67），「如何
像王禎和一樣活著」裡，王禎和象徵被殖民與後殖民時期的台灣
人，而閱讀王禎和的我們正學習如何成為一個台灣人、一樣的活
著。

　　除此之外，創作中，可以看見黃崇凱擬仿王禎和多語混雜[21]
的寫作技巧，小說中呈現中文揉雜台語的書寫技法。〈如何像王
禎和一樣活著〉不僅以隱喻台灣國族認同的火星認同難題，也與
王禎和的後殖民小說相映。黃崇凱在小說中特別安排「多語」的
書寫策略：根據後殖民學者霍米巴巴（Homi K.Bhabha）的「混
雜性」（hybridity）理論，社會與語言的「混雜性」不僅是可以
抵制外來殖民方式，更可保留原語言與文化消失的方法之一。[22]
小說描繪一百二十年後，地球人類紛紛移民火星，敘述者「我」
是一位「火星移民二代」，在一次課堂作業抽中「王禎和」為研
究對象。如是科幻背景下，小說通篇敘事使用「台語文」書寫，

21　徐菊清，〈王禎和小說的多語混雜現象分析〉，《健行學報》36卷4期
　　（2017.1.1），頁43-64。
22　同前註，頁45。

更顯語言張力。例如：

> 有次我忍不住跟小美冤家。伊振振有詞說，恁老師啦，
> 咱讀的冊超過八十趴攏寫地球的代誌，十多趴寫月球，
> 剩下幾趴寫紅球，歸天讀、日日讀，想望地球，想欲去
> 看覓很正常好不好。（頁65）

這段文字以台語文書寫，以及英文percent被擬音為「趴」的用
字，皆為台灣特殊文化下的多語現象，作者所考慮的後殖民思
考，便展現在這樣的多語書寫策略。

　　然而，作家安排百年後的火星小孩研究王禎和，是對「歷
史」的樂觀嗎？駱以軍持相反意見，點出其「悲觀」之處：

> 幾百年後一個火星孩子重讀王禎和的小說，也成為一種
> 歷史或庶民使曾經的傷害、羞辱，難以被後來的讀者破
> 譯的悲哀。……某種移形換位，臺灣小說或臺灣文學，
> 成了向火星文學一般，可能永遠是地球本位文學史的漂
> 流幻影。……這裡或暗藏了《文藝春秋》一書的「臺灣
> 文學史」悲觀，……[23]

黃崇凱在採訪中亦這樣回應：

> 樂觀嗎？我其實滿悲觀的。想像未來2、3年的台灣，好

23　駱以軍，〈哭笑不得的臺灣心靈史〉，《文藝春秋》附錄（新北市：衛城出版，
　　2017），頁317。

像沒有值得高興的理由。[24]

雖然黃崇凱對於文學史持悲觀態度，但筆者認為，〈如何像王禎和一樣活著〉的創作所呈現的是即使悲觀，但對台灣文學仍然沒有放棄的姿態。小說結尾，主角因為閱讀、研究王禎和的作品，開始思考生命的意義：「我不知那種想一直活下去的人是什麼想法」、「阿公老了還有火星可以來，當我活到那麼多歲是能去哪？」（頁77），想到最後他說：

> 這些事想得都快打結，不如來練習寫小說吧。時空設定在二十一世紀的臺灣，主角就是我那年輕時代的阿公。
> 開場要寫：彼日，終於落下一場雨……（頁77-78）

即使台灣文學史的延續是悲觀的，但未來還有一位火星小孩會因為王禎和而受到啟發，開始寫小說，甚至也是書寫台語夾雜的文字，揭示作家雖對歷史悲觀，但並不全然否定的態度。

（二）文化產物與當代台灣社會

〈你讀過《漢聲小百科》嗎？〉延續小說家的宇宙觀，同樣將認同放在宇宙裡檢視，由「人類的地址座標為宇宙、銀河系、

---

24 顏訥，〈《文藝春秋》：一個台灣囡仔寫給土地長長的信，收件人是茫然且奮力問過「我是誰？」的島民〉，2017.7.25（來源：博客來OKAPI閱讀生活誌，https://okapi.books.com.tw/article/10018，檢索日期：2020.1.10）。

太陽系、地球、中華民國、臺灣省、臺北市、八德路4段72巷16弄5號4樓」（頁144）揭示了〈你讀過《漢聲小百科》嗎？〉的宇宙觀。然而，地址座標或隨著認同的變遷而跟著改變，當時間更迭，阿桃談論起現在，她說：「此時此刻，幾乎沒有人會提起『臺灣省』」、「曾幾何時，『中國人』簡直跟髒話沒兩樣」（頁144），不僅地址會改變，身分座標亦會改變。〈你讀過《漢聲小百科》嗎？〉直白的寫出近年來國族認同的滑動，本土意識大爆發，「我是中國人」的認同位移到「我是台灣人」。不過和〈當我們談論瑞蒙・卡佛時，我們談些什麼〉不一樣的，〈你讀過《漢聲小百科》嗎？〉試圖描繪一群與政治狂熱的李有吉相左的、對政治冷感的台灣人——成為高中國文老師的阿桃便屬於這類。阿桃的年紀為解嚴前出生的七年級生一代，在小學時被選中成為與小百科一起冒險一年的一份子，之後就遵循著大部份的同齡孩子，完全進入校園生活，從九年國教一路到研究所，小說裡所謂「能讀盡量讀」；然而整個青春時期都待在校園裡，「校園是個封閉的場所，知識在此凝固不前」、「我們也完整錯過了社會的變動」（頁151）甚至在畢業後，阿桃仍然回到了校園，成為高中老師。

　　〈你讀過《漢聲小百科》嗎？〉試圖給予阿桃這一輩七年級生的政治冷感一個解釋。在封閉的校園感受不到社會變遷與1980年代的政治狂飆，直到2014年太陽花運動，阿桃走出校園，才感受政治氛圍。對於阿桃而言，政治與她無關，她只是活在國民黨建造的巨大幻想國度裡，吸收國民黨灌輸的大中國意識成長，經

由大中國思想的文化產物——《漢聲小百科》的餵養。在《漢聲小百科》與小百科一同冒險的另一個角色，阿桃的哥哥阿明，以當代台灣同志的身分現身小說。雖為同志身分，卻火速與女人閃婚並生下小孩，再與「大哥」共組多元家庭。某次與阿明短聚，阿桃便發出「這或許就是長大成人的實況吧，各人各有一個需要投注的生活要對付，無暇顧及別人」（頁157）的感嘆。從〈你讀過《漢聲小百科》嗎？〉我們看到當時與小百科穿梭世界的阿桃與阿明長大後，毫無特別的成為平凡無奇的大人。當阿桃說出「生活或國家不會傷害我，而我或能繼續抽象地愛它們。但現在我不怎麼確定了。」（頁166），代表著讀《漢聲小百科》長大的七年級世代，在面對當前台灣社會中的國家認同、政治、生活的徬徨渺小。筆者觀察到無論是阿桃或阿明的出生時代、求學歷程、對生活的感受或接觸政治的時機，都與黃崇凱的經歷相仿。筆者於他處整理出黃崇凱的生命經驗，[25] 黃崇凱對時間軸的「現在」感覺是虛無、徒勞的，面對政治與身分認同，他自述：「或許要到二○一二年之後，我對於自己是台灣人的認同才逐漸變得穩固」[26]，小說家將自己投射於阿桃身上，黃崇凱在〈你讀過《漢聲小百科》嗎？〉寫出屬於七年級生世代的歷史感。

《文藝春秋》標示出七年級一代人的共同記憶—文化產物，

25　曾瓊臻，〈從七年級還原個人—黃崇凱小說研究〉（新竹市：國立清華大學台灣文學研究所碩士論文，2020），第一章第二節。
26　楊芩雯整理，〈解嚴三十年，告別青年時期的結案報告——賴香吟╳童偉格╳黃崇凱　對談〉，《印刻文學生活誌》，167（2017.7），頁39。

除了《漢聲小百科》之外，〈宇宙連環圖〉與〈向前走〉裡的漫畫與歌曲包山包海，讓人一窺台灣漫畫簡史與流行音樂簡史。〈宇宙連環圖〉裡有一頁的篇幅細數主角小賀的漫畫藏書，不僅有最暢銷的日本漫畫，也有香港漫畫家的作品，不過這當中「最豐富的是臺灣漫畫家作品」（頁174）。小賀懷念過去在租書店隨手翻閱漫畫的「物理實感」，使他感覺有點悲哀（頁175）。三維空間到了現代社會，一切被收束到二維空間裡，漫畫都可以在線上看，卻仍有許多實體漫畫成為「數位化」的漏網之魚，「許多人甚至不知道失去了什麼。」（頁175），這是面對時代更迭、進入高科技世代時的七年級生，對「物理實感」消逝的感嘆。但在聊天時遇到不了解的問題，小賀卻又「立刻點開手機上網查詢」（頁183），顯示手機已經成為現代生活所需。一面懷念「物理實感」，一面享受智慧型手機帶來的便利，科技發展的矛盾體現在小賀一也是所有現代人的身上。

對於文化產物的反思，一直是《文藝春秋》著力之處，如〈你讀過《漢聲小百科》嗎？〉裡光頭王發現小百科搞不好是統派，以及〈宇宙連環圖〉裡講述廖添丁故事的漫畫《俠王傳》。小賀與祖孫客人聊起《俠王傳》，孫子認為廖添丁可被視為戒嚴時代的反抗象徵，「因為那時黨國高壓統治談的都是大中國歷史、長江黃河那些離臺灣本土很遠的事物，一般民眾沒有英雄典範。」（頁189）廖添丁劫富濟貧、對抗日本殖民，便符合了台灣本土英雄的條件。不過，台灣於解嚴後，迎來了一股勢不可擋的全球化浪潮，全球化做為一種去地域化的表徵，充滿了內在的

矛盾。莊坤良指出，全球化雖然是以經濟為主的跨國活動，卻也延伸影響到社會、政治、科技、環保、生態、人權、疾病及廣義的所有人類活動，因此它也是文化的全球化。據此，西方世界對非西方的權力宰制，因全球化的推演而變本加厲：

> ……全球化所代表的西方價值觀，及其所涉及的社會公義與功理、全球資源分配與獨佔、文化同質化與民族主義的抗拒，在在都考驗著這個方興未艾的文化現象。[27]

因此，〈宇宙連環圖〉裡的廖添丁在解嚴後黯然失色，小說這樣形容：

> 解嚴以後，到處都是英雄，美國的、日本的、電影的、小說的，一堆英雄還有超能力、能變身、操縱機器人，大家可能就漸漸失去對廖添丁的興趣了。只覺得那是很土很俗的故事。（頁189）

廖添丁做為一位台灣本土英雄的象徵人物，在全球化下不再受到歡迎，道出了全球化下西方價值觀的侵略，亦是《文藝春秋》對文化產物的反思。

另一篇小說〈向前走〉裡以大量的流行歌曲來反映七年級一代人的集體記憶，也讓人聯想到黃崇凱第一本小說《靴子腿》，

---

27 莊坤良，〈迎／拒全球化〉，《中外文學》，30卷4期（2001.9.1）頁9-10。

同樣以流行歌為題材，寫出朱宥勳口中的「當代生命史」。[28] 在〈向前走〉裡，歷史的跨度更大，為讀者娓娓道出解嚴後的流行音樂簡史。〈向前走〉將周杰倫形容成一杯充滿台味的珍奶，他是「我們（七年級生）[29] 的『時代精神』」，更是「台灣認同的隱喻」：

> 他舉歌攻向中國大陸，去香港演日本漫畫改編的電影，
> 去好萊塢演娛樂瞎片，完成一個臺灣之子想像極限的功
> 績。他像臺灣企圖維持現狀，做著一路走來始終如一的
> 音樂，自組公司、搞潮牌成衣、開餐廳、拍電影，……
> （頁213）

除了周杰倫，歌手與他們的流行歌曲也隱喻著一段政治認同的變遷：羅大佑從抗議歌曲到解嚴後「藍得莫名其妙」（頁214），李雙澤與好友莫那能在演唱〈美麗島〉時為漢族的篳路藍縷／原民的顛沛流離起爭執，莫那能卻在多年後支持兩岸統一，主張台灣原住民也是中國人。沈文程為泛藍陣營的歌手，在演唱時，「我」仍然在他的演出感受到1990年代的往事，與二、三十年來的台灣歷史。事實上，在〈向前走〉裡看到的KTV的點歌單不僅是一個人的音樂成長史，每首歌放在現今台灣社會都充滿著歷史感，它們代表著解嚴後的台灣流行歌簡史，也是七年級一代的

28　出自朱宥勳，〈用耳朵寫的當代生命史──讀黃崇凱《靴子腿》〉，2009.12.8（來源：國藝會補助成果檔案庫，https://archive.ncafroc.org.tw/result?id=5027d73505b24310a0ec8e49dcec4b02，檢索日期：2020.1.5）。

29　括號為筆者所加。

文化產物閱聽史；多年後回望、反思，赫然發現它們已漸漸成為
七年級一代的精神史。

三、歷史的見證者：虛構視角與語言意義的辯證

（一）歷史的見證者：特殊敘事視角

　　第一節筆者分析了《文藝春秋》對於台灣「現在」所處的政
治環境、生活中無處不在之意識形態的描繪，以及對當代文化產
物的反思及其所承載的七年級生的歷史感。筆者可以發現，這種
歷史感是主觀的，是作者同為七年級生世代某種程度自我投射後
所產生的感受。第二節討論台灣「過去」的歷史，黃崇凱以聶華
苓、鍾理和、柯旗化為對象，將他們視為歷史的見證者，成為
《文藝春秋》書寫台灣歷史的媒介。張誦聖認為《文藝春秋》以
作家生平為書寫材料，「儼然是傳統文學裡『外傳』或『補遺』
的寫法」，她說：

　　故事背後的巨大陰影顯然是那些自二十一世紀中葉以
　　降，不斷戕害作家生命、強行支配文學史發展路徑的政
　　治暴力。出生於一九八一年的黃崇凱所以能夠與它們拉
　　開距離，自然要拜解嚴後三十年的歷史轉折所賜。塵埃
　　落定，終於可以把這些孽業放置在文學史的知識脈絡裡
　　來觀看。的確，書寫當代史是有一個黃金時間點

的。[30]

文學可以介入歷史的原因便在於歷史不可能純粹客觀。蘇碩斌認為，歷史事實由歷史書寫所呈現，寫歷史的「當代人」反而是構成歷史的重要成分。根據其定義，「當代史」的基本概念是：與時間軸的「當代」緊密相連、並置在社會的現存記憶之中的歷史。[31] 從小說中可以看到，黃崇凱以虛構敘事視角（〈三輩子〉裡的特務人員、〈夾竹桃〉裡滯留中國的台灣人第二代）來做為書寫策略，其中亦牽涉到歷史與虛構之間的關係。海登・懷特（Hayden White）對虛構與歷史之間的關係提出定義：

> 「我們只能通過將事實與想像對照或將事實比喻為想像才能了解事實。」我們將歷史的「虛構化」視為「解釋」，同樣，我們將偉大的虛構視為對我們和作者一起居於其中的世界的解釋。[32]

由此，我們可以察覺黃崇凱於《文藝春秋》試圖以虛構視角的方式來書寫當代史，具有主觀「解釋」世界，補遺大歷史中微小細節的新歷史小說意義。

---

30 張誦聖，〈迂迴的文化傳遞〉，《文藝春秋》附錄（新北市：衛城出版，2017），頁299。

31 蘇碩斌，〈以文學介入歷史：非虛構書寫的意義〉，《春山文藝》創刊號（2019.11），頁47。

32 轉引自陳建忠，〈臺灣歷史小說研究芻議：關於研究史、認識論與方法論的反思〉，《記憶流域：臺灣歷史書寫與記憶政治》（新北市：南十字星文化工作室，2018.8），頁60。

　　〈三輩子〉與聶華苓曾出版的自傳《三輩子》同名，聶華苓
的一生經歷國共內戰、台灣白色恐怖、旅居美國的生涯離散，在
《三輩子》裡道盡自己恍如擁有三輩子的身世，現高齡95歲的她
無不被視為「歷史見證者」。但黃崇凱的〈三輩子〉則虛構了另
一面的見證者——政府派來的特務人員，他是白色恐怖中的加害
者。筆者認為，〈三輩子〉以虛構特務視角，巧妙的與聶華苓的
小說《桑青與桃紅》連結：《桑》裡有一個始終在場卻隱身的特
務人員，而〈三輩子〉則讓這個代表著國家暴力、政治暴力的特
務人員現身，由他去重述聶華苓的一生。這個特務稱自己是聶華
苓「最忠實的讀者」，敘述白色恐怖時期監視聶華苓的心路歷
程。小說的字裡行間透露出特務跟監聶華苓所產生的「快感」：
用「老太婆」稱呼她，除了讀者，更自詡朋友的身分，在跟監聶
華苓的一連串過程中「到最後就好像在跟他本人交往」（頁
39），「沒有人知道她有這麼個隱密的朋友。這才是貨真價實，
堅若磐石的友誼。」（頁48）這樣的快感，源自於跟監者的至高
權力（來自於黨政府的賦予），他的目的就是「我要讓她覺得自
己像被關在閣樓的女子」（頁43），聶華苓家被特務闖入搜查的
重大事件，這位特務「愛死了」，「這是工作最美妙的時刻：別
人生命中的大事，都是我舉手之勞的小事。」（頁44）從加害者
看似親暱的內心獨白，見識到加害者與受害者之間的諷刺關係。
　　筆者認為，這個虛構的特務視角，呈現歷史的矛盾：無論是
政治上的迫害者或被迫害者，都是歷史的見證者。有些極為私密
的歷史片刻也因為這位特務而得以被記錄下來，他見證雷震與

《自由中國》、傅正被抓、殷海光的哲學家夢想與聶華苓的一生。特務的視角替真實事件加上了虛構的敘事框架，當他在聶華苓回憶錄上寫滿他的想像，歷史存在於他文字裡，在特務的卷宗與他寫在回憶錄頁緣的想像補充裡。〈三輩子〉就像這個自詡為文學家的特務的作品，成為一種私密的個人史「補充」。詹偉雄評論〈三輩子〉的獨特敘事方式：

> ……讀者很輕易的界分出他（特務）的想像與渴望是是虛構的，但他的跟蹤與調查細節，卻可是歷史與傳記中有憑有據全然可考，這種極度真實框架下的虛構，閱讀感受非常獨特，我姑且揣度，這是一種獨特的歷史敘事情懷。[33]

筆者以為，這便是新歷史小說的所採用的敘事，小說建構在各種歷史史料之上，與文學結合，重述歷史的現場。

〈夾竹桃〉虛構另一個敘事視角——一位鍾理和的忠實讀者，也是鍾理和原鄉困惑的延續。這位自1940年代開始，滯留中國的台灣青年，與鍾理和經由文學相識，成為好友，在鍾理和返台後，他便開始單向寫信給鍾理和。第一節開始，就是從未收到回信的第一人稱「我」，寫給鍾理和的信件內容。信從青年寫到老年，記載「我」從1940年到一直到2010年的所經歷的中國大事件，也可以說是中國六、七十年來歷史的濃縮版。「我」身為

---

33 詹偉雄，〈歷史、虛構與疼痛〉，《文藝春秋》附錄（新北市：衛城出版，2017），頁312。

一位台灣台南出生、中國北平長大的「台灣—中國人」，代表著
被歷史碾壓的「白薯」，在中國因台灣的日本殖民經驗而被訕
笑，使他「不好意思讓人知道他是臺灣人」（頁108），又遭遇
反右運動、文革批鬥，讓他「恨過這個低下的血統，恨自己身為
臺灣人」（頁112）；歷史在「我」的身上留下條條血痕，只有
鍾理和與他的創作是「我」的知音，好像只有鍾理和能夠與他同
情共感，於是「我」不斷寫信，即使得知鍾理和的逝世，仍然繼
續寫信向他傾吐心事。從〈白薯的悲哀〉到、《夾竹桃》、《原
鄉人》的閱讀，「我」從抱持對文學的熱情，到對文學產生困
惑、猶豫，與「我」的閱讀經驗及文學困惑並置的是身分認同的
困難。閱讀鍾理和是他理解台灣與思考身分認同的重要途徑。然
而，如要理解小說中「我」的身分認同軌跡，就必須回頭檢視鍾
理和於小說中透露出的身分認同脈絡。

關於鍾理和的身分認同討論一直是眾說紛紜，陳映真、葉石
濤等人都曾持不同立場對其認同有不同的詮釋。楊傑銘在〈論鍾
理和文化身分的含混與轉化〉中運用斯圖亞特・霍爾（Stuart
Hall）文化身分概念分析鍾理和小說與日記、書信，認為「其
（鍾理和）認同傾向並非對中國／臺灣兩個符碼進行選擇，而是
在於歷史記憶與生命經驗的感覺，使他的認同有所猶疑與拉
扯」[34]，楊傑銘整理出鍾理和的身分認同是從中國意識流動至台

---

34 楊傑銘，〈論鍾理和文化身分的含混與轉化〉，《臺灣學研究》，第4期
（2007.12），頁52。

灣意識的過程：

> 我們從其作品〈夾竹桃〉（1994）、〈祖國歸來〉
> （1946）、〈白薯的悲哀〉（1947）一系列作品中，
> 可發現其對中國民族、中國政權的批判。雖然在
> 「二二八事件」後，由於政治權力強力掌控臺灣文壇，
> 鍾氏的作品也在也不復見其批判色彩，反倒轉向書寫美
> 濃鄉土，並著手撰寫以臺灣歷史為背景的長篇歷史小
> 說。對他而言，也許「原鄉中國」與「臺灣鄉土」間的
> 關聯並非二元對立的，但從其作品中我們可以發現，其
> 作品所呈現濃厚的土地意識，甚至從其書信中也可以看
> 到以臺灣作為主體發言位置的思考角度。[35]

在〈夾竹桃〉中，可以看見小說虛構一位與鍾理和對話的
「我」，從他寫給鍾氏的信，建構出一個「中國的台灣人」的個
人生命史。第六封信末的「怡和死」（「我」的兒子）與鍾理和
在日記裡的「和鳴死」（鍾理和的弟弟）相互對映，[36] 筆者認
為，小說有意建構留在中國的「我」來對位返回台灣的鍾理和，
用他們的遭遇來顯示歷史的暴力，二人的親人之死——怡和死／
和鳴死的互文，是例證之一。另一方面，當「我」浮出：「臺灣
之於我究竟有著怎樣的意義」的思考（頁116），透過閱讀鍾理
和，他終於肯定自己「原鄉」的所在—「正如我住到北京，從此

---

35 同前註，頁59。
36 怡和為「我」的兒子，和鳴則是指鍾理和的弟弟鍾和鳴，在台灣擔任基隆中學校長
　　時因成立中國共產黨基隆中學支部而遭國民黨政府逮捕槍決。

待了下來。對我來說，原鄉反成了臺灣。」（頁118）這個虛構
的忠實讀者「我」的視角從中國望向台灣，對位鍾理和在台灣思
索中國，揭示做為台灣人身份認同的複雜與矛盾：從〈白薯的悲
哀〉控訴台灣人在二戰後於中國北平所遇到的歧視，可以看見鍾
理和在面對「原鄉」的失望源於他原本對其之嚮往，之後其認同
逐漸轉移至台灣本土。在〈夾竹桃〉裡，「我」則是與鍾氏同情
共感，雖然已身在中國，卻反而認為台灣才是原鄉，顯示其同樣
以台灣為認同。文學與歷史連結「我」與鍾理和，當孫子帶著成
為爺爺的「我」回到台灣參觀鍾理和紀念館，「我」與鍾理和在
他們的「故鄉」再次相逢，對台灣的認同也在小說最後的感嘆：
「是啊，這裡比起北京更適合栽種夾竹桃」（頁135）裡完成。

（二）「歷史藏在語言中」：語言意義的辯證

　　黃崇凱在訪談中曾談到：「我覺得光是學語言這件事情，就
有一種殖民的隱喻在裡頭」，[37]《文藝春秋》裡關於語言的隱喻
在〈遲到的青年〉與〈狄克森片語〉裡現身。作家黃靈芝為〈遲
到的青年〉的主角，在國民黨政府統治下實行「禁日語」政策，
成為「跨語的一代」，但他不僅是跨語，甚至在使用國語的困頓
下改用被禁止的日語持續寫著無發表可能的作品而漸漸「失

37　莊勝涵，〈10月伴讀 #English〉那些年，我們一起追的美國夢——黃崇凱、蔡振興
　　對談《文藝春秋》之〈狄克森片語〉〉，2017.10.11（來源：Open Book閱讀誌，
　　https://www.openbook.org.tw/article/p-793，檢索日期：2020.1.5）。

語」。但在〈遲到的青年〉裡,黃靈芝面對語言使用的矛盾心情為語言的意義開啟辯證的可能。黃靈芝思索著「語言究竟是什麼?」(頁85)在他用日語創作無發表可能的作品之後,語言與他之間的關係變得純粹,小說形容黃靈芝的創作「忽視了國家、忽視了讀者的自己,或許正以有史以來最自由的語言寫著。」(頁90)。

　　從日治殖民時期到國民黨戒嚴時期,「自由」的匱乏反讓人心心念念著「自由」,黃靈芝因此除了感謝自己擁有呼吸的自由,更運用著「有史以來最自由的語言」。但黃靈芝又感嘆,沒有讀者的語言「終究是無用的」(頁93),只有自己可以聽見自己的聲音,即使言論因無法流傳、發表而被保護,卻也無人知曉;語言因此成為最為自由也最為禁錮的矛盾。與語言意義的形構密不可分的是國籍問題。黃靈芝問:「人必然有國籍嗎?」(頁96),語言與背後的國籍成為殖民的隱喻,使用日語的黃靈芝自己則成了後殖民的象徵。當黃靈芝的意識被未來科技保存,供後人採訪,未來少女說「除非直到日語教育世代帶著他們最後一縷殖民記憶、語言和詩歌完全辭世為止,否則後殖民時期將不會真正地來臨。」(頁97)原先被內地的日本小孩毆打,而害黃靈芝上學「遲到」,他的際遇象徵著殖民的暴力。但來到未來,本該是最後一位日語文學家的黃靈芝,因為其意識被保存下來,黃靈芝竟挪移成為台灣後殖民的「遲到」的象徵。

　　〈狄克森片語〉交叉著《狄克森片語》的作者Robert J. Dixson與妻子瑪莉亞／羅莉塔故事,以及柯旗化與妻子的故事貫

穿全篇，Robert J. Dixson與柯旗化同為英文專書的作者，「語言」成為隱喻。《狄克森片語》做為「美國的語言」，「隨著好萊塢電影、美軍駐紮世界，逐漸流布各地。」（頁219），揭示（美國）文化經由語言的學習得以傳播，成為一種變相的帝國擴張。語言亦可以在人的一生中扮演不同的角色，〈狄克森片語〉裡敘述柯旗化的一生與三種語言搏鬥，與母語地位等同的日語，代表著他的青春年少，戰後侵入台灣島嶼的國語是偵訊、刑求的語言，是壓迫的工具，是他的白色恐怖受難記錄。英語則是餵養生活的賺錢工具，更是他在獄中想像自由的方式——編寫「假設語氣」例句：「If I were a bird, I could fly.」（頁229）。

　　然而，語言的影響不僅僅是一個人的人生，更是與之牽連的其他關係。〈狄克森片語〉對位書寫Robert J. Dixson與柯旗化的妻子，一位的丈夫因為帝國語言的傳播而成為文化影響人，一位的丈夫因為語言而被囚禁、家庭破碎。如果〈三輩子〉揭示文字的力量，那麼〈狄克森片語〉便開宗明義地表示「歷史藏在語言之中」（頁231）。〈狄克森片語〉的後段出現敘事者「我」，是一個在現代讀書的高中生。當「我」在英文課中聽老師詳細解說課文裡金恩博士的演講，他「見證英文老師的人性光輝時刻」、「單純地試著理解遠方的一小片歷史」（頁245），可見到語言具有文化影響、壓迫或隱喻歷史的不同功能，它們諷刺的共同具現在現代的「我」的語言學習中：白色恐怖、歷史的受害者柯旗化因語言而被禁錮，但他的語言教材《新英文法》卻是一代台灣考生如「我」人手必備一本，與文化傳播的象徵《狄克森

片語》並列；而當「我」被禁說台語，則揭開語言的殖民隱喻仍
然強而有力。

四、後現代情境下的文藝意義：遺留的人的獨白

〈七又四分之一〉與〈寂寞的遊戲〉皆是「遺留下的人」的
獨白——在〈七又四分之一〉裡是的寡婦，及〈寂寞的遊戲〉裡
目睹老闆死去之後，被迫繼承園區的「我」。〈七又四分之一〉
與〈寂寞的遊戲〉都將主角的人際關係描繪得十分孤獨，能與之
互動的人皆死亡，他們成為「遺留下的人」。〈七又四分之一〉
的「我」在僅有他跟老闆二人的楊德昌園區裡上班，某天老闆死
於園區裡，「我」莫名成了園區的繼承人。整個園區只剩「我」
一人，沒有其他員工，他只能跟寥寥幾個遊客互動，更多的時候
他只能跟高科技的角色投影影像相處。〈寂寞的遊戲〉則是死了
丈夫的遺孀，在整理丈夫的藏書時瞥見袁哲生的著作，進而觸發
她回憶，回憶起與丈夫共度、圍繞著文學的過去時光。「遺留的
人」在關係裡唯一能夠互動的對象消失後，他們的生活只剩下
「文藝」：〈七又四分之一〉裡的楊德昌電影和相關電影書籍，
〈寂寞的遊戲〉則是她（及丈夫）的閱讀史。

小說時間分別設定在西元2071年與2034年，與現在相隔甚
遠，描繪的是未來的世界。小說中，「未來」的生活充滿完備的
高科技技術，無論參觀導覽、看電影、閱讀，都得以使用全景投

影技術，讓使用者帶入自己進入文本中，以第一人稱體驗。科技
代替人性發言，虛擬實境的高科技使人的生活全面視覺化，但這
些虛擬影像所表現出來的是模擬的假相，在這樣注重感官與表層
的後現代情境下，就如同布希亞（Jean Baudrillard）所謂的擬仿
（simulacrum），此時世界的真相就是無所不在的擬像
（simulation）。[38] 針對此一後現代情境，小說處處留下批判性
的評價：〈七又四分之一〉裡的「我」看見楊德昌的電影片段被
體驗者胡亂演出，感覺像是心愛、珍重的東西被痛毆，但也只能
無奈苦笑地接受（頁253）；老闆譏諷「我」：「你們這代人好
像都沒多少跟人面對面接觸的經驗」（頁254）。〈寂寞的遊
戲〉則是因為科技而懷念起物理實感，例如她使用滑鼠左鍵的喀
啦聲，因為物質性的熟悉觸感使她湧上「溫暖」的感受（頁
287）；閱讀時，她「心想還是閱讀好。她一點不想進入小說文
本的虛擬空間。」（頁290）。同時，〈七又四分之一〉與〈寂
寞的遊戲〉都用「觀落陰」與「卸妝」來比喻從虛擬世界回到真
實世界的醜陋現實感，〈七又四分之一〉：

> 雖然以當今的投影技術，可以模擬出立體光澤，宛如實
> 物，加上穿戴裝置可以填補觸覺感官，整個體驗下來就
> 跟真的沒兩樣。可是看到一幅卸妝後的面容，如此蒼
> 涼、草率，忍不住會覺得有些哀戚。（頁260）

---

38 林運鴻，〈前衛文類的歷史軌跡：反思「台灣後現代小說」的西方 根源與在地實
　　踐〉，《東海中文學報》第35期（2018.6），頁92。

> 說得誇張一點，我們這裡全都是楊德昌電影的幽靈，大
> 家來這裡玩還真有點像我年輕時候的說法，觀落陰。
> （頁266）

〈寂寞的遊戲〉：

> 雖然早就該習慣這種「現身說法」的投影，她始終覺得
> 這很像觀落陰，一個接一個鬼魂來跟她說話。要是拿下
> 眼鏡或關掉無線收發訊號，光禿禿的現實就會卸妝般地
> 素顏顯露。沒有人影幢幢，沒有聲音，只有展場器具、
> 物品和空調吹出來的陣陣冷風。（頁288）

　　在後現代情境下的主角們，卻因被遺留下而孤獨一人，進而
重新反思自身與文藝關係的機會。〈寂寞的遊戲〉的遺孀形容丈
夫死後的生活就像是「室友不回來的文藝宿舍」。（頁281）文藝
之於她的意義是召喚記憶，回憶起她與丈夫的生活，她的人生。
科技功能mind-me可以形塑出丈夫的具象人格，但她卻選擇不用，
「記憶還是自己的好，即使扭曲失真，畢竟都是自己的事。」
（頁292）。她寧可選擇相信自己用閱讀召喚出的零碎記憶，就
像她選擇性帶走丈夫六千本藏書中的僅五百本。小說中，丈夫也
曾於她的記憶中現身，訴說自己在文藝營與袁哲生、朋友廖相識
的過程，以及發現袁哲生自殺、朋友廖也過世的驚恐——都是丈
夫在文藝營唯一真正交談過的人。召喚出這些獨白的她，就如同
她曾形容自己像作者「這就是所謂的後現代情境吧：她成為寫著
他寫的故事的作者。」（頁284），她也成為寫下丈夫寫的故事

的作者。丈夫生命史的創作者,使她與文藝的關係更進一步。

對於〈七又四分之一〉的「我」來說,文藝的意義在於(給予了他)創作的啟示。「我」從一個待在中控室無所事事、窮極無聊的員工,直到繼承整個園區,開始思考如何繼續經營,開始走訪、探查每個園區的設施,當他在對戲程式中,以訪談調查與飾演阿隆的遊客小青小姐交談時,小青小姐說了這麼一句:「問客人也不是萬靈丹,你們弄這些地方的價值觀和信念是什麼,應該要問自己啊。」(頁268),似乎點出了「我」開始思考與文藝之間的關係,始於孤獨一人、繼承而擁有整個楊德昌文藝史(整個楊德昌園區就像楊德昌文藝史),而這些「文藝」給予了「我」創作的啟示:「我」做夢,夢到楊德昌與他談論生命的價值、創作的意義,夢醒後他在教室踱步,「思考自己和這些電影怎麼彼此補充,交互延伸。」(頁270)。此後老闆的意識又在投影中現身,對「我」說:

> 我花了一輩子做這些,藉此研究楊德昌電影的每個鏡頭、段落,分析他如何拍出這些作品,為的就是希望可以複製出另一個楊德昌,令他繼續創作,完成有限生命來不及做完的事業。我希望知道他怎麼看待現今世界,希望他透過電影記錄我們此時的生活,甚至尖銳地揭露或批判現世。我希望他一直拍下去。這次又失敗了。不過我不會放棄。我會再次把你造出來,讓你學習所有電影的知識,讓你再深入地理解楊德昌,直到你可以化身為他,……(頁271-72)

駱以軍評論這段話可以做為整本《文藝春秋》的作者自況，[39]筆者更認為，這段話顯示作者對文學「接力」可能性的探問，當未來社會注定被各種高科技、新媒體全面進入我們的生活，「文學」的延續可能是什麼？是否能夠再複製另一個楊德昌？

黃崇凱自己做為〈寂寞的遊戲〉的原型人物，小說描寫的就是他曾在文藝營與袁哲生相遇的過程，也在書寫屬於自己的「歷史」，這樣的書寫充滿個人的情感投射；朱宥勳在評論包含黃崇凱在內的七年級一代作家時，就將其稱為「重整的世代」，強調他們作品中的「歷史」：「他們的作品其實澱積著深厚的歷史，並且以自身情感為中心，去『重整』這些歷史。」[40]他認為七年級作家面對的歷史有二：一是台灣社會現實所產生的具體議題，二是吸收過去數十年中的各種文學技法、美學流派。一種是身為台灣人的國族歷史，一種是身為文學人的文學史，而在「重整」這二種歷史的過程中，「個人情感」成為最重要的寫作關鍵：

> 他們（七年級世代作家）[41]翻轉了以往的文學常規，
> 將個人情感置於最重要的地位。……七年級世代擺盪在
> 再現的可能與不可能之間，並不認為寫作只是記錄、反
> 映的工具，但也沒有虛無到認為反映均不可為，所有外

---

39 駱以軍，〈哭笑不得的臺灣心靈史〉，《文藝春秋》附錄（新北市：衛城出版，2017），頁324。

40 朱宥勳，〈重整的世代——情感與歷史的遭遇〉，《台灣七年級小說金典》（台北市：釀出版，2011.2），頁7。

41 括號為筆者所加。

> 在現實都經過折射，但至少**個人情感是可以自己掌握**
> **的**。[42]

個人情感是七年級作家最關注的面向，但個人的情感也源自於生活或歷史，他們因而提筆書寫，正是想寫出歷史給予他們的感受：

> ……然而人不會脫離於社會環境而生活，他們的情感自然是來自於生活的處境裡，因此傳統種種議題、歷史仍然在他們的情感中留下刻痕。……換言之，他們不是刻意要書寫歷史，而是在書寫自身的過程中，無意間遭遇了歷史在個人身上銘刻的種種痕跡，這些痕跡使他們悲傷、痛苦、憤怒或愉悅。[43]

誠如朱宥勳的觀點，七年級世代作家已不再將書寫大敘事的使命攬在身上，書寫歷史的方式也不再是塑造一個典型人物、描寫發生在他身上的事件，或是由此隱喻巨大的家國歷史命運。面對歷史，黃崇凱同樣將個人情感置於最高位。他在選取書寫題材時，就曾言：「認識自己，認識這個地方，好奇自己的祖先在這個地方發生過的事」、[44]「我把喜歡的東西都放在這本書裡面，看看

---

42 朱宥勳，〈重整的世代——情感與歷史的遭遇〉，《台灣七年級小說金典》（台北市：釀出版，2011.2），頁8。

43 同前註，頁8-9。

44 顏訥，〈《文藝春秋》：一個台灣囡仔寫給土地長長的信，收件人是茫然且奮力問過「我是誰？」的島民〉，2017.7.25（來源：博客來OKAPI閱讀生活誌網站，https://okapi.books.com.tw/article/10018。檢索日期：2020.1.10）。

會產生什麼樣的化學效果」。[45]因此，黃崇凱書寫台灣歷史更為
私密、個人的面向，這種書寫帶有不同於官方正史的「民眾歷
史」性格的台灣歷史。

五、結論

　　本文將《文藝春秋》視為黃崇凱寫作的轉向，並以「台灣轉
折」稱之，分析《文藝春秋》中建構的台灣歷史，以及其在黃崇
凱創作生涯中的定位。首先分析《文藝春秋》具有後殖民與後現
代混雜的性格，並以陳建忠所提出的「新歷史小說」做為分析框
架。第一節由當代社會與國族認同問題開始，討論黃崇凱眼中的
台灣「當下」：「統／獨」的意識形態融入在生活中，密不可
分；另一方面，討論當代文化產物如《漢聲小百科》及流行歌
曲，如何影響七年級一代人的文化養成，藉此寫出了七年級一代
的歷史感。第二節討論台灣的「過去」，黃崇凱以新歷史小說的
敘事手法重述台灣歷史議題，虛構特殊視角以建構不同面貌的歷
史見證者，藉以解構官方大歷史。另一方面，以文學歷史人物黃
靈芝、柯旗化，探究語言與歷史的關係，辯證語言的意義。第三
節則著重於台灣的「未來」——在五十年後的後現代情境下，文

---

45 江昺崙，〈專訪黃崇凱：文學的日常微光〉，2018.12.26（來源：The New Lens關
　　鍵評論網，https://www.thenewslens.com/article/110920，檢索日期：2020.1.5）。

學閱讀與電影欣賞有了全新的方式，衝擊了未來人類的生活。在
這樣的情境下，文學還能繼續下去嗎？文學存在的意義是什麼？
成為小說家的探問。筆者認為，《文藝春秋》關注台灣的過去、
現在、未來，呈現出對台灣歷史的高度關懷，可視為一部「史」
的建構——七年級一代台灣人的精神史、黃崇凱版本的文藝史。

參考資料

一、專書

蕭立君，《女性主義文學批評 後殖民主義》（經典解碼 文學作品讀法系列11）（台北市：文建會，2010）。

劉亮雅，《後現代與後殖民：解嚴以來臺灣小說專論》（台北市：麥田出版，2006）。

陳建忠，《記憶流域：臺灣歷史書寫與記憶政治》（新北市：南十字星文化工作室，2018.8）。

吳叡人、林秀幸、蔡宏政等，《照破：太陽花運動的振幅、縱深與視域》（左岸文化，2016.3.23），。

朱宥勳、黃崇凱，《台灣七年級小說金典》（台北市：釀出版，2011.2）。

二、期刊雜誌

〈「七領世代」專題〉，《幼獅文藝》，748期（2016.4）。

黃崇凱、莊瑞琳對談，〈小說家，歷史的隱藏攝影機：專訪〉，《春山文藝》創刊號（2019.11），頁110-63。

蘇碩斌，〈以文學介入歷史：非虛構書寫的意義〉，《春山文藝》創刊號（2019.11），頁46-50。

楊芩雯整理，〈解嚴三十年，告別青年時期的結案報告——賴香吟╳童
　　偉格╳黃崇凱　對談〉，《印刻文學生活誌》167期
　　（2017.07），頁32-45。

三、 論文

王國安，〈臺灣「80後」小說初探——以黃崇凱、神小風、朱宥勳的小
　　說為觀察文本〉，《中國現代文學》第23期（2013.6），頁
　　187-208。
林運鴻，〈前衛文類的歷史軌跡：反思「台灣後現代小說」的西方 根源
　　與在地實踐〉，《東海中文學報》第35期（2018.6），頁85-126。
徐菊清，〈王禎和小說的多語混雜現象分析〉，《健行學報》36卷4期
　　（2017.1.1），頁43-64。
莊坤良，〈迎／拒全球化〉，《中外文學》，30卷4期（2001.9.1），
　　頁8-25。
楊傑銘，〈論鍾理和文化身分的含混與轉化〉，《臺灣學研究》第4期
　　（2007.12），頁43-60。
張雙英，〈「臺灣歷史書寫」析辨－從《記憶流域：臺灣歷史書寫與記
　　憶政治》一書說起〉《書目季刊》52卷4期（2019.3），頁1-15。

四、 電子媒體

政治大學選舉研究中心〈臺灣民眾臺灣人／中國人認同趨勢分佈
　　（1992年06月～2019年12月）〉研究，2020.2.14（來源：
　　https://esc.nccu.edu.tw/course/news.php?Sn=166，檢索日期：
　　2020.7.5）。

朱宥勳，〈用耳朵寫的當代生命史——讀黃崇凱《靴子腿》〉，
　　2009.12.8（來源：國藝會補助成果檔案庫，https://archive.
　　ncafroc.org.tw/result?id=5027d73505b24310a0ec8e49dcec
　　4b02，檢索日期：2020.1.5）

顏訥，〈《文藝春秋》：一個台灣囡仔寫給土地長長的信，收件人是茫
　　然且奮力問過「我是誰？」的島民〉，2017.7.25（來源：博
　　客來OKAPI閱讀生活誌網站，https://okapi.books.com.tw/
　　article/10018，檢索日期：2020.1.10）。

江昺崙，〈專訪黃崇凱：文學的日常微光〉，2018.12.26（來源：The
　　New Lens關鍵評論網，https://www.thenewslens.com/
　　article/110920，檢索日期：2020.1.5）。
　　〈若林正丈：日本不希望台灣轉變太快〉，2008.3.3（來源：
　　自由時報，https://news.ltn.com.tw/news/politics/
　　paper/192931，檢索日期：2020.1.10）。

紀大偉，〈視覺霸權時代的小說家反擊：評《文藝春秋》〉，
　　2017.7.31（來源：OPEN BOOK閱讀誌，https://www.
　　openbook.org.tw/article/p-661，檢索日期：2020.1.5）

莊勝涵，〈10月伴讀 #English〉那些年，我們一起追的美國夢——黃崇
　　凱、蔡振興對談《文藝春秋》之〈狄克森片語〉〉，
　　2017.10.11（來源：Open Book閱讀誌，https://www.openbook.
　　org.tw/article/p-793，檢索日期：2020.1.5）。

國家圖書館出版品預行編目（CIP）資料

臺灣文學論叢11 / 王鈺婷主編. -- 第一版. -- 新
竹市 : 國立清華大學臺灣文學研究所, 2023.05
冊 ； 公分

ISBN 978-626-97356-0-0 (平裝)

1.CST: 臺灣文學 2.CST: 文學評論 3.CST: 文集

863.07   112005936

其他類型版本：無其他類型版本

展 售 處：

水木書苑 (03)571-6800
http://www.nthubook.com.tw

五南圖書用品股份有限公司 (04)2437-8010
http://www.wunanbooks.com.tw

國家書店松江門市 (02)2517-0207
http://www.govbooks.com.tw

書　　　名：臺灣文學論叢（十一）
發 行 人：王鈺婷
發 行 所：國立清華大學臺灣文學研究所
地　　　址：30013新竹市光復路二段101號
電　　　話：（03）5714153　傳真：（03）5714113
E－m a i l：tai@my.nthu.edu.tw

總 經 銷：國立清華大學出版社
地　　　址：30013新竹市光復路二段101號
電　　　話：（03）5714337　傳真：（03）5744691
E－m a i l：thup@my.nthu.edu.tw

企畫編輯：國立清華大學臺灣文學研究所
主　　　編：王鈺婷
編輯委員：劉柳書琴、李癸雲、謝世宗、陳惠齡、王惠珍、石婉舜、陳芷凡、
　　　　　王楷閎等
編輯顧問：下村作次郎、朴宰雨、朱雙一、江寶釵、李瑞騰、李道明、林芳玫、
　　　　　林淇瀁、林鶴宜、邱若山、邱貴芬、垂水千惠、施淑、施懿琳、
　　　　　洪淑苓、計璧瑞、孫大川、浦忠成、康來新、張泉、張誦聖、梅家玲、
　　　　　許俊雅、連金發、陳昌明、陳明柔、陳芳明、陳國球、陳萬益、
　　　　　彭瑞金、游勝冠、賀照田、黃美娥、廖振富、趙稀方、黎湘萍、
　　　　　蕭阿勤、鍾明德　教授等（依姓氏筆劃排序）
執行編輯：趙帝凱
校對排版：趙帝凱、尹振光
排版印刷：知己圖書股份有限公司　電話：（04）23581803

版　　　次：第一版第一刷　0001-0500
出版日期：2023年05月
定　　　價：三〇〇元

I S B N：978-626-97356-0-0
G P N：1011200443
著 作 人：張晏菖、陳震宇、陳妍融、尹振光、鍾志正、曾瓊臻
　　　　　　　　　　　　　　　　　　　　　（依收錄篇目排序）